파멸왕

우각 신무협 장편소설
ORIENTAL FANTASY STORY & ADVENTURE
십지신마록(十地神魔錄) 3부

8

dream
books
드림북스

파멸왕 8
파멸전주(破滅前奏)

초판 1쇄 인쇄 / 2010년 10월 22일
초판 1쇄 발행 / 2010년 11월 1일

지은이 / 우각

발행인 / 오영배
편집장 / 김경인
편집 / 윤대호, 신동철
펴낸 곳 / (주)삼양출판사 · 드림북스

주소 / 서울특별시 강북구 송천동 322-10호
대표 전화 / 02-980-2112 팩스 / 02-983-0660
편집부 전화 / 02-980-2116 팩스 / 02-983-8201
블로그 / blog.naver.com/dreambookss

등록번호 / 제9-00046호
등록일자 / 1999년 3월 11일

ISBN 978-89-542-3826-7   04810
ISBN 978-89-542-3767-3   (세트)

십지신마록(十地神魔錄) 3부
파멸왕
8
파멸전능구파멸신옥
우각 신무협 장편소설
ORIENTAL FANTASY STORY & ADVENTURE
dream
books
드림북스

목차

제 **1** 장

마인불사(魔人不死)

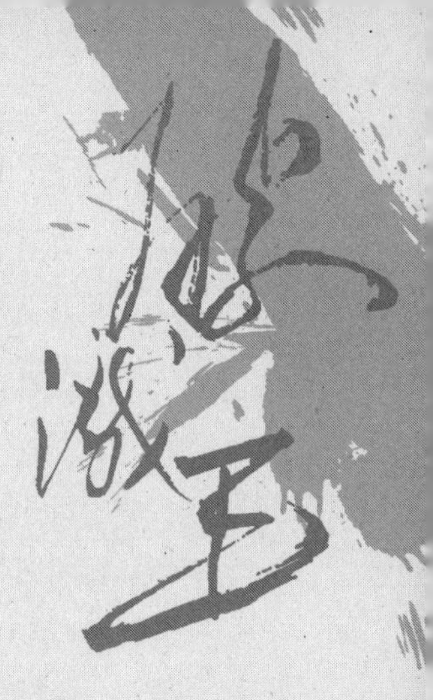

　종제영은 멍하니 눈만 꿈뻑거렸다.

　너무나 이질적이어서 도저히 현실처럼 느껴지지 않았다. 이
십 년이란 세월이 흘렀건만 그는 여전히 그때의 그 모습으로
존재했다.

　세상을 굽어보는 절대적인 존재감.

　세상의 모든 어둠을 휘장처럼 휘감고 있는 듯한 그의 모습
에 종제영은 자신의 몸이 절로 떨려옴을 느꼈다.

　이십 년이란 세월은 그에게 무의미했다. 흐르는 시간마저도
그를 어찌할 수는 없을 듯했다.

　종제영이 한 발, 그리고 또 한 발 그를 향해 다가갔다.

그의 입술이 달싹였다.

"천……우진."

그의 목소리는 너무나 작아서 스스로의 귀에도 거의 들리지 않을 정도였다. 종제영은 그런 자신의 행동이 너무나 바보처럼 느껴졌다. 벌써 이십 년이란 세월이 흘렀건만, 그의 앞에서 나오는 자신의 행동은 예나 지금이나 변한 것이 없었다.

종제영뿐만이 아닐 것이다. 천하의 그 누구라도 그 남자 앞에 서면 자신을 잊어버리고 허둥대게 될 것이다.

종제영이 다시 한 번 힘을 내어 그의 이름을 불렀다.

"천우진."

이번에는 좀 전보다 큰 목소리였다.

그의 목소리를 들은 것일까?

세상을 굽어보던 천우진의 고개가 서서히 종제영이 있는 곳을 향해 움직였다.

꿀꺽!

종제영이 마른 침을 삼켰다.

그의 동공이 더 할 수 없이 크게 확장됐다.

시간이 멈춘 것만 같았다.

그가 고개를 돌리는 그 짧은 순간이 마치 영원처럼 느껴지는 것은 그만의 착각은 아닐 것이다.

마침내 그의 시선이 종제영의 시선과 마주쳤다.

부르르!

그 순간, 종제영은 격동으로 온몸을 떨었다.

세상의 모든 어둠을 담아둔 것처럼 검은 눈동자, 창백하기 이를 데 없는 피부와 오연하게 다문 입술, 불어오는 바람 속에서 일렁이는 흑발은 종제영의 기억 속에 머물러 있는 그와 완전히 일치했다.

오연하게 다문 그의 입술이 한 줄기 호선을 그리며 열렸다.

"도둑."

이십 년 전과 하나도 달라지지 않은 음성이었다. 마치 꿈속에서 속삭이는 것처럼 나른하면서도 존재하는 모든 것을 복종하게 담겨있는 음성이었다.

"천……우진."

"주인이라고 불러."

천우진의 말에 종제영의 미간이 꿈틀거렸다.

자신들의 주종관계는 십구 년 전에 끝이 났다. 일 년의 복종에 대한 대가로 자유를 얻지 않았던가?

그가 또다시 천우진에게 주인이라고 부를 이유는 존재하지 않았다.

"주……인."

하지만 그는 또다시 천우진을 주인이라고 부르고 말았다. 그의 대답에 천우진이 당연히 그럴 줄 알았다는 듯이 고개를 끄덕였다.

이십 년이나 지났지만 그는 하나도 달라진 것이 없었다. 그

빌어먹을 성격까지도 말이다. 그리고 그것은 종제영도 마찬가지였다. 이십 년이란 세월이 흘렀지만, 종제영은 천우진 앞에만 서면 작아졌다. 이젠 충분히 천우진과 마주할 수 있을 거라던 그의 자신감은 산산이 부서지고 존재하지 않았다.

"그래도 살아있었군. 도둑은 성격이 물러 터져서 누군가에게 뒤통수에 칼을 맞고 비명횡사했을지도 모른다고 생각했는데."

"빌어먹을 인간. 아주 죽으라고 고사를 지내지 그러나? 오래간만에 만나자마자 악담을 퍼붓다니."

종제영의 얼굴이 일그러졌다. 하지만 한편으로는 안심이 되기도 했다.

천우진을 만나기 위해 이곳에 오는 동안 내내 걱정했다. 혹시 지금의 천우진이 자신이 알던 천우진이 아니면 어쩌나하고 말이다. 천우진의 변한 모습은 도저히 상상이 가지 않았던 것이다. 하지만 이십 년 전과 전혀 달라지 않은 천우진의 모습을 보자 왠지 안심이 되었다.

"주인은 여전히 변한 것이 없구나. 그 오만한 표정까지도 말이야."

"후후!"

천우진이 특유의 웃음을 흘렸다. 어딘지 모르게 음산하게 느껴지는 것까지도 전혀 변한 것이 없었다.

"무슨 일인가, 도둑? 설마 내가 보고 싶어서 온 것은 아닐 테고. 무슨 일이 있는 것인가?"

"몸은 괜찮은 것이냐?"

"뭐가 말이냐?"

"이십 년 전, 천마와 싸우면서 치명적인 상처를 입지 않았더냐? 당시 천하제일인이었던 무영신존(無影神尊) 관철악 대협의 희생이 아니었다면 네놈도 무사하지 못했을 것 아니더냐. 그래서 묻는 것이다. 몸은 괜찮은 것이냐?"

"훗! 도둑은 쓸데없는 걱정만 늘었군. 나는 천우진이다."

그 이상 무슨 말이 필요할까?

'나는 천우진이다' 라는 한마디에 종제영은 마음을 놓았다.

여전히 다른 사람들을 발밑으로 내려다보는 그 오만한 기질은 절대로 변할 수 없는 종류의 것이었다. 그러한 복합적인 기질이 오늘날의 천우진을 존재하게 만드는 것일지도 몰랐다.

관철악이 가진 환영류의 내공에는 천우진이 익힌 십야마정기의 폭주를 다스리는 힘이 있었다. 칠백 년 전, 환영류를 창안한 환사영은 자신의 의동생이 집착한 십야(十夜)가 지나치게 강대한 위력 때문에 오히려 전승자를 파멸시킬 수도 있다는 사실을 알고, 자신의 환영류에 십야마정기의 폭주를 진정시키는 구결을 첨부해두었다.

그것이 환사영의 백수경을 위한 마지막 배려였다.

그 덕에 천우진은 십야마정기의 폭주 속에서 관철악의 희생으로 살아날 수 있었다. 그 때문에 그는 관철악에게 빚을 졌다고 생각하고 있었다.

그때 서 노인의 조심스러운 목소리가 들려왔다.

"대공자님, 차 준비해두었습니다."

천우진이 고개를 끄덕이며 서 노인이 차를 준비해둔 곳으로 걸음을 옮겼다. 무작정 어미를 따르는 새끼오리처럼, 종제영은 천우진을 따라갔다.

그들이 도착한 곳은 종제영이 정신을 차렸던 모옥 옆에 있는 돌로 만든 탁자였다. 탁자 위에는 차를 우리는 다구(茶具)가 있었다.

서 노인이 천우진에게 고개를 숙이며 말했다.

"오늘은 손님이 오셔서 특별히 질 좋은 용정차를 내놨습니다."

"음!"

천우진은 수고했다는 말 한마디 없이 고개를 끄덕이며 자리에 앉았다. 하지만 서 노인은 서운한 기색 하나 없이 미소를 띤 얼굴로 천우진을 바라봤다. 그는 그저 천우진의 곁에서 수발을 드는 것만으로도 만족하는 듯싶었다.

서 노인이 종제영에게도 말했다.

"자리에 앉으시지요. 용정차는 식기 전에 마셔야 맛있답니다."

"감사합니다."

종제영은 서 노인에게 감사의 표현을 했다. 비록 천우진의 수발이나 드는 노인이었지만, 왠지 그에게는 함부로 할 수 없는 기품이 있었다.

종제영까지 자리에 앉자 서 노인이 찻잔에 용정차를 따랐다. 그윽한 차향이 코를 향긋하게 자극했다.

종제영은 찻잔에 코를 가져가며 새삼스런 시선으로 서 노인을 바라봤다.

어느 날 구주천가에서 홀연히 사라진 서 노인. 사람들은 서 노인이 은퇴를 했을 것이라고 생각했지만, 그는 혼자의 힘으로 기어이 천우진을 찾아내 그의 곁에 머물렀다.

'그러고 보면 서 노인이야말로 진정한 충복이라고 할 수 있겠군. 대붕모가에서부터 모일려를 모시기 시작해 대를 이어 그녀의 자식인 천우경과 천우진에게 충성을 다하다니. 보통사람이라면 절대 할 수 없는 일이다. 하긴 그러니까 저 모진 인간이 곁에 두고 있겠지.'

아마 서 노인이 아니라 다른 사람이었다면 천우진은 결코 곁에 두지 않았을 것이다. 서 노인의 성정과 충정을 잘 알기에 자신의 한쪽 구석을 허락하는 것일 게다.

이젠 서 노인도 나이가 들대로 들어 기력이 쇠한 모습이 역력했다. 그런데도 천우진의 곁에서 차를 타는 것이 인생의 유일한 낙인 것이 분명했다.

종제영이 서 노인의 솜씨를 칭찬했다.

"맛있군요. 서 노인의 솜씨는 예나 지금이나 하나도 변하지 않았습니다. 오히려 명인의 솜씨에 이르셨군요."

"과찬이십니다. 부족한 솜씨지만 대공자께서 맛있게 마셔주시니 그저 감사하고 살아갈 따름입니다."

"이런 맛있는 차를 구주천가에서는 더 이상 맛볼 수 없다는
사실이 그저 안타까울 뿐입니다."

"구주천가에는 저 못지않은 분들이 많습니다. 하지만 대공
자의 곁에는 오직 저밖에 없습니다. 죽는 그날까지 대공자님
께 드릴 차를 끓이는 것이 저의 하나뿐인 소망입니다. 제가 말
이 많았습니다. 그럼 두 분이서 이야기를 나누십시오. 저는 이
만 물러가겠습니다."

서 노인이 고개를 숙이고는 뒤로 물러났다.

종제영은 그런 서 노인의 모습을 물끄러미 바라보았다. 서
노인이야말로 천우진의 진정한 충복이라는 생각이 들었다.

멀어지는 서 노인의 모습을 물끄러미 바라보던 종제영이 천
우진에게 시선을 던졌다. 그 순간 천우진은 서 노인이 끓인 차
를 입에 대고 있었다.

입맛이 까다로운 천우진이었다. 그런 천우진이 서 노인이
타준 차만큼은 군말 없이 마셨다.

눈을 감고 조금씩 차를 음미하는 천우진의 모습이 이십 년
전과 똑같았다. 자신이 이십 년 전으로 돌아간 것이 아닌가 하
는 착각이 들 정도였다.

과거나 지금이나 천우진이 무슨 생각을 하는지 도저히 알
수 없었다. 그의 표정은 여전히 무심했고, 그의 눈은 도저히
안을 들여다볼 수 없을 정도로 깊고 어두웠다. 누구에게나 공
평한 시간이란 괴물조차 그에겐 어떠한 영향도 끼칠 수 없는

듯했다.

'마인(魔人)은 죽지 않는다(不死), 이 말인가? 그렇다면 실로 두려운 일이구나.'

그토록 찾길 원했고 한 번이라도 보길 바라왔지만, 막상 눈앞에서 천우진을 보자 두려움이 밀려왔다. 그는 이십 년 전보다 더욱 짙은 어둠을 두르고 있었다. 이젠 천우진 그 자체가 어둠인 듯했다.

부르르!

자신도 모르게 온몸의 털이란 털이 모조리 일어서며 경련이 일었다. 그런 종제영의 떨림을 느꼈는지 천우진이 찻잔을 내려놓고 그를 물끄러미 바라보았다.

"그래, 무슨 일로 이곳까지 찾아왔지?"

"무슨 일이냐니?"

"그냥 찾아왔을 리는 없을 테고, 그렇다면 찾아온 용건이 있을 것 아니야?"

"너는 하나도 변하지 않았구나. 사람이 꼭 목적이 있어야 찾아오는 것은 아니다."

"정말 아니라고 자신할 수 있나?"

"그렇다. 나는 단지 주인이 어떻게 변했는지 보고 싶었다. 하지만 그 의심하는 성격까지 하나도 변하지 않았구나. 이십 년 전과 여전히 똑같아."

"알고 있을 텐데. 나란 인간은 죽을 때까지도 전혀 변할 수 없다는 사실을.”

“그래! 알고 있다. 그렇지만……..”

종제영이 말을 얼버무렸다.

도대체 이런 인간에게 무얼 기대했는지. 그래도 조금이라도 반갑게 맞아줄 거라고 기대했던 자신이 부끄러워졌다.

‘그 빌어먹을 성격도 여전하군.’

하지만 한편으로는 안심이 되기도 했다. 그가 아는 천우진 그대로였기 때문이다.

천우진이 다시 차를 한 모금 마셨다.

서 노인이 끓여주는 차는 언제 마셔도 일품이었다. 서 노인의 차 맛에 길들여진 그는 다른 사람이 끓이는 차는 두 번 다시 마시지 못하게 됐다.

잠시 입안에서 차를 음미하던 천우진이 입을 열었다.

“천마가 다시 깨어났는가?”

“그걸 어떻게?”

“역시 그랬군.”

종제영이 놀란 얼굴을 하자 천우진이 그럴 줄 알았다는 듯이 고개를 끄덕였다.

“그 사실을 어떻게 안 것이냐?”

“천기를 읽었다.”

“이젠 천……기까지 읽을 줄 안단 말이냐?”

종제영이 질렸다는 표정을 지었다. 그러나 천우진은 대수롭지 않다는 듯이 말했다.

"우연히 읽을 줄 알게 되었다."

"그것이 우연으로 가능하단 말이냐?"

"별로 대단할 것도 없어. 더군다나 천마의 기운은 천기를 읽을 줄 모르는 자라도 느낄 수 있을 정도로 강력하니까. 그의 기운 때문에 천기가 흐트러지고 있다."

"천마의 기운을 느꼈다면 다시 한 번 세상으로 나갈 생각도 했겠구나."

종제영이 일말의 기대를 담은 눈으로 천우진을 바라보았다. 그의 눈에는 강력한 염원이 담겨 있었다. 하지만 돌아온 천우진의 대답은 그야말로 간단했다.

"관심 없어."

"관심 없다니? 왜? 천마가 다시 세상에 나왔는데, 왜 그를 막지 않겠단 말이냐?"

"이미 한 번 싸웠고, 이겼어. 더 이상 뭐가 필요하지?"

"천마로 인해 세상이 다시 한 번 혈해에 잠길 것이다. 그런데도 방관하겠다는 것이냐?"

"말했잖아. 관심 없다고. 한 번 이긴 존재를 상대로 또다시 손을 쓰는 취미는 없어."

천우진의 광오한 말에, 종제영은 더 이상 말할 기력조차 잃었다.

천우진이기에 가능한 말이었다. 천우진이 아닌 그 누군가 이런 말을 했다면 종제영은 단번에 비웃음을 날려주었을 것이다. 하지만 그 대상이 천우진이었기에 믿어야 했다.

눈앞에 있는 존재는 십전제(十全帝)였다.

천우경이 아닌 진짜 십전제.

이십 년 전, 마해의 난을 홀로 잠재운 불세출의 마인.

그가 바로 천우진이었다.

천우진은 능히 그런 말을 할 자격이 있었다.

오직 천우진만이 말이다.

"겨우 그런 이유로 천하를 방관하겠다는 말이냐?"

"훗! 이십 년 전에도 말했을 텐데. 천하가 어떻게 되어도 상관없다고. 나는 이미 그들에게 한 번의 기회를 줬어. 이십 년이란 시간이 흘렀어. 그 정도면 홀로 설 준비가 됐어야지."

"그래도……."

"구주천가가 건재하지 않은가? 그들보고 막으라고 해. 그들의 목적이 바로 천마와 마해를 막는 것이니까."

천우진의 음성은 서늘했다. 그의 말을 듣는 순간 종제영은 사실임을 본능적으로 느꼈다.

이십 년 전 마해로부터 구주천가를 구했을 때부터 천우진은 자신이 할 일은 다 했다고 생각하는 것임이 틀림없었다.

"그러나 천우경 가주는……."

"나는 그 아이가 언제나 형의 도움만을 기대하는 응석받이가 되는 것을 원하지 않아. 이젠 그 아이도 스스로의 힘으로 우뚝 설 때가 되었어. 이번이 그 기회야. 이번 위기만 넘기면 나의 그림자에서 벗어나 홀로 설 수 있을 거야.”

천우진은 진심이었다.

이십 년 전 딱 한 번의 외도 이후, 그는 여전히 어둠 속에 묻혀 있길 원했다. 어둠 속에 있을 때만 그는 진정한 평화를 느꼈다. 그렇기에 홀로 기련산에 들어온 것인지도 몰랐다. 물론 서 노인이 기련산까지 따라 들어온 것은 전혀 예상 밖의 일이었지만.

“네놈은 여전히 무정하구나.”

“주인.”

“그래! 주인.”

종제영은 투덜거리면서도 주인이란 말을 썼다. 주인이란 말에 대한 거부감은 전혀 없었다. 어쩌면 상대가 천우진이었기 때문인지도 몰랐다.

“그래! 꼭 주인이 나설 필요는 없겠지. 네놈이 아니더라도 천하를 지킬 이는 있으니까.”

“후후!”

“멸제라는 칭호를 받은 아이가 있다. 그의 나이를 계산해 보니 네가 세상에 모습을 드러냈을 때와 비슷하더구나. 나는 그 아이에게 한 가닥 기대를 걸고 있다.”

“멸제? 제법 오만한 별호군.”

“그는 오만해도 좋을 정도의 무력을 갖고 있다. 주인, 너 이후 최고의 무인이라고 감히 자신할 수 있다.”

“그 정도인가?”

천우진의 표정에 처음으로 변화가 생겼다.

그는 종제영을 잘 알고 있었다. 사람이 경망되고 가볍기는 하지만, 그렇다고 없는 사실을 함부로 지어 말하는 취미 따위는 없었다. 오랜 세월을 강호에서 구른 노강호답게 눈썰미 또한 뛰어났다. 그런 종제영이 극찬을 하자 호기심이 어느 정도 동하는 것도 사실이었다.

천우진이 관심을 보이자 종제영이 신나서 말을 이었다.

“그는 상상할 수도 없을 만큼 거친 세계를 헤치고 나온 남자다. 비록 나이는 어리지만 무공만큼은 단연 최고라 할 수 있다. 그의 무공이 어떤 원류를 가지고 있는지는 모르지만, 그 파괴력만큼은 단연 최고라 할 수 있다. 그라면 몇 년 후에 능히 천마와 자웅을 겨룰 수도 있을 것이다.”

“재밌군. 계속해봐.”

“그는 새외에서 십이사조와의 싸움을 거치면서 더욱 강해졌다. 그가 어떠한 사연을 가지고 있는지 모르지만, 천마를 막겠다는 사명을 가진 것 같더군.”

“지금 십이사조라고 했나?”

“그 이름을 알고 있느냐?”

“십이사조라…… 재밌군.”

천우진의 입가에 한 줄기 호선이 그려졌다. 천우진 특유의 음산한 미소였다. 그의 미소를 보는 순간 종제영은 왠지 모르게 가슴이 섬뜩해지는 것을 느꼈다.

천우진의 눈빛이 더욱 어둡게 침전됐다.

천우진은 분명 종제영이 모르는 사실을 알고 있었다. 환영의 탑에서 그가 쌓은 지식은 일반 사람들의 상상을 초월할 정도로 방대한 것이었다. 그리고 그가 얻은 지식 중에는 분명 십이사조에 대한 것이 있었다.

"십이사조…… 칠백 년 전 신화시대에 존재했었다는 마의 종주들. 나란의 두 장수에 의해 봉인이 될 때까지 세상을 어지럽게 했다는 기록이 분명 남아있다. 그중에서도 대사조란 자는 마음만 먹으면 언제 어디서든 일만의 병사를 끄집어낼 수 있다고 전해지지."

"으음! 일만의 병사라니. 현실에서 그게 가능한 것이냐?"

"후후! 내가 짐작하는 방식이라면 가능하지."

천우진이 의미모를 미소를 지었다.

그 모습에 종제영이 투덜거렸다. 예나 지금이나 자신이 알고 있는 사실을 알려주지 않는 것은 똑같았다.

'그러고 보니 그 애송이도 비슷한 성격을 가지고 있구나. 어찌 무공이 인간의 경지를 벗어난 것들이 모두 다 하나같은 성격을 가졌는지.'

종제영이 내심 혀를 찼다.

그날 종제영은 천우진이 자리를 비운 동안 세상이 어찌 돌아갔는지 자신이 알고 있는 모든 사실을 소상히 말했다.

*　　*　　*

종제영은 그 후로도 며칠을 더 머물렀다.

그는 은근히 천우진에게 세상으로 나갈 것을 종용했으나, 천우진은 그런 종제영의 제안을 간단히 묵살했다.

결국 종제영은 아쉬운 마음을 뒤로 하고 기련산을 내려올 수밖에 없었다. 하지만 기련산을 내려가는 종제영의 발걸음은 가볍기 이를 데 없었다. 그래도 천우진이라는 존재를 만난 것만으로 소기의 목적을 달성했기 때문이다.

천우진은 하늘을 찌를 듯 솟아있는 거대한 바위 위에서 종제영이 멀어져가는 모습을 바라보았다.

거대한 어둠을 휘장처럼 두른 그의 얼굴은 너무나 무표정해 무슨 생각을 하는지 알 수 없었다.

천우진의 뒤에는 서 노인이 조용히 서있었다.

종제영의 모습이 완전히 사라지자 서 노인이 조심스럽게 입을 열었다.

"후회하지 않겠습니까?"

"무얼 말인가?"

"종 대협에게 사실을 말씀하지 않으신 것 말입니다. 세상에 안 나가는 것이 아니라 못 나가는 것이란 사실을 말입니다. 무

류환허진을 벗어나면 대공자님께 남은 생의 시간이 소진된다
는 사실을 말입니다.”

“그런 것 따위는 상관없어. 그리고 이제와 말하지만, 굳이
이곳에 있는 무류환허진에 의지하지 않더라도 세상에 얼마든
지 나갈 수 있는 방법을 찾았어. 하지만 굳이 그렇게 하면서까
지 세상에 나갈 이유까지는 찾지 못했어. 내 심장은 돌처럼 굳
어서 더 이상 인간의 감흥을 느끼지 못하니까.”

“대공자님.”

서 노인이 안타까운 시선으로 천우진의 뒷모습을 바라보았다.

한 번도 세상 양지에 떳떳하게 자신을 드러낸 적이 없는 천
우진이었다. 누구보다 엄청난 업적을 이뤄냈지만, 세상 사람
들은 그런 사실을 알지 못한다.

그는 앞으로도 세상에 모습을 드러낼 생각이 없었다. 그저
지금처럼 이렇게 세상의 끝에 은거할 생각이었다.

서 노인은 단편적으로나마 그런 천우진의 마음을 짐작했다.

‘대공자께서는 자신이 세상에 나가시면 동생에게 부담이 될
까 우려하시고 계신다. 그것이 태어나 자신의 이름을 처음으
로 불러준 동생에 대한 대공자님의 배려.’

자신의 손으로 천우경을 키우다시피 한 서 노인이었다. 그
리고 이젠 생의 마지막 끝자락에 서서 천우진을 보필하고 있
었다. 그렇기에 누구보다 천우진 형제에 대해 잘 알고 있다고
자부하는 이가 바로 서 노인이었다.

그러나 서 노인은 그런 자신의 생각을 결코 밖으로 드러내지 않았다. 주군을 모시는 사람은 결코 부담을 주어서는 안 된다는 것이 그의 생각이었다.

'안타깝구나. 이제 이 늙은이의 생도 얼마 남지 않았다. 내가 죽으면 누가 있어 대공자님을 뫼실 것인가? 대공자께서 더 이상 외롭지 않게 지켜드릴 사람이 있어야 할 텐데. 정작 그분께서는 타인의 관심을 철저히 거부하시니.'

서 노인은 본능적으로 자신의 생이 얼마 남지 않았음을 느끼고 있었다. 하루가 다르게 기력이 쇠잔하여, 이젠 걸어 다니는 것조차 힘에 부칠 지경이었다. 그런데도 그가 하루도 빠지지 않고 챙기는 것이 바로 천우진에 관한 것이었다.

그를 위해 살아가고, 그를 위해 자신의 모든 생을 쏟아 붓는다. 전대 가주의 부인이었던 모일려의 가신으로 구주천가에 들어와 그녀의 자식들에게 쏟은 정성은 이루 말로 표현할 수 없을 정도로 지대한 것이었다.

'내 마지막 소원이 있다면 죽기 전에 대공자님의 어머님을 뵙고 마지막으로 차를 끓여드리는 것과 대공자님이 행복하게 사시는 것뿐.'

모일려를 생각하자 서 노인은 가슴이 찢어질 듯 아파오는 것을 느꼈다. 모일려는 구주천가를 나가면서 서 노인에게 자신의 아들들을 부탁했다. 그 때문에 그녀를 따라 구주천가를 나가지 못한 것이 그의 천추의 한이었다. 죽기 전에 단 한 번

만이라도 모일려의 얼굴을 보고 싶었다. 하지만 이루기 힘든 소원이란 사실을 그는 잘 알고 있었다.

그러나 서 노인은 그런 자신의 생각을 감추고 천우진을 향해 물었다.

"걱정이 되지 않습니까?"

"뭐가 말인가?"

"천마 말입니다. 멸제라는 분이 새로이 나타났다고 하지만, 그래도 오직 대공자님만이 천마를 감당할 수 있지 않습니까?"

"그는 나와 같은 원류에서 태어난 존재. 제압할 수는 있어도 죽일 수는 없지. 그를 죽이는 자가 있다면 나와 다른 길을 걷는 자다. 어쩌면 멸제란 아이의 사명이 그것인지도 모르겠군."

"그런……."

"나는 천마를 제압할 수 있다. 어쩌면 천마 역시 나를 제압할 수 있을 것이다. 나는 천하에 존재하는 그 어떤 자라도 죽일 수 있지만, 천마만큼은 죽일 수 없다. 아마 천마 역시 마찬가지일 것이다. 그것이 우리의 숙명이다. 칠백 년 전 환영의 탑을 만든 조사는 복수심에 불타 천마를 죽일 수 있는 십야마경을 창안했다. 하지만 그가 한 가지 생각하지 못한 것은 같은 어둠의 힘으로는 절대 천마를 죽일 수 없다는 것이다. 나는 그런 사실을 이십 년 전에 깨달았다."

"대공자님."

"그래서 세상일은 재밌는 거야. 이렇게 생각지도 못한 변수가 널려있으니까."

천우진의 눈이 어둠으로 짙게 물들어갔다.

그를 바라보는 서 노인의 눈에 안타까움이 짙게 깔렸다.

천우진을 감싼 어둠이 짙게 요동치고 있었다. 그의 어둠은 점점 짙어져 종국에는 한 치의 빛도 투과시키지 않았다. 그렇게 천우진은 절대적인 어둠이 되고 있었다.

"후후!"

기련산의 바위 정상에서 천우진의 음산한 웃음소리가 나직이 울려 퍼졌다.

천우진은 천하를 바라보고 있었다.

제 2 장

굴욕지야(屈辱之夜)

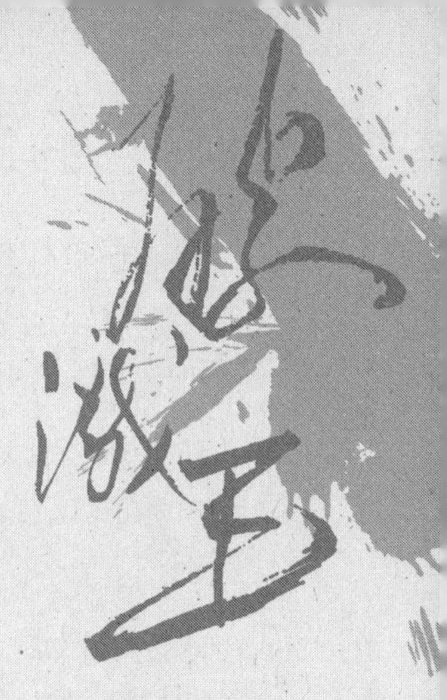

　“으음!”

　대사조 신도제원이 갑자기 나직한 신음성을 흘리며 양손으로 관자놀이를 눌렀다. 갑자기 양쪽 관자놀이가 아파왔기 때문이다. 그는 엄지손가락으로 관자놀이를 눌렀다.

　그 모습에 십사조 자청이 조심스럽게 물었다.

　“어디 편찮으십니까?”

　“아니다. 단지 거북한 기운이 갑자기 느껴졌을 뿐이다.”

　“거북한 기운이라면?”

　“나도 모르겠구나. 그저 누군가 나를 지켜보고 있다는 느낌과 함께 찾아온 갑작스러운 느낌이니까.”

“근자에 신경 쓰시는 일이 많으셔서 그런 것 아닙니까?”

“글쎄! 모르지. 정말 누군가가 나를 지켜보고 있는 것일지도.”

“그런……”

“세상은 넓고 사람은 많은 법이니까. 극단적인 예로, 마해의 천마, 구주천가의 가주, 반천련주 등을 봐도 알 수 있는 일이 아니냐.”

“하지만 그중에도 감히 대사조님께 비견될 수 있는 자는 없습니다.”

“네가 나의 얼굴에 금칠을 하는구나.”

“아닙니다. 저는 진심으로 그렇게 생각합니다. 천하의 그 어떤 무인도 대사조님께 비견될 수는 없습니다.”

“그렇게 생각해주니 고맙구나.”

신도제원이 미소를 지었다.

휘하에 열한 명의 사조를 두었다. 그중에서도 가장 충성스런 자가 삼사조 기무외와 십사조 자청이었다. 그들은 지금까지 단 한 번도 신도제원을 의심하는 법이 없이 따랐다. 그렇기에 신도제원 역시 그들을 누구보다 신뢰하고 아꼈다.

“반천련주는 어찌하고 있느냐?”

“그는 여전히 음모를 꾸미고 있습니다.”

“역시 그런가? 여전히 생각이 많은 자군.”

“믿지 못할 자입니다.”

“그건 연수하기 전부터 이미 알고 있던 사실이지. 그 역시

우리를 완전히 믿지 않고 있을 테니까 탓할 필요도 없다. 우리
는 단지 그를 이용해 이 땅에 우리의 깃발을 꽂기만 하면 되는
일이니까."

"하지만 위험부담이 너무 크지 않나 싶습니다. 완전히 믿는
자와 연수해도 모자랄 판에 믿지 못할 자와 일을 하니 말입니
다. 자칫 배신당하지는 않을까 염려됩니다."

자청은 솔직하게 자신의 생각을 말했다. 신도제원은 그런
자청을 탓하지 않았다. 그의 행동이 충정에서 나온 것이란 사
실을 알고 있기 때문이다.

신도제원이 미소를 지으며 말했다.

"그래서 오히려 긴장의 끈을 놓지 않을 수 있어서 좋지 않
으냐? 너는 너무 걱정할 필요 없다."

"알겠습니다."

"대신 그에 대한 감시는 결코 소홀히 해서는 안 될 것이야."

"물론입니다."

자청이 결연한 표정을 지어보였다.

이젠 십이사조 중에 남아있는 자가 별반 없었다. 대사조 신
도제원을 제외하면 자신과 삼사조 기무외, 함운월 정도가 십
이사조의 전부였다. 열두 명이나 되었던 십이사조가 겨우 네
명만 남았다는 사실이 전해주는 충격은 결코 작은 것이 아니
었다.

'이 모든 게 멸제라는 자 때문이다. 그자 하나 때문에 십이

사조의 여덟 명이 죽었다.'

그는 철군패에 대한 적대심을 불태웠다.

물론 철군패에 의해 죽은 사조들 중에는 대사조 신도제원이 의도적으로 사지로 몰아넣은 자들도 있었다. 하지만 아무리 사실이 그렇다고 하더라도 철군패에 대한 원한이 사라지는 것은 아니었다.

"관설은 어찌 되었느냐?"

"그녀는 지금 천문산에 있습니다. 함 사저가 함께 갔으니 별일은 없을 겁니다."

"내가 걱정하는 것은 그녀가 아니다."

"그럼?"

"후후! 너희들은 그녀에 대해서 너무 모른다. 하긴 그 정도가 딱 좋겠지."

신도제원이 나직이 웃음을 흘렸다. 그에 자청이 의문스런 표정을 지었지만, 굳이 신도제원에게 묻지는 않았다. 자신에게 말해줄 만한 것이었다면 벌써 말해주었을 것이다.

신도제원이 자리에서 일어났다. 자청은 그런 신도제원을 경외의 눈빛으로 바라보았다.

신도제원을 창문을 열고 밖을 바라보았다.

그들이 있는 곳은 신비에 가려진 반천련의 본거지였다. 사방이 높다란 담장으로 둘러쳐진 거대한 장원의 내부와 그 안을 빼곡히 채우고 있는 전각군의 모습이 그대로 눈에 들어왔다.

　그들의 거처는 그중에서도 심처라고 할 수 있는 천무각(天武閣)이었다. 반천련주의 광오함이 엿보이는 이름이었다.

　"후후! 이제는 우리 차례다. 비록 칠백 년 전에는 고배를 마셨지만, 이제 두 번 다시 고배를 마시는 일 따위는 없을 것이다."

　"모든 것이 대사조님의 뜻대로 될 겁니다."

　자청이 깊숙이 허리를 숙여보였다.

　"멸제라는 아이는 어찌 되었느냐?"

　"천문산으로 향한 것으로 보고받았습니다."

　"기어이 천문산으로 간 것인가?"

　"어쩌면 마해의 기도는 그 때문에 물거품이 될지도 모릅니다. 천문산에 있는 그 어떤 무인도 감히 그를 감당할 수 있으리라고는 자신할 수 없습니다."

　"그렇겠지. 능히 그럴 만한 무력을 소유한 아이니까."

　신도제원이 담담히 고개를 끄덕였다.

　어쩌면 철군패에 관해 가장 냉정하게 잘 파악하고 있는 이가 신도제원일지도 몰랐다. 이유야 어쨌든 휘하의 사조들을 모조리 죽인 자가 바로 철군패였기 때문이다. 신도제원이 즉각 반응하지 않는 게 오히려 이상해 보일 정도였다.

　"그냥 두고 보실 작정입니까?"

　"일단은."

　신도제원이 고개를 끄덕였다.

　그는 아직 직접 움직일 생각이 없었다. 그가 움직인다면 그건 십 할의 승률이 존재하는 최후의 순간뿐이다. 지금은 단지 그런 순간을 위해 달려가는 과정에 지나지 않았다.

그때, 문밖에서 누군가의 인기척이 나더니 곧 목소리가 들려왔다.

"반천련주께서 전언을 하셨습니다. 지금 바로 대사조님을 뵙고 싶다고 하십니다."

"알겠다. 곧 가겠다."

"예! 그렇게 전하겠습니다."

목소리 주인의 기척이 곧 사라졌다.

신도제원의 눈빛이 심유하게 빛났다.

"반천련주가 드디어 결심을 굳혔나 보군."

그는 이제 자신이 세상에 나갈 때가 되었음을 직감했다.

＊　　　＊　　　＊

쾅!

벼락이 치는 듯한 소리와 함께 비명도 지르지 못하고 누군가의 생명이 덧없이 사라졌다.

철군패는 묵직하게 가라앉은 시선으로 전면을 바라보았다.

이제 그의 앞을 막는 존재는 더 이상 없었다. 대신 그의 앞을 가로막은 것은 정체불명의 거대한 장벽이었다.

철군패는 이런 기운이 무엇을 뜻하는지 잘 알고 있었다.

"진법인가?"

그랬다. 분명 눈앞에서 느껴지는 이질적의 기운은 진법의 그것이었다. 예전에 등천문이었던 곳 전체가 진법의 기운에 잠겨 있었다. 게다가 밖에서 안을 들여다보는 것은 불가능했다. 안에서 무슨 일이 벌어지고 있는지 알아내려면 직접 들어가는 수밖에 없었다.

철군패는 거침없이 진을 향해 걸음을 옮겼다.

츠츠츠!

진의 초입에 들어서자 이질적인 기운이 피부를 자극했다. 외부와 완벽하게 격리가 되어 있는 진의 영역에 들어선 것이다.

진의 초입부터 수많은 이들의 시신이 눈에 띄었다. 그런데 시신들의 자세가 묘했다.

스스로 목숨을 끊은 듯한 자세를 취한 시신부터 서로 상잔한 시신까지 종류도 다양했다. 그러나 모든 시신의 얼굴엔 한 가지 공통점이 있었다. 바로 극심한 공포심과 자책감이 어린 표정이었다. 죽는 그 순간까지도 그들은 공포와 자책감에 떨어야 했던 것이다.

철군패의 미간에 골이 패였다.

"도대체 무슨 이유로 이곳에서 이런 진법을 펼치는 거지?"

진법의 이름까지는 알 수 없었지만, 진이 인간의 마음에 영향을 준다는 것쯤은 시신의 모습으로 미루어 충분히 짐작할 수 있었다. 문제는 마해가 왜 이곳에서 무슨 목적으로 이런 진법을 펼치느냐는 것이다.

　그냥 무인들을 학살하는 것이 목적이었다면 굳이 진법을 펼칠 필요도 없이 마해 산하의 무력집단을 동원하면 되는 일이다. 이렇게 요란하게 진법까지 펼쳐가며 무인들을 학살할 이유가 없는 것이다.

　"이유는 안에 들어가면 알게 되겠지."

　철군패는 그렇게 생각하며 진법 안으로 발을 들여놓았다.

　그 순간 불길한 기운이 철군패를 휘감았다. 마치 끈적끈적한 아교처럼 달라붙는 불길한 기운들.

　철군패는 파멸력을 끌어올렸다. 그러자 일순 몸에 달라붙던 불길한 기운들이 멀찍이 달아났다. 그가 익힌 파멸력은 파마파사(破魔破邪)의 힘을 가지고 있었다.

　파멸력의 공능에 힘입어, 철군패는 한 발, 또 한 발 진의 중심을 향해 걸음을 옮겼다.

　얼마나 진 속을 걸었을까? 갑자기 주위에서 처절한 음성이 들려왔다.

　"크으으!"

　"으아아! 제발 용서해줘."

　소리가 난 곳을 바라보니 몇몇 무인들이 바닥을 나뒹굴며 발악을 하고 있었다. 어떤 이는 환상이라도 본 것처럼 연신 무어라 중얼거리며 고개를 조아리고 있었고, 어떤 이들은 서로가 생사대적이라도 된 것처럼 서로의 목을 조르며 무어라 소리치고 있었다.

스스로 목숨을 끊고, 서로를 죽이는 목불인견의 참상이 벌어지고 있었다. 그들은 모두 이번 천문산의 마해 토벌에 참여한 무인들이었다.

그들은 지금 진의 영향을 받고 있었다.

"육체가 아니라 정신에 영향을 끼치는 진법이란 말인가?"

철군패처럼 정신력이 강하거나 심맥을 보호할 수 있는 무인들에게는 미치는 영향이 크지 않았지만, 일반 무인들에게는 절대적인 영향을 끼치는 진법이었다.

"우선 진법의 중추를 파괴해야 한다. 그래야만 진을 파해할 수 있다."

철군패는 진의 중추가 있을 거라고 생각되는 방향을 향해 걸음을 옮겼다. 하지만 몇 걸음을 옮기자 주위의 환경이 일렁이더니 크게 변했다.

사방 어디를 둘러봐도 누런 모래만 있는 거대한 사막이었다. 그런 사막 한가운데 철군패만이 홀로 서있었다.

"이곳은?"

진이 보여주는 환상이란 사실을 알고 있었다. 그런데도 현실처럼 느껴지는 것은 바로 그 생생함 때문일 것이다.

모래의 부드러운 촉감과 뜨거운 열기가 피부에 고스란히 느껴졌다. 그가 느끼는 감촉은 결코 거짓이 아니었다.

철군패는 한쪽 무릎을 꿇은 채 모래에 손을 갖다 댔다.

"진짜와 같은 느낌이라니. 정말 정교하군."

철군패가 몸을 일으켰다.

진짜 같지만 이 모든 것은 어디까지나 허상에 불과하다. 철군패는 그런 사실을 명확하게 인지하고 있었다.

그때였다.

갑자기 그의 전면 공간이 크게 일렁이더니 검은 그림자의 모습이 보였다. 처음엔 마치 연기처럼 형상이 불분명했지만 이내 뚜렷한 형상을 갖추기 시작했다.

이윽고 검은 그림자가 형상을 완성하자 철군패의 눈동자가 흔들렸다.

"흐흐! 우리를 이런 꼴로 만들고도 네놈은 혼자서 잘 살고 있구나."

"네놈 때문에 우리는 영원토록 지옥불 위를 헤매게 되었다. 이 모두가 너 때문이다."

철군패를 향해 흉흉한 살기를 토해내는 검은 그림자의 주인은 다름 아닌 십이사조들이었다.

철군패의 손에 목숨을 잃은 경율진, 합아륵, 회천호 등이 처참하게 망가진 모습으로 철군패를 노려보고 있었다. 그뿐만이 아니었다. 철군패의 손에 목숨을 잃은 자들이 생생하게 살아나 노려보고 있었다.

"이것이었나? 저들의 목숨을 빼앗은 환영의 정체가."

이미 철군패는 이와 같은 진법을 경험한 적이 있었다. 바로 함운월에 의해서 말이다. 때문에 놀라거나 현혹되지 않을 수 있었다. 이미 내성이 쌓인 데다, 무엇보다 그의 심지가 더없이 굳건하기 때문이다.

"자신이 평생을 살아오면서 가장 민감하게 생각되는 부분이나 죄책감을 보여줌으로써 자결을 유도하거나 상대를 죽이게 만드는 것인가?"

철군패의 눈빛이 더욱 묵직하게 가라앉았다.

그 역시 인간이었다.

제아무리 강한 무력을 소유하고 경천동지할 능력을 가지고 있다하더라도, 인간임이 분명한 이상 죄책감과 같은 감성이 존재하지 않을 수 없다.

더군다나 철군패는 단기간에 수많은 무인들과 겨뤘으며 그들의 목숨을 빼앗았다. 당연히 죄책감이 들지 않을 수 없었다. 지금 진법은 그런 철군패의 죄책감이 드는 대목을 교묘히 보여주고 있었다.

아마 스스로 목숨을 끊은 대부분의 무인들 역시 죄책감을 이기지 못해서였을 것이다.

철군패가 입술을 질겅 깨물었다.

쿵!

그가 크게 한발을 내딛었다. 극성의 만중보에 환영이 크게 일렁이더니 곧 사라졌다.

쿠웅!

철군패가 또다시 한 발을 내딛었다.

어차피 언젠가는 부딪쳐야 할 심마(心魔)였다. 심마에 부딪혀 주저앉는다면 더 이상 앞으로 나갈 수 없었다.

심마에 잡아먹히든가, 아니면 전진해 심마를 잡아먹든가.

철군패에겐 두 가지의 선택밖에 주어지지 않았다. 그리고 언제나처럼, 철군패는 전진을 선택했다.

한 발 한 발 힘을 주어 내딛는다.

발끝을 통해 고스란히 전해져오는 육중한 느낌.

그가 느끼는 생명의 무게다.

그는 생명의 무게를 어깨에 짊어지고 걸어갈 수밖에 없는 숙명을 안고 태어났다. 그리고 그는 결코 자신의 숙명을 거부하지 않을 것이다.

부인하지도, 외면하지도 않을 것이다.

똑바로 직시하며 걸어갈 것이다.

그것이 철군패의 각오였다. 그의 각오 앞에 환영이 모래성처럼 무너져 내렸다.

"차하핫!"

철군패가 기합을 내지르며 거대한 주먹으로 바닥에 일권을 내리꽂았다.

콰앙!

철군패의 강렬한 일권에 대지가 들썩였다.

쩌적!

그의 주먹이 꽂힌 곳을 중심으로 대지에 균열이 가더니 곧 남북으로 급속도로 뻗어나갔다. 철군패의 강력한 일권이 대지를 따라 흐르는 기의 흐름에 폭발을 일으킨 것이다.

그가 만든 균열 때문에 기의 흐름이 흐트러졌다. 그 때문에 그의 앞에 길이 열렸다. 바로 진의 중심이자 매개체인 거탑으로 가는 길이.

철군패는 자신이 만들어낸 길을 저벅저벅 걸어갔다. 그가 지나가자 진이 다시 원상 복구됐다.

피로 이루어진 길을 걸어 철군패가 마침내 거탑 앞에 섰다. 마해가 등천문의 대연무장 한가운데에 축조한 거대한 건축물이었다.

그들이 어떤 목적으로 이런 거탑을 만든 것인지 알 수 없었다. 하지만 철군패는 저들이 단순히 군웅들을 끌어들여 학살하기 위함만은 아니라고 생각했다.

"마해."

철군패가 주먹을 들었다.

이유는 나중에 생각하기로 했다. 우선은 거탑을 부숴 군웅들을 구해야 했다. 비록 몇 명 남지 않았다고 하지만 그들을 이대로 방관만 할 수는 없었다.

철군패가 거탑을 향해 일격포를 날렸다.

쩌어엉!

공기가 깨져나가는 듯한 날카로운 소리와 함께 주위의 모든 사물이 부서져나갔다. 하지만 철군패의 가공한 힘이 담긴 공격에도 불구하고 거탑은 멀쩡했다. 아마도 진법의 힘이 거탑을 보호하고 있는 듯했다.

그러나 철군패는 포기하지 않고 다시 주먹을 들었다. 한 번으로 안 되면 두 번, 두 번으로 안 되면 열 번이라도 휘둘러서 거탑을 부숴버릴 것이다.

그런 마음가짐으로 다시 주먹을 휘두르려 할 때였다.

"오라버니, 그만하세요."

철군패의 주먹이 허공에서 우뚝 멈춰 섰다.

고개를 돌리자 한편에 우두커니 서있는 임관설의 모습이 보였다. 그녀의 뒤에는 백련귀가 서있었다.

그들을 바라보는 철군패의 눈빛이 무섭게 일렁거렸다. 어둠 속에서 두 줄기 귀화가 타오르는 듯한 그의 모습에 백련귀가 숨을 죽였다. 직감적으로 철군패가 화가 났다고 생각했기 때문이다.

철군패의 입에서 묵직한 음성이 흘러나왔다.

"너는 이런 일이 벌어질 거라는 사실을 알고 있었구나."

"그래요."

"왜냐? 마해가 왜 이런 일을 벌이는 것이냐?"

"그건 나도 정확히 알지 못해요. 내가 알고 있는 것은 마해가, 아니, 천마가 이번 일을 통해 무언가 큰일을 계획하고 있다는 것뿐이에요."

“대공녀.”

뒤에서 백련귀가 다급히 불렀지만 임관설은 아랑곳하지 않고 말을 이었다.

“그들은 인간의 내면에 잠재해있는 뿌리 깊은 죄악과 원초적인 본능을 끌어내길 원해요.”

“왜냐?”

“그 이상은 나도 알지 못해요. 단지 그러한 일련의 과정을 통해 천마가 원하는 커다란 그림을 그리길 원한다는 것 정도를 짐작해볼 수 있어요.”

“이렇게 많은 사람들을 죽여 가면서까지 무슨 그림을 그린단 말이냐?”

“아무도 그를 이해하지 못해요. 그는 칠백 년을 살아온 괴물. 그가 인간에게 느꼈던 분노와 절망감은 우리가 감히 짐작할 수 없는 종류의 것이에요.”

“나도 그가 얼마나 큰 좌절과 절망을 겪었는지 알고 있다. 그러나 백번 천번 애써 이해하려 해도, 이것은 아니다.”

철군패가 포효를 하고 있었다.

그의 사자후는 등천문을 휘감은 절진을 쩌렁쩌렁 울리고 있었다. 그의 커다란 외침에 백련귀의 얼굴이 처참하게 일그러졌다. 단지 그의 외침을 듣는 것만으로도 내기가 흩어지는 것을 느꼈기 때문이다.

‘크윽! 역시 괴물.’

지금 괴물이 분노하고 있었다. 칠백 년을 살아온 또 다른 괴물을 향해서 말이다. 백련귀는 그의 분노가 자신을 향하지 않기를 간절히 바랄 뿐이었다.

"천마는 어디에 있느냐?"

"그는 왜 찾는 건가요?"

"더 이상 그가 이런 미친 짓을 하지 못하도록 내가 막을 것이다."

"오라버니."

"그는 어디에 있느냐?"

쿠웅!

그의 광포한 기운에 주위의 대기가 미친 듯이 요동을 쳤다. 임관설은 철군패가 진심이라는 사실을 알아차렸다.

'오라버니는 진심으로 분노하고 있다.'

가슴이 아팠다.

자신이 처음으로 마음을 준 사람이었다. 부모와도 마찬가지인 대사조 신도제원조차 주지 않은 정(情)을 처음으로 알게 해준 사람이었다. 그런 사람과 이렇게 반대편에 서서 대면해야 한다는 사실이 가슴 아팠다. 하지만 그녀는 애써 무심한 표정을 지었다.

"다시 한 번 물으마. 천마는 어디에 있느냐?"

"그건 아무도 알지 못해요. 단지 중원 어딘가에 있을 거라고 짐작만 할 뿐."

"너는 어찌할 셈이냐?"

"무얼 말인가요?"

"계속해서 신도제원의 편에 있을 거냔 말이다."

"오라버니, 나에겐 선택의 여지가 없어요. 내가 있어야 할 자리는 바로 이곳이에요."

"관설."

철군패가 임관설을 똑바로 바라봤다. 하지만 임관설은 고개를 돌려 그의 시선을 외면했다. 한 점의 흔들림도 없는 철군패의 시선을 마주보기가 부담스러웠다. 차라리 그를 몰랐던 시절이 더 행복했단 생각이 들었다.

"왜냐?"

"대사조는 나의 아버지나 다름없는 존재에요. 자식이 부모를 거부할 수는 없으니까요. 그분이 어떤 결정을 내리든, 나는 따를 수밖에 없어요."

"그것이 잘못된 결정이라도 말이냐?"

"그래도 어쩔 수 없어요."

"그런 무책임한 말, 나는 용납하지 못한다."

"미안해요."

쾅!

그 순간 철군패가 바닥을 크게 굴렀다. 그러자 마치 지진이라도 일어난 것처럼 바닥이 흔들렸다.

"세상에 '어쩔 수 없다'라는 말처럼 무책임한 말은 없다. 오

늘 이곳에서 이런 짓을 행한 자들은 마땅히 그에 대한 책임을
져야 할 것이다. 비록 한 발 걸치기만 했거나 방관을 한 자라
할지라도 말이다."

"오라버니."

"천마건 반천련주건 대사조건 상관없다. 그들에게 반드시
오늘 일의 책임을 물을 것이다. 너에게도 분명히 말해두마. 다
음에 다시 이런 상황에서 만난다면 그때도 너를 배려해준다고
장담할 수 없다."

철군패의 묵직한 음성이 그의 의지를 대변하고 있었다.

"누가 누구를 감히 배려해준단 말이오?"

그때 낯선 음성이 임관설의 등 뒤에서 들려왔다. 임관설의
등 뒤에서 모습을 보이는 남자는 분명 사도광천이었다.

사도광천의 등 뒤에는 일단의 무인들이 있었다.

"당신은?"

"사도광천이라고 하오, 멸제여. 미흡하지만 마해에서 낙일
사주의 직책을 맡고 있소."

"낙일사주? 그렇다면 당신이 오늘의 모든 일을 꾸민 원흉이
겠군."

"내가 모든 것을 그린 것은 아니지만, 실행시킨 사람은 분
명하오."

"그렇다면 책임질 각오도 되어있겠군."

"멸제께서 내게 책임을 물을 정도의 능력을 가지고 있다면

그렇게 될 것이오. 허나, 그렇게 순순히 멸제의 뜻대로 되지는 않을 것이오."

사도광천이 미소를 지었다.

그냥 은밀히 숨어서 지켜볼 수도 있었다. 그런데도 그가 굳이 철군패 앞에 모습을 드러낸 것은 철군패라는 존재를 자신의 두 눈에 각인시켜두기 위함이었다.

'이제 내 눈으로 확인했다. 멸제는 본해 최대최강의 적이 될 것이다. 그는 결코 어떤 타협도 하지 않을 것이며, 물러서지도 않을 것이다. 이런 적이 존재한다는 사실을 내 눈으로 확인한 것만으로도 큰 수확이라 할 수 있다.'

비록 웃고 있는 얼굴을 하고 있었지만 사도광천의 눈에는 살기가 흐르고 있었다.

쿵!

철군패가 사도광천을 향해 발을 내딛었다. 그러자 사도광천의 주위에 있던 사내들이 우르르 앞으로 나서며 그를 감쌌다. 하나같이 심상치 않은 예기를 흘리는 남자들은 바로 사도광천의 친위대였다.

"당신도 똑같군."

"뭐가 말이오?"

"당신 같은 자들은 결코 더러운 일은 직접 하지 않아. 남들 손에 피를 묻히게 해서 자신의 목적을 달성하고, 자신은 항상 안전한 곳에 숨어서 지켜보지. 그것이 마치 자신의 특권이라도 된다는 양.”

“인정하겠소. 허나, 멸제처럼 직접 움직이는 사람이 있는가 하면 우리처럼 머리로 다른 사람을 움직이는 사람도 있는 법. 그리고 나는 나와 같은 자들이 세상을 움직인다고 믿고 있소. 당신이 제아무리 멸제라고 하나 이 진법을 깨트리기는 쉽지 않을 것이오. 이곳에 펼친 진은 매우 특별한 것이니까.”

“무엇을 노리고 만든 진인가?”

“직접 알아보시구려. 내가 직접 얼굴을 드러낸 것만으로도 당신에 대한 예의를 다한 거니까.”

사도광천이 희미하게 미소를 지었다. 그것이 조소라는 사실 은 두말할 필요가 없었다.

철군패가 다시 사도광천을 향해 걸음을 옮기려는 순간이었 다. 순식간에 주위의 풍경이 변하며 철군패가 진 속에 홀로 가 둬졌다.

그 모습을 보며 사도광천이 중얼거렸다.

“제아무리 멸제라고 하더라도 그리 쉽게 빠져나오지는 못할 것이다.”

이미 운명의 수레바퀴는 굴러가기 시작했다. 철군패가 제아 무리 강하다 할지라도 거대한 운명의 수레바퀴를 막을 수는 없을 터였다.

사도광천이 임관설을 바라봤다.

“대공녀께서는 멸제를 무척이나 잘 알고 계시는 것 같아 보였소만.”

“오래전에 우연히 그를 만나 동행한 적이 있어요.”

“단지 그렇다고 보기엔 너무 친밀해 보이던데. 혹시 다른 이유가 있는 것은 아니오?”

“지금 나를 의심하는 건가요?”

“물론 그런 것은 아니오. 단지 의문은 반드시 풀어야만 하는 성격이라서 말이오.”

“내 사적인 이야기를 당신에게 털어놓을 이유는 없을 것 같군요.”

“물론 그렇소만, 그래도 본해와 연수를 한 이상 숨기는 것이 그리 많지 않았으면 좋겠구려.”

“지금은 내 걱정을 하는 것보다 당신 걱정을 하는 것이 좋을 거예요.”

“무슨 말이오?”

“뒤를 보세요.”

임관설의 말에 사도광천이 뒤를 돌아봤다.

그 순간.

콰아앙!

등천문을 휘감은 진법이 마치 벼락이라도 맞은 것처럼 크게 흔들렸다.

“설마?”

사도광천의 표정이 확 변했다.

발을 통해지는 이런 강렬한 느낌이라니.

불현듯 불길한 생각이 뇌리를 스쳐지나갔다.

그 순간, 또다시 굉음과 함께 대지가 흔들렸다.

쿠와앙!

좀 전보다 더욱 거세고 파괴적인 느낌.

"설마 진을 주먹으로 파괴하고 있단 말인가?"

"그래요. 그는 능히 그럴 만한 능력이 있어요."

"터무니없는 일이군. 그런 일이 가능하다니."

사도광천의 표정이 침중해졌다.

맨몸으로 진을 깨부술 수 있는 존재는 그가 알기엔 딱 두 명 뿐이었다.

바로 천마와 십전제.

하지만 거기에 또 한 명을 추가시켜야 할 것 같았다.

진이 흔들리는 것으로 봐서 그다지 오래 버틸 수 있을 것 같지 않았다.

사도광천이 임관설에게 말했다.

"그럼 나는 이만 가보겠소."

"당신들이 애써 만든 진이 파괴되는데도 그냥 가겠단 말인가요?"

"후후! 대공녀에게만 말해주는 것이지만, 사실 이미 진의 효용은 다했다오. 수많은 사람들의 피와 원념을 흡수함으로써 제 역할이 끝났다고 볼 수 있지."

"그럼?"

"당연한 말이지만 나머지는 비밀이라오. 그러나 단지 이것 하나만은 말해주도록 하지. 이 모든 것은 그저 발판에 불과하다오."

"무엇을 위한 발판이란 말인가요?"

"후후! 이제 곧 알게 될 것이오. 그럼 나는 이만……."

한 줄기 웃음과 함께 사도광천이 모습을 감췄다.

임관설의 얼굴이 침중해졌다.

"도대체 무엇을 위한 발판이란 말인가?"

하지만 그녀의 의문을 풀어줄 사도광천은 이미 모습을 보이지 않았다.

쿠르르!

그 순간 진의 울림이 더욱 커졌다.

이제 진이 깨지기 직전이었다.

"오라버니."

잠시 안타까운 시선으로 바라보던 임관설이 곧 모습을 감췄다. 하지만 백련귀는 움직이지 않고 제자리에 서있었다.

그가 히죽 웃더니 품안에서 오리알만 한 쇠공 서너 개를 꺼냈다.

"이런 좋은 기회를 그냥 놓칠 수는 없는 노릇이지. 굉천뢰(轟天雷) 네 알이라면 그가 제아무리 금강불괴를 능가하는 육신을 갖고 있다지만 타격을 입힐 수 있을 것이다."

백련귀는 철군패에게 제압당해 종처럼 부려지던 그 순간을 아직도 잊지 않고 있었다.

그가 허공으로 몸을 뽑아내며 굉천뢰를 철군패가 있을 곳으로 짐작되는 방향으로 던졌다.

쿠콰콰쾅!

굉천뢰가 거대한 폭발을 일으켰다. 그 폭발력이 어찌나 엄청났던지, 수십 리 밖에 있던 사람들이 충격을 느끼고 천문산을 돌아볼 정도였다.

*　　*　　*

폭발이 가라앉은 등천문의 전경은 그야말로 처참했다. 진법의 근간이 되었던 거탑은 형체를 알 수 없을 정도로 산산이 부서져 있었고, 전각은 흔적조차 남기지 못하고 무너져 있었다.

무너진 잔해 사이로 보이는 사람들의 시신마저 처참하게 훼손당해 있었다. 그렇게 형체조차 제대로 남기지 못한 사람이 수백 명이 넘었다. 그나마 겨우 목숨을 건진 사람들조차 정상인 자가 없었다.

어떤 이는 정신이 나간 사람처럼 눈에 초점이 풀려 있었고, 어떤 이들은 혼자서는 움직이지 못할 엄중한 부상을 입고 바닥에 누워 있었다.

아수라 지옥도를 방불케 하는 모습이었다. 그 속에서 한 사내가 몸을 일으켰다.

조금 전까지 서있던 거탑을 연상케 하는 거구의 사내는 철군패였다. 그가 몸을 일으키자 어깨와 등에 쌓여있던 먼지와 건물의 잔해가 우수수 떨어져 내렸다.

먼지로 뒤덮인 철군패의 거대한 동체 곳곳에서 혈흔이 내비쳤다. 금강불괴를 능가하는 단단함을 가진 육신이었지만, 굉천뢰가 터지는 폭발에는 그만 상처를 입고 만 것이다. 그러나 인간의 육신으로 그것을 견뎌낸 것만으로도 백련귀의 예상을 뛰어넘는 엄청난 일이었다.

분명 상처를 입었건만 철군패의 눈빛엔 전혀 변화가 없었다. 여전히 뜨겁게 이글거리고 있었다.

그가 거탑을 부수는 순간 굉천뢰에 의한 폭발이 일어났다. 그 때문에 피해가 더욱 커졌다. 죽지 않아도 될 사람까지 죽고 만 것이다.

죽거나 다친 사람들의 수가 거의 천 명에 달했다. 일대의 무인들의 씨가 마른 것이나 다름없었다.

꾸욱!

철군패의 주먹에 힘이 들어갔다.

그가 힘껏 외쳤다.

"화왕!"

그의 말이 채 끝나기도 전에 화왕이 달려왔다. 철군패는 단숨에 화왕의 등 위에 올라타고 소리쳤다.

“가자. 결코 그들이 이곳을 빠져나가게 두지 않겠다.”

그는 결코 사도광천 등이 무사히 이곳을 빠져나가게 둘 생각이 없었다.

화왕이 무서운 속도로 내달렸다.

중간쯤 내려가자 산을 올라오는 북풍대가 보였다. 철검당을 무너트리고 북풍대가 올라오는 것이었다.

철군패를 발견한 양천의가 소리쳤다.

“어디를 가는 것이냐?”

“놈들을 쫓는다.”

“그럼 나도 같이…….”

“너는 이곳에 남아라.”

“왜?”

“아무래도 석연치 않다. 금방 돌아올 테니까 똘똘한 몇 놈 데리고 그들이 이곳에 무슨 짓을 했는지 알아내라.”

“그게 무슨 말이야?”

“무어라도 좋아. 이상한 게 발견되면 무조건 파헤쳐.”

“젠장! 무슨 말인지. 알겠다.”

큰소리로 외치는 양천의를 지나쳐 철군패는 순식간에 사라져갔다. 그 모습을 보며 양천의가 중얼거렸다.

“도대체 뭐가 이상하단 거야? 나는 제 놈이 이상하구만.”

“올라갑시다, 부대주. 언제 대주가 허튼 소리를 하는 것 봤습니까? 무언가 이상하니까 저러는 거겠지요.”

북풍대원이 양천의를 잡아끌었다. 그에 양천의가 불만스러운 표정을 지었다.

"그걸 누가 몰라? 그냥 제 수하처럼 부리니까 그렇지."

"수하 맞잖아요."

"뭐?"

"부대주는 대주 밑이잖아요. 크크크!"

"너, 이 자식!"

양천의의 눈썹이 성큼 치켜 올라갔다. 하지만 그를 놀렸던 북풍대원은 이미 멀찍이 떨어져 있었다.

"저놈의 새끼. 하여간 저 주둥아리를 꽉 꿰매놓든지 해야지."

말은 그렇게 했지만 대원을 바라보는 그의 눈빛엔 신뢰가 가득했다.

그토록 강렬하게 저항하던 철검당을 무너트리고 올라오는 길이었다. 철검당을 무너트리면서 스무 명의 부하가 가벼운 부상을 입었고, 두 명이 중상을 입었다. 그나마 백병도를 익혔기에 피해가 경미한 것이었다. 만일 그들이 하나의 의식을 공유한 것처럼 일사불란하게 움직이지 않았다면 피해는 더욱 커졌을지도 몰랐다.

그들은 몰랐지만, 천하의 철검당을 상대로 겨우 그 정도밖에 피해를 입지 않았다는 것은 거의 기적이나 마찬가지였다. 강호의 그 어떤 무력집단도 해내지 못할 일인 것이다.

한 치 앞도 알 수 없는 난세를 헤쳐 나가는 동료였다. 신뢰

할 수 있는 동료이자 부하를 어찌 미워할 수 있겠는가?

양천의가 소리쳤다.

"올라가자. 빌어먹을 대주 놈이 무얼 찾으라고 하는 건지는 모르겠지만, 올라가 보면 알겠지."

"예!"

수하들이 힘차게 대답했다.

*　　*　　*

"으음!"

사도광천의 눈빛이 변했다.

그와 동시에 그의 수하들이 입을 열었다.

"추적이 있습니다."

"설마?"

"그입니다. 그가 추적해오고 있습니다."

"벌써 진을 뚫었단 말인가? 으음!"

사도광천이 나직한 신음성을 흘렸다.

아무리 경인할 능력을 가지고 있다 하더라도 진을 뚫는 데 최소 한두 시진 이상은 소모될 것으로 짐작했다. 그 정도 시간이라면 그들이 빠져나가고도 남을 시간이었다. 하지만 철군패는 그의 예상을 깨고 불과 일이 각 만에 진을 부수고 추적해오고 있었다. 사도광천의 예상을 뛰어넘는 전격적인 움직임인 것이다.

사도광천의 눈동자가 흔들렸다.

"도대체 멸제의 근원이 무엇이기에?"

그 어떤 무인이라도 사승(師承)과 사문이 존재한다. 하루아침에 절대고수가 만들어질 수는 없다. 유구한 역사와 더불어 전대의 지식과 경험이 후대로 이어져 훌륭한 고수가 탄생하는 법이다. 때문에 하늘에서 뚝 떨어진 것처럼 어느 날 갑자기 나타난 고수라고 하더라도 근원을 찾아 보면 결국 스승과 사문을 발견할 수 있다.

하지만 철군패는 달랐다. 정말 하늘에서 뚝 떨어진 것처럼, 그는 어느 날 이 세상에 갑자기 나타났다.

"멸제…… 어쩌면 그분의 행보에 가장 큰 방해물이 될지도 모르겠구나."

사도광천이 눈을 빛냈다.

"남일형, 문제원."

"예!"

그의 호명을 받은 수하들이 대답하며 앞으로 나섰다.

그들 모두 낙일사에 소속된 고수들이었다.

"너희들은 수하들을 이끌고 멸제를 막아라."

"존명!"

"너희들을 통해 그의 무력을 가늠할 것이다."

"예!"

수하들은 일말의 망설임도 없이 대답했다.

현재까지 드러난 멸제의 무력으로 미뤄보아 그들은 살 확률보다 죽을 확률이 더욱 높았다. 그런데도 마치 남의 일처럼 그렇게 대답하는 것이다.

사도광천이 자리를 뜨고 남일형 등이 남았다. 그런데도 그들의 눈에는 원망의 빛이 존재하지 않았다.

스릉!

남일형 등이 검을 꺼내들었다. 그들의 몸에서는 서릿발처럼 차가운 예기가 흘러나오고 있었다.

두두두!

저 멀리서 말발굽 소리가 들려오는가 싶더니 순식간에 철군패가 모습을 드러냈다. 자신의 덩치만큼이나 거대한 말에 올라탄 그가 엄청난 박력을 뿜어내며 달려오고 있었다.

"멸제."

대지를 온통 위진하는 그 박력에 살이 다 떨려올 정도였다. 하지만 남일형과 낙일사의 고수들은 한 발도 뒤로 물러서지 않았다. 그들은 마해를 위해서라면 자신의 한목숨을 언제든 희생할 수 있도록 훈련을 받은 사람들이었다. 마해와 천마를 위해 목숨을 바치는 것을 오히려 영광이라고 생각했다.

남일형이 나직한 목소리로 중얼거렸다.

"온다."

낙일사의 고수들이 허리를 숙이며 무기를 잡은 손에 힘을 주었다. 언제라도 튀어나갈 수 있도록 폭발적인 힘을 담은 자세였다.

마침내 철군패가 지척까지 다가왔을 때, 그들의 신형이 용수철에서 튕겨진 것처럼 튀어나갔다.

쉬아악!

철군패를 향해 부챗살처럼 퍼져나가는 검기. 그러나 철군패의 등이 활시위처럼 휘어지는가 싶더니 강렬한 일권이 허공에 작렬했다.

쿠와앙!

일격포에 날카롭게 날아오던 검기가 허공에서 물안개처럼 사라졌다.

"크윽!"

"윽!"

남일형과 낙일사의 고수들이 철군패의 일권에 담긴 힘을 이기지 못하고 뒤로 쿵쿵 발소리를 내며 물러났다.

그들의 시선이 화등잔처럼 붉은색으로 불타오르는 철군패의 눈과 마주쳤다.

부르르!

순간 온몸으로 퍼져가는 오한과 소름에 몸에 존재하는 털이란 털이 모조리 일어섰다.

콰앙!

그 순간 철군패의 이격이 터져 나왔다. 그의 권경에 휩쓸린

다섯 명의 무인들이 비명도 지르지 못하고 어육처럼 짓이겨진 채 뒤로 튕겨나갔다.

놀라 바라보는 남일형에게 철군패와 화왕의 거대한 동체가 쇄도해오고 있었다. 거대한 충차가 달려오는 듯한 느낌에 정신이 다 아득해져왔다. 하지만 남일형과 낙일사의 고수들은 한 걸음도 물러서지 않고 자신들이 펼칠 수 있는 최고의 절기로 철군패를 공격했다.

"혈령마흔(血玲魔痕)."

"개벽도(開闢刀)."

쉬아앙!

오늘날의 그들을 있게 만든 최고의 절기가 철군패와 화왕을 금방이라도 난도질할 듯 날아갔다. 하지만 그 순간, 그들은 놀라운 광경을 목도했다. 철군패의 몸이 두 겹, 세 겹으로 겹쳐 보이는가 싶더니 그들이 날린 공격이 모조리 튕겨나간 것이다.

파형권 궁극의 방어기공인 천공패였다.

뒤이어 철군패의 삼격이 들이닥쳤다.

후웅!

주먹이 도달하기도 전에 먼저 엄청난 풍압이 느껴졌다.

콰!

마치 폭풍 한가운데 서있는 듯, 세상 천지에 홀로 고립된 느낌에 이어 엄청난 고통이 밀려오며 정신이 아득해졌다.

남일형 등의 몸이 허공으로 튕겨 올랐다가 바닥에 떨어졌을 때는 이미 산 자의 생기가 존재하지 않았다.

두두두!

철군패는 그들의 상태도 살펴보지 않고 그대로 지나갔다. 화왕과 철군패는 한 몸이 되어 질풍처럼 질주했다.

주위의 전경이 무서운 속도로 뒤로 밀려나갔다. 화왕이 대지를 박차는 느낌이 전신의 근육을 통해 느껴졌다.

저 멀리에 사도광천과 그의 수하들이 도주하는 모습이 보였다. 그들도 경공을 펼치며 빠르게 달리고 있었지만, 질풍 같은 화왕의 속도는 감당하지 못하고 점차 거리가 좁혀지고 있었다.

사도광천의 다급해하는 기색이 멀리서도 느껴졌다.

"하앗!"

철군패의 외침에 화왕이 더욱 빠른 속도로 질주했다. 마치 공간을 접으며 달리는 것처럼 사도광천과 철군패 사이의 거리는 금세 좁혀졌다.

"크윽! 멸제."

사도광천의 얼굴에 다급한 빛이 떠올랐다.

설마 철군패를 막기 위해 내보낸 수하들이 일각도 시간을 벌지 못할 줄은 짐작도 못했기 때문이다.

'이런 괴물 같은…….'

상대는 단순히 괴물 같은 자가 아니라, 괴물 그 자체였다.

이제 사도광천은 그런 사실을 확실히 깨달았다. 그러나 지금 이 순간, 그가 철군패를 막을 수 있는 방법은 아무것도 없었다.

　그가 익힌 무공이라고는 겨우 스스로 호신할 수 있는 수준의 것이었다. 그동안 머리로만 세상을 조종해왔기에 그가 직접 위험에 노출되는 일은 없었다. 그렇기에 굳이 혼신의 힘을 기울여 무공을 익힐 필요성을 느끼지 못했다. 하지만 지금 이 순간, 그는 자신이 무공을 극고의 수준으로 익히지 못한 것을 후회하고 있었다.

"크윽!"

그가 비통한 신음성을 흘렸다.

이대로라면 철군패에게 덜미를 잡힐 것이 명약관화했다. 사도광천은 마해에서도 가장 중요한 조직에 속해있는 존재. 그가 알고 있는 비밀은 마해에서도 극비에 속하는 것이었다. 그러한 기밀이 누출된다면 마해의 행보에 큰 타격을 입을 수밖에 없었다.

"그렇다면 차라리……."

사도광천은 최악의 경우 자신의 심맥을 스스로 끊을 생각을 했다.

그 순간에도 철군패는 급속도로 가까워지고 있었다. 들소만큼이나 거대한 말을 달려 다가오는 철군패의 모습이 흡사 악마처럼 느껴졌다. 그는 자신이 이런 궁지에 몰렸다는 사실이 도저히 믿겨지지 않았다.

"사주님을 지켜라."

"죽음으로……."

그나마 남아있던 사도광천의 수하들이 철군패를 제지하기 위해 달려들었지만 소용없었다. 그들은 철군패의 일권도 감당하지 못하고 달려들던 속도보다 배는 빠르게 뒤로 튕겨났다. 튕겨나간 몸이 바닥에 떨어졌을 때, 그들의 숨은 이미 끊어진 뒤였다.

"크윽!"

사도광천의 얼굴이 보기 흉하게 일그러졌다. 그는 설마 자신이 이토록 험한 상황에 맨몸으로 노출될 줄은 짐작도 하지 못했다. 이런 날이 올 거라고 어찌 생각이나 했을 것인가?

수하들을 모조리 짓밟고 철군패가 달려오고 있었다. 그 모습이 살 떨리도록 두려웠다. 자신이 이토록 궁지에 몰린 채 겁을 집어먹고 있다는 사실이 도저히 현실로 받아들여지지 않았다.

그러나 이 모든 것은 현실이었다.

콰앙!

또다시 굉음과 함께 그를 지켜주던 마지막 보루가 쓰러졌다. 피를 토하며 수하들이 쓰러지는 모습을 보았을 때, 사도광천은 자신이 알몸으로 세상에 혼자 내던져진듯한 착각을 받았다.

마침내 모든 방해물을 쓰러트린 철군패가 그 커다란 손으로 사도광천을 잡아왔다. 세상 모든 사물이 사라지고 오직 철군패의 손만이 크게 확대되어보였다.

사도광천의 눈이 공포로 크게 확장되는 순간.

콰앙!

또다시 굉음이 울려 퍼지고 그의 몸이 들썩였다. 하지만 어디서도 고통은 느껴지지 않았다.

사도광천이 어리둥절한 표정으로 주위를 둘러보았다. 그러자 화왕을 탄 채 몇 걸음이나 옆으로 물러선 철군패의 모습이 보였다. 그런 철군패의 미간이 찌푸려져 있었다.

방금 전 굉음은 무언가 강력한 충격이 철군패의 몸에 작렬하며 생긴 것이었다. 그리고 사도광천의 눈에 철군패를 그의 몸에서 물러나게 만든 세 명의 괴인이 보였다.

마치 자루에 바람을 가득 집어넣은 것처럼 뚱뚱한 세 명의 남자가 보였다. 온몸이 빵빵한 것도 모자라 팔뚝과 손가락까지도 뚱뚱한 남자들의 등장에 사도광천이 더할 수 없이 반가운 표정을 지었다.

"구월삼마(九鉞三魔)."

"흐흐! 사도 사주, 욕보고 계셨구려."

"여긴 우리가 맡을 테니 사도 사주는 어서 가시구려."

"흐으! 오랜만에 제대로 된 싸움을 해보겠군."

둥근 공처럼 살찐 세 명의 사내들이 얼굴가득 미소를 지으며 말했다.

그들은 구월삼마. 마해의 장로원에 속해 있는 자들이었다. 비록 십대장로에 비해 한 수 뒤떨어진다는 말을 들었지만, 세 명이 동시에 하는 합격은 오히려 십대장로를 능가한다는 소리를 듣는 자들이었다.

"구월삼마가 어떻게?"

"흐흐! 사도 사주는 본해의 요인이자 누구도 대체할 수 없는 존재. 때문에 금청사 어른께서 본 장로들에게 낙일사주의 보호를 명하셨다오."

"오오!"

"우리가 저자를 막을 동안 어서 산을 내려가시오. 산을 내려가 강가에 도달하면 사도 사주를 모실 배가 기다리고 있을 것이오."

"그럼 뒤를 맡기겠소."

사도광천이 서둘러 산을 내려갔다. 그의 뒤를 구월삼마가 막아섰다. 세쌍둥이로 태어난 구월삼마는 심령이 연결되어 굳이 말을 하지 않아도 서로의 뜻을 짐작할 수 있었다.

『어려운 싸움이 될 것이다.』

『상대는 십대장로 중 하나인 검치산을 꺾은 자. 우리도 목숨을 걸어야 한다.』

『우리에게 주어진 커다란 도전이다.』

그들의 얼굴은 더할 수 없이 침중했다.

그 순간 철군패는 이미 충격에서 몸을 회복하고 그들을 향해 다가오고 있었다.

다가닥 다가닥!

점점 커지는 말발굽 소리가 마치 천근 바위처럼 그들의 가슴을 무겁게 짓눌렀다.

철군패는 그들의 정체를 궁금해 하지도 않았다. 그저 묵직한 기운을 뿜어내며 다가올 뿐이었다.

"크읏! 누구냐고 묻지도 않는단 말인가? 광오하군."

"어디, 광오한 만큼 실력도 있는지 보겠다."

"챠아앗!"

구월삼마가 동시에 움직였다. 마치 큰 공이 튕겨 오르는 것처럼 그들의 몸이 탄력을 받아 사방으로 쏘아져나갔다.

텅 텅!

바위와 나무에 부딪힌 그들의 몸이 고무공처럼 무서운 속도로 튕겨 나왔다.

그들이 익힌 구황탄영공(球煌彈影功)의 효능이었다. 구황탄영공을 극성으로 익히면 몸의 조직이 마치 고무처럼 조밀하고 탄력 있게 변하며 고무공 같은 모습이 된다. 그 어떤 충격이라도 고무처럼 흡수하고, 텅텅 뛰며 공격할 때의 파괴력은 배가된다.

더군다나 그들 세 명이 동시에 구황탄영공을 펼칠 때의 위력은 기하급수적으로 상승된다. 이제까지 그들의 구황탄영공에 죽은 자들의 수만 수백이 넘었다.

구월삼마가 공처럼 주위를 튀며 호심탐탐 철군패를 노렸다. 그러나 철군패의 무표정한 얼굴에는 어떤 변화도 없었다.

쿵 쿵!

일마가 철군패의 눈앞에서 크게 튀며 시야를 어지럽히는 사이 이마와 삼마의 공격이 시작됐다. 이마가 크게 튀어 올랐다가 철군패의 머리를 향해 떨어져 내렸다. 튀어오를 때는 고무공처럼 탄력을 받았지만, 내려올 때는 마치 바위가 떨어지는 것처럼 묵직하기 이를 데 없었다. 그러나 철군패는 피하지 않고 화왕에 탄 그대로 주먹을 날렸다.

터엉!

그러나 철군패의 강력한 일권에도 이마는 그대로 튕겨나가기만 했을 뿐 조그만 상처 하나 입지 않았다. 구황탄영공에 의해 고무처럼 변한 육신이 모든 충격을 흡수한 것이다.

이마가 철군패 주위에서 통통 튀며 음산한 음성을 흘렸다.

"흐흐! 소용없다. 우리 몸은 생고무와 같아서 어떤 충격이라도 흡수한다. 너와 같이 힘을 위주로 하는 패권을 쓰는 자들에게는 그야말로 상극이라 할 수 있지. 너의 패권이 다른 모든 자들에겐 위력을 발휘할 수 있을지 모르지만, 우리처럼 구황탄영공을 익힌 사람에겐 무용지물이다."

이마의 말은 사실이었다.

철군패처럼 힘을 위주로 하는 패권을 익힌 자들은 구황탄영공을 익힌 자를 어찌할 수 없었다. 차라리 날카로운 검공을 익힌 자들이 더욱 효율적으로 대응할 수 있었다.

터엉!

철군패가 주먹을 다시 한 번 날렸지만, 소용없었다. 이번에도 구월삼마의 몸은 고무공처럼 튕겨나갔다. 오히려 철군패의 힘을 흡수한 구월삼마의 몸이 더욱 속도를 얻어 빠르게 이리저리 튕겼다.

철군패의 미간이 찌푸려졌다.

그는 이제껏 단 한 번도 이런 종류의 공격을 생각해본 적이 없었다. 더구나 사람의 몸이 생고무처럼 탄력 있게 변할 것이라고 어찌 상상이나 했겠는가? 그만큼 구월삼마는 상리에서 벗어난 존재였다.

세 명이 어찌나 빠른 속도로 튀어 다니는지 눈이 다 어지러울 지경이었다.

텅 텅 텅!

그들이 튀어 다니는 속도가 더욱 빨라졌다. 아울러 그들의 공격도 더욱 위력적으로 변했다. 그들의 몸이 튕겨 오르는 자리에 있는 모든 것들이 가루로 변했다.

커다란 바위고 나무고 할 것 없이 모두가 가루로 변해 바람에 흩날렸다. 만일 사람이 그들의 몸에 깔렸다면 살과 근육으로 이루어진 육신은 물론이고, 뼈까지 산산이 짓이겨져 가루로 변했을 것이다.

점점 빨리 튀던 구월삼마의 공격이 마침내 무차별적으로 철군패에게 쏟아지기 시작했다. 철군패는 주먹으로 그들의 공격을 일일이 쳐냈으나, 정작 그들의 본체엔 어떠한 타격도 입히지 못했다.

거대한 바위라도 산산이 부숴버리는 일격포가 정작 그들의 생고무 같은 몸에는 전혀 타격을 입히지 못하고 있었다.

그의 공격을 몸의 탄력으로 흡수해낸 구월삼마가 철군패를 비웃었다.

"소용없다. 우리는 네놈의 상극이다. 천하의 모든 존재를 죽일 수 있어도, 우리에겐 통하지 않을 것이다. 차라리 이대로 항복한다면 목숨만은 살려주겠다."

몇 번의 공방을 통해 자신들에게 철군패의 강력한 패권이 통하지 않는다는 사실을 확인한 그들은 자신감이 최고조에 이르러 있었다.

철군패의 눈빛이 더욱 묵직하게 가라앉았다.

분명 그의 일격포는 구월삼마에게 통하지 않았다. 몇 번의 격돌을 통해 철군패는 그 사실을 확인했다. 일격포가 통하지 않는 상대는 구월삼마가 처음이었다. 그들이 그토록 자신만만해하는 이유를 알 수 있을 것도 같았다.

"하지만……."

철군패가 주먹에 힘을 주었다. 손등 위로 굵은 힘줄이 지렁이처럼 튀어나왔다.

또다시 그의 등이 활처럼 휘어졌다. 그 모습을 보며 구월삼마가 더욱 노골적으로 비웃었다.

"또 그 수법이냐? 그 수법은 우리에게 통하지 않는단 사실을 알았을 텐데도 또 펼치는 것이냐? 참으로 집요하구나. 아니면 멍청하든지."

"흐흐! 저승에 가서나 자신의 과오를 깨닫거라."

쐐애액!

다시 그들이 철군패를 향해 몸을 날렸다. 천근추까지 운용했기 때문에 그들이 떨어져 내리는 속도는 거대한 바위를 연상케 했다.

"챠하핫!"

그 순간 철군패가 그들을 향해 주먹을 날렸다.

일격포와 똑같은 기수식, 똑같은 동작으로 시작된 공격이었다. 하지만 어딘지 모르게 달랐다. 하지만 자신들의 위력에 도취된 구월삼마는 그런 사실을 미처 깨닫지 못했다.

그들이 무언가 잘못되었다는 사실을 깨달은 것은 철군패의 주먹과 부딪친 이후였다.

콰우우!

좀 전처럼 '텅' 하는 소리와 함께 구월삼마의 육신이 튕겨져 나가는 대신, 기이한 접인지력(接引之力)이 일어나더니 그들의 몸을 휘감았다. 때문에 그들의 몸은 튕겨나가지 않고 허공에 붙잡히고 말았다. 이어 철군패의 주먹 끝에서 생성된 파멸력이 무서운 속도로 회전을 하며 구월삼마의 육신을 파고들었다.

"이, 이것은?"

그제야 구월삼마의 안색이 싹 변했다. 본능적으로 좀 전과 무언가 다르다는 사실을 느낀 것이다.

일격포와 같은 자세, 같은 궤적으로 펼쳐지지만 전혀 다른 차원의 위력을 가진 공격기법, 바로 혈륜마화포(血輪魔火砲)였다.

일격포와 마찬가지로 파멸력을 발출하지만 더욱 농도 깊게 응축한 후 전사력(轉絲力)을 응용해 회전을 시키는 수법. 때문에 언뜻 보았을 땐 일격포와 비슷해 보이지만, 그보다 더욱 파괴적이면서도 잔인한 위력을 발휘한다.

위이잉!

마치 톱날이 도는 듯한 소리와 함께 혈륜마화포가 구월삼마의 탄력 있는 육신에 점점 큰 구멍을 내며 파고들었다.

"크윽!"

"이럴 수가."

"안 돼!"

구월삼마가 대경실색하며 뒤로 튕겨나려고 했지만 소용없었다. 혈륜마화포는 구황탄영공으로 단련된 그들의 육신을 해체하며 파고들었다. 그리고 마침내 구월삼마의 몸에서 화려한 폭발을 일으켰다.

퍼엉!

비명도 없었다.

마치 고무공이 터지는 것처럼 그들의 육신이 그대로 폭발하며 피와 살점이 사방으로 비산했다. 마치 폭죽이 터지는 것처럼 화려하게 말이다.

혈륜마화포의 가공할 위력이었다. 천하의 그 어떤 생명체라도 혈륜마화포의 앞에서는 목숨을 자신할 수 없을 것이다. 하지만 철군패는 자신이 만들어낸 참극을 감상할 틈도 없이 화왕을 채근했다.

"가자!"

화왕이 다시 달려 나가기 시작했다.

그는 아직도 사도광천에 대한 추격을 멈출 생각이 없었다.

구월삼마의 잔해를 뒤로하고, 화왕이 무서운 속도로 뛰쳐나갔다.

*　　*　　*

"크윽! 아직도……."

사도광천의 얼굴에 처음으로 공포의 빛이 어렸다.

구월삼마는 분명 철군패의 발걸음을 어느 정도 붙잡아두는 데 성공했다. 하지만 그를 완전히 저지하는 데는 실패했다. 그 증거로, 저 멀리에 보이는 철군패의 모습이 점차 급속도로 확대되고 있었다.

십대장로인 검치산도, 마해의 정예들도, 그리고 구월삼마도 그를 막지 못했다. 이제 누가 있어 그를 막을 수 있단 말인가?

그가 서둘러 강가에 정박한 배에 올라타며 소리쳤다.

"어서, 어서 출발하라. 그가 도착하기 전에 이곳을 벗어나야 한다."

사도광천의 채근에 대기하고 있던 선부들이 급히 배를 몰기 시작했다.

　입안이 바짝바짝 탔다. 배가 움직이는 속도가 더디게만 느껴졌다. 배가 움직이는 속도에 비해 철군패가 다가오는 속도는 무섭도록 빨랐다.

　참다못한 그가 소리쳤다.

　"빨리, 빨리 움직이란 말이다."

　평소 근엄한 모습과 함께 절대 체신을 잃을 짓을 하지 않는 사도광천이었다. 그가 이렇게 다급한 모습으로 소리를 지르는 것은 평소에는 절대 있을 수 없는 일이었다.

　그는 지금 체면도 잊어버리고 선부들을 채근하고 있었다. 허둥거리는 그의 모습에서 그가 얼마나 공포에 질려있는지 알 수 있었다.

　사도광천은 빨리빨리 배를 움직이라고 고래고래 소리를 지르며 채근했다.

　철군패가 가까이 다가올수록 사도광천의 움직임과 광기도 극에 달했다.

　"빨리 빨리 배를 몰아라. 놈이 거의 다가왔다. 어서 빨리."

　입에 거품까지 물며 소리치는 그의 모습에 선부들 또한 허둥지둥 거렸다. 하지만 그들의 생각과 달리 배는 더디게 선착장을 빠져나갔다.

　배가 선착장을 거의 빠져나갔을 때쯤 철군패가 거의 도달했다. 철군패는 망설임 없이 배를 향해 주먹을 날렸다. 그러자 강렬한 권경이 발출되어 뱃전을 강타했다.

콰앙!

포탄을 맞은 듯 물기둥이 하늘 높이 솟아오르며 뱃전이 날아갔다. 그 여파로 배가 금방이라도 뒤집어질 듯 요동쳤다.

갑판 위에 있던 사도광천은 물벼락을 흠씬 뒤집어쓰고 말았다. 비에 젖은 생쥐 꼴이 되었지만, 사도광천은 부끄러움을 느낄 여유조차 없었다. 다시 철군패가 이격을 날리려 자세를 취하는 모습을 보았기 때문이다.

쾅!

다시 철군패의 권경이 날아와 물기둥을 일으켰다. 하지만 천만다행히도 배에는 직격당하지 않았다. 간발의 차이로 철군패의 전권에서 벗어난 것이다.

하지만 사도광천은 숨을 돌릴 여유도 없었다. 저 멀리서 철군패의 묵직한 시선이 느껴졌기 때문이다. 철군패는 화왕을 멈춰세운 채 사도광천을 말없이 바라보고 있었다. 그 모습이 꼭 사도광천에게 경고를 하고 있는 것 같았다.

이번은 그냥 넘기지만 다음에는 가만두지 않겠다는.

그의 의지가 허공을 격해 사도광천에게 전해지고 있었다.

사도광천은 겨우 목숨을 건졌다고 기뻐할 여유도 없었다. 기쁨보다 철군패에 대한 공포와 분노, 그리고 굴욕이 먼저 뇌리를 지배했기 때문이다.

"크윽! 멸제여 오늘은 그냥 물러가겠다. 비록 오늘 천문산의 일은 당신의 승리로 기억되겠지만, 훗날 알게 될 것이다. 결코 당신의 승리가 아님을.”

철군패는 모를 것이다.

오늘의 일이 훗날 가지게 될 의미를.

사도광천은 갑판에 서서 멀어지는 철군패의 모습을 더 이상 보이지 않을 때까지 바라봤다.

오늘은 그에게 굴욕의 밤이었다.

＊　　　＊　　　＊

철군패는 아쉬운 표정을 지으며 천문산으로 돌아왔다. 설마 배까지 준비시켜놓고 사도광천을 빼돌릴 줄은 예상을 못했기 때문이다. 마해의 철두철미함에 혀를 내두르고 포기할 수밖에 없었다.

다시 등천문이 있던 곳으로 돌아오자 한곳에 모여 있는 북풍대의 모습이 보였다. 그들이 철군패를 발견하고 다가왔다.

“대주.”

“무사하셨군요.”

철군패는 고개를 끄덕이며 화왕에서 내렸다.

“별다른 이상한 점은?”

“없습니다. 샅샅이 수색해봤지만 특별히 이상한 점은 발견되지 않았습니다. 대주께서 너무 민감하게 생각한 것이 아닌가 싶습니다.”

“그런가?”

철군패가 미간을 찌푸렸다. 그래도 왠지 마음이 꺼림칙했기 때문이다.

양천의가 그의 어깨를 탁탁 두드리며 말했다.

“뭘 그렇게 심각하게 생각해. 애들이 샅샅이 살펴봤지만 이상한 것은 하나도 발견되지 않았어. 설마 우리 애들을 못 믿는 것은 아니겠지?”

“그런 것은 아니야. 단지 마음이 편치 않아서 그럴 뿐이야.”

“신경이 곤두서있어서 그럴 거야. 마음을 편하게 가지라구. 이 드넓은 천문산에 사람이라고는 우리뿐이야. 더 이상 무슨 일이 일어나겠어?”

결국 철군패가 고개를 끄덕였다. 아직도 의심이 가기는 했지만, 더 이상 어떤 징후도 찾아볼 수 없으니 기우인 듯싶었다.

철군패가 외쳤다.

“다시 한 번 확인한 후 철수한다.”

“예!”

북풍대가 우렁차게 대답을 한 후 사방으로 흩어졌다.

철군패는 자신이 부순 거탑의 잔해가 흩어진 곳으로 다가갔다. 진의 주체가 되었던 거탑은 그야말로 산산이 부서져있었다.

“이곳에서 도대체 무슨 일을 했던 것인가? 마해여.”

사도광천을 잡아서 그 대답을 듣고 싶었지만, 다음으로 미뤄야 했다.

"다음에 기회가 있겠지. 그때는 오늘처럼 쉽게 빠져나갈 수 없을 것이다."

철군패가 나직이 중얼거리며 허리를 폈다.

수색을 마친 북풍대가 집결했다. 아무런 성과가 없기는 마찬가지였다. 더 이상 이곳에 남아있을 이유가 없었다.

철군패가 외쳤다.

"사체는 후에 사람들을 보내 수습하고, 우선 생존자들을 데리고 산을 내려간다."

"예!"

북풍대가 겨우 살아남은 생존자들을 수습해 천문산을 내려갔다. 철군패가 미련이 남는지 몇 번 뒤돌아보았으나, 곧 수풀 사이로 모습을 감췄다.

모두가 떠난 등천문의 터에는 수많은 사람들의 사체만이 나뒹굴고 있었다. 무려 천명이 넘는 생명을 잡아먹은 등천문의 터에는 유독 음습한 기운이 감도는 것 같았다.

수많은 원념과 음한 기운이 한데 어울려 등천문의 터는 더욱 공포스럽게 보였다. 수많은 시신들이 나뒹굴고, 바닥에는 엄청난 양의 피가 고여 대지를 붉게 적시고 있었다. 누구라도 감히 접근하기 꺼릴 수밖에 없는 풍경이었다.

적막하던 등천문에 그 어떤 변화가 생긴 것은 철군패와 북풍대가 떠나고 나서도 한참이 지난 후였다.

스르륵!

피가 가득 고여 있던 웅덩이가 갑자기 눈에 띄게 줄어들기 시작했다. 마치 지하에 공동(空洞)이라도 존재하는 듯, 피는 순식간에 줄어들어 결국은 웅덩이의 바닥을 드러냈다.

그나마 시신에 남아있던 생명력은 사라지고 피를 가득 흡수한 대지는 붉은 빛으로 빛나기 시작했다.

그 후로도 대지는 한참 동안이나 붉은 빛을 뿜어내다 다시 해가 뜰 때 정상으로 회복했다. 그 때문에 시신을 수습하러 온 사람들은 그런 사실을 알지 못했다.

제 3장

쟁패시대(爭霸時代)

　종남산(綜南山)을 지나가는 사내가 있었다. 꽤나 먼 거리를 걸어온 듯 머리와 어깨에는 회색의 먼지가 쌓여 있었고, 등 뒤에는 간단한 봇짐을 메고 허리에는 완만한 곡선을 이루는 검을 차고 있으며, 남자의 눈은 심유하게 빛나고 있었다.

　그리 크지도 작지도 않은 적당한 체구의 사내의 몸은 놀라울 만큼 균형이 잘 잡혀 있었다. 보통 사람이라면 몇날며칠을 걸려야 종남산을 지나갈 텐데, 사내는 불과 하루 만에 험하디험한 종남산을 빠져나와 관도를 걷고 있었다.

　문득 사내가 고개를 들어 전면을 바라봤다.

　"이제 곧 상주(商州)인가?"

　그가 걷고 있는 관도의 끝자락에는 상주가 존재했다. 상주
는 여러모로 사내에게 의미가 있는 곳이었다. 평소라면 절대
근처에도 가지 않았을 곳이지만, 지금 그가 향하는 목적지로
가기 위해선 반드시 지나쳐야 할 곳이기도 했다.

　"휴! 어쩔 수 없지. 최대한 빨리 지나가는 수밖에."

　나직한 목소리로 중얼거리는 사내의 이름은 설유원이었다.
목자탑격산을 내려온 설유원이 드디어 중원에 들어선 것이다.

　상주를 향하는 설유원의 걸음은 무겁기 그지없었다. 하지만
그는 애써 힘을 내어 걸음을 빨리 옮겼다.

　마침내 도착한 상주의 거리는 무척이나 활기가 찼다. 시장
에는 수많은 문물이 교류되고 있었고, 사람들의 얼굴에는 활
기가 넘쳐흘렀다. 사람들은 큰 목소리로 물건을 흥정하거나
이야기를 나누고 있었다. 그들 사이에 설유원이 들어갔지만
그 누구도 그에게 신경을 쓰지 않았다.

　하루에도 수많은 사람들이 드나드는 상주였다. 얼굴 한 번
보지 못한 이방인이 한두 명쯤 섞여있다고 해서 그들을 신경
쓰는 사람들은 많지 않았다.

　비록 마해의 등장으로 인해 예전보다 많이 위축되긴 했지
만, 그래도 사람들은 먹고살기 위해 오늘도 시장으로 나왔다.
그 많은 사람들 속에서 설유원은 주위를 둘러보았다.

　"이곳은 하나도 변하지 않았구나."

　주위를 둘러보는 그의 눈에는 감회의 빛이 담겨 있었다. 잠

시 주위를 둘러보던 그는 이내 상주 외곽으로 걸음을 옮기기 시작했다. 그냥 지나칠 수 있다면 좋으련만 벌써 해가 지고 있었다. 설유원은 상주 외곽에 있는 가장 한적한 객잔으로 들어갔다.

객잔에 들어가자 계산대에 앉아 꾸벅꾸벅 졸고 있는 주인이 보였다.

"흐음!"

"아! 소, 손님. 어서 오십시오."

설유원의 기척에 깬 주인이 졸린 눈으로 그를 맞았다.

"하루 묵고 갈 생각인데, 방은 있소?"

"물론입니다. 그런데 혼자십니까?"

"그렇소."

"저를 따라 오십시오. 마침 오늘은 손님이 적어 좋은 방이 남아있습니다."

"고맙소."

객잔 주인은 나무로 만든 침상이 있는 깔끔한 방을 설유원에게 내줬다. 그렇지 않아도 벌써 몇 날을 노숙한 설유원이었다. 깔끔한 방을 보자 벌써부터 온몸이 노곤해지는 것을 느꼈다.

객잔 주인이 흡족한 미소를 짓는 설유원을 보며 말했다.

"하루에 한 냥입니다. 물론 선불이고요."

"여기 있소."

설유원은 군말 없이 방값을 지불했다. 외곽에 있는 객잔 치고는 비싼 가격이었지만, 그래도 지불할 만한 가치가 있었다.

"식사는 어떻게 하시겠습니까?"

"일단 쉬고 한두 시진 후에 내려가겠소. 그때 준비해주시오."

"알겠습니다. 그럼 편히 쉬십시오."

객잔주인이 물러가고 난후 설유원은 그대로 침상에 누웠다. 그 동안 제대로 쉬지 않고 걸어왔더니 온몸이 피로를 호소하고 있었다. 운공을 하면 간단히 풀릴 터였지만, 설유원은 그냥 잠시 잠을 자기로 했다. 사실 운공하는 것도 귀찮기 때문이었지만.

그렇게 설유원은 침상에 누운 자세 그대로 깊은 잠에 빠져들었다. 그는 낮게 코고는 소리까지 내며 잠을 잤다.

그렇게 얼마나 시간이 흘렀을까?

미동도 없이 잠들어있던 설유원이 눈을 떴다.

겨우 한두 시진 잤을 뿐인데 온몸의 피로가 상당히 풀린 것 같았다. 피로가 어느 정도 가시자 극심한 허기가 찾아왔다.

설유원은 몸을 일으켜 식당으로 내려왔다. 그가 내려오자 객잔주인이 반겼다.

"식사를 하시겠습니까?"

"술도 함께 주시오."

"술은 어떤 종류로 드시겠습니까? 저희 집은 홍주(紅酒)가 제법 괜찮단 소리를 듣습니다."

"그럼 홍주를 내오시오."

"알겠습니다."

　대답을 한 주인이 주방에 식사와 홍주를 같이 준비하라고 일렀다.

　설유원은 구석진 자리에 앉아 객잔 안을 둘러봤다. 그리 작지 않은 객잔에는 이상할 정도로 손님이 적었다. 손님이라고 해봐야 설유원과 상인들로 보이는 두 사람이 다였다. 상인들은 설유원에게서 그리 멀지 않은 자리에 앉아 술을 마시며 대화를 나누고 있었다.

　상인들은 설유원에게는 관심조차 두지 않았다. 마찬가지로 설유원 역시 상인들에게 관심을 두지 않았다.

　잠시 후, 주인이 설유원의 탁자에 잘 차려진 음식과 홍주를 가져왔다.

　"그럼 맛있게 드십시오."

　"고맙소."

　설유원이 고개를 끄덕이며 음식을 들었다. 몇 번 음식을 씹던 설유원은 객잔의 음식이 생각보다 맛있다는 것에 만족했다. 그는 홍주도 따라 마셔봤다. 홍주 역시 꽤나 달짝지근한 것이 입맛에 맞았다.

　설유원은 만족스러운 미소를 지으며 홍주와 함께 식사를 했다. 중원에 들어온 이후 처음으로 제대로 된 식사를 하는 것 같아 기분이 좋았다.

　그렇게 어느 정도 배를 채우자 근처에 있던 상인들의 목소리가 귀에 들어왔다.

“정말 요즘처럼 살벌해서는 장사도 못해먹겠다니까.”

“누가 아니라던가? 마해가 천문산과 오악을 점거한 이후로 민심이 더욱 흉흉해져 장사를 하는 것이 더욱 힘들어졌다네.”

“그러게 말일세.”

상인들이 속이 타는지 술을 벌컥벌컥 들이마셨다.

“천문산의 일은 들었나?”

“물론일세. 천문산에서 죽은 이들의 수만 무려 천 명이라고 하더군. 지옥도 그런 지옥이 따로 없었다고 하네. 그나마 멸제가 나타나지 않았다면 생존자 한 명도 없을 뻔 했다네.”

“멸제가 천문산에 나타났단 말인가?”

“그렇다네. 그가 자신의 군대와 함께 천문산에 나타났다고 하네.”

“정말 그가 소문처럼 무적이던가?”

“나도 잘은 모르지만, 들리는 소문에 의하면 그는 정말 놀라운 신위를 발휘했다고 하네. 듣기로는 마해의 십대장로도 그의 손에 세상을 하직했다고 하네. 그뿐만 아니라 그의 군대 역시 구주천가에서도 어쩌지 못한 마해의 철검당을 몰살시켰다고 하니, 그야말로 무적의 신위에 무적의 군대를 갖고 있는 셈이지.”

상인들은 침을 튀기며 멸제에 대해 이야기를 했다. 그들의 이야기 속에서 철군패는 무적의 군대를 이끄는 무적의 전사였다.

그들의 이야기를 들으면서 설유원은 감회가 어린 눈을 했다. 그는 상인들이 이야기하는 멸제란 존재가 바로 철군패라는 사실을 알아차렸다. 그들이 말하는 멸제의 특징이 자신이 알고 있는 멸제인 철군패와 일치했기 때문이다.

'중원에서 멸제라는 별호를 인정받다니. 대단하구나, 군패야.'

상인들의 대화로 미루어보아 그가 중원에서 어느 정도 위치를 갖고 있는지 충분히 짐작할 수 있었다.

아무것도 가진 것 없이 맨몸으로 천산에 들어온 소년이 지금은 멸제라는 가공할 위명을 떨치는 존재가 되어 있었다. 바로 그가 이제부터 모셔야 할 존재였다.

그 순간에도 상인들의 말은 이어지고 있었다.

"천문산은 멸제 덕분에 마해를 물리쳤다지만, 다른 곳은 어찌 되었는가? 천문산과 함께 오악도 그들이 점거하지 않았던가?"

"다른 곳은 별다른 진전이 없는 것으로 알고 있네. 천문산의 경우처럼 괜히 나섰다가 떼죽음을 당할 수도 있는 노릇이니까."

아직까지 마해가 왜 오악을 점거했는지 이유는 알려지지 않았다. 천문산의 참사가 알려지면서 여타 문파들은 더더욱 오악을 수복하는 데 신중을 기하고 있었다.

그나마 오악 중 화산(華山)은 인근에 있는 상주에 유수한 명문이 많아 다른 곳보다 수복할 준비가 빨리 진행되고 있었다. 아마 수일 내에 준비를 끝마치고 오악으로 진격할 수 있을 것이다. 특히 화산을 수복하고자 준비하고 있는 무인들이 모이는 장소가 바로 이곳 상주였다.

'세상 어디를 가도 온통 마해에 대한 이야기로 시끄럽구나.'

중원에 들어와서 가장 많이들은 이야기가 바로 마해에 관한 것이었다. 이십 년 전 마해의 난을 경험한 적이 있는 사람들은 특히 공포에 질려 있었다.

더 이상 상인들의 이야기가 새로울 것이 없었지만 설유원은 그들의 이야기에 귀를 기울였다. 그는 상인들의 이야기를 통해 최근 천하정세는 물론이고, 상주의 일도 소상히 알 수 있었다.

설유원은 다시 술잔을 들이켰다. 혼자서 술을 마시는 그의 모습이 안돼 보였는지 주인이 다가와 말을 걸었다.

"저…… 안주 좀 더 갖다드릴까요?"

"아니오. 괜찮소."

"손님은 상주 분인가 보군요?"

"왜 그렇게 생각하시오?"

"손님의 말투에서 이곳 특유의 억양이 느껴지거든요. 그런 억양은 아무리 오랜 시간 동안 외지에 나가있다고 해도 없어지지 않는 법이지요."

"아……직도 나의 말투에 상주의 억양이 남아있었소? 나는 모르겠는데."

"본래 그런 것은 본인만 모르는 법이지요. 어쨌거나 반갑습니다. 꽤나 오랫동안 외지에 나가있다 돌아오시는 것 같은데, 고향에 돌아오신 것을 환영합니다."

주인이 활짝 웃으며 말했지만 설유원의 표정은 여전히 어두웠다.

'그런가? 나는 아직도 내 고향의 말투를 사용하고 있었던가?'

그토록 지워버리고자 했지만 핏줄은 어쩔 수 없는 모양이었다.

설유원의 생각을 아는지 모르는지, 주인이 웃으며 말을 이었다.

"고향에 돌아온 기념으로 내가 홍주 한 병을 더 내놓지요."

"그렇게 공짜로 퍼주면 손해를 보지 않겠소?"

"하하! 오랜만에 고향에 돌아온 사람을 위해 술 한 병 내놓는 것이 뭐가 대수겠습니까? 오랜만에 고향의 정을 느껴보시지요."

객잔 주인이 예의 사람 좋은 웃음을 지어보였다. 주인을 바라보는 설유원의 눈에는 복잡한 빛이 감돌았다. 객잔 주인의 환대는 고마웠지만, 그의 가슴에 응어리진 그 어떤 감정이 있는 그대로 받아들이지 못하게 만들고 있었다.

마음씨 좋은 주인 덕분에 설유원의 자리에는 홍주 한 병이 더 늘었다. 설유원은 주인이 권하는 술을 사양하지 않고 마셨다.

약간의 취기가 느껴질 때쯤이었다.

쾅!

갑자기 굉음과 함께 창 너머 먼 곳에서 화광이 충천했다.

"뭐, 뭐야?"

"무슨 일이야?"

술에 취한 채 대화를 나누던 상인들이 소스라치게 놀라 창가로 달려왔다. 그들이 불길이 치솟는 곳을 보며 말했다.

"저곳은 연천검문(然天劍門)이잖아."

"연천검문이면 화산을 점거한 마해의 무리들을 몰아내기 위해 인근의 군웅들이 모이는 곳이 아닌가?"

"그렇다면 마해에서 선제공격을 가한 것인가?"

상인들의 얼굴에 공포의 빛이 떠올랐다.

"연천검문? 그렇다면……."

설유원이 자리에서 벌떡 일어났다. 그는 동전 몇 개를 남겨둔 채 밖으로 나갔다. 밖에 나오자 연천검문이 불타오르는 광경이 더욱 또렷하게 눈에 들어왔다.

"손님!"

뒤에서 객잔 주인이 불렀지만, 설유원은 대꾸도 하지 않고 연천검문을 향해 걸음을 옮겼다. 연천검문에 가까이 갈수록 그의 발걸음이 점점 더 빨라졌다.

"와아아!"

"마해다. 마해가 습격을 해왔다."

목적지에 가까워질수록 다급한 무인들의 목소리가 들려왔다. 곳곳에서 무기와 무인이 격돌하는 소리가 들려왔다.

상인들의 말처럼 마해의 습격이었다. 마해의 무인들이 먼저 선공을 취한 것이다. 예상치 못한 마해의 습격에 연천검문에 모여 있던 군웅들이 우왕좌왕했다.

이제 갓 모여 정비를 하고 있던 탓에 조직도 구성되지 않았고, 당연히 명령체계 또한 혼란스러웠다. 그 때문에 그들은 제대로 된 저항 한 번 하지 못하고 마해의 무인들에게 밀리고 있었다.

설유원의 미간이 깊은 골이 패였다.

마해의 무인들은 무자비했다. 그들은 잔혹할 정도로 연천검문에 모인 무인들을 도륙하고 있었다. 그들의 가공할 위세 앞에서 연천검문에 모인 무인들의 반항은 무의미해 보일 지경이었다.

그러나 정작 설유원은 연천검문에서 벌어지는 일에는 신경도 쓰지 않고 지나쳤다. 그가 향한 곳은 연천검문 바로 옆에 있는 조그만 장원이었다. 매우 오래전에 지어진 것으로 보이는 장원에서도 혈투가 벌어지고 있었다.

장원은 본래 연천검문과 아무런 관련이 없었다. 하지만 연천검문 바로 곁에 있다는 이유만으로 혈겁에 휩쓸려 버리고 말았다.

"아악!"

"무림인들이……."

장원 내에서 공포에 질린 비명소리가 들려왔다.

장원 안에 있는 대부분의 사람들은 무공을 모르는 사람들이었다. 그들이 먼저 터를 잡아온 바로 곁에 어느 날 연천검문이 들어왔고, 원치 않는 이웃을 두게 된 장원 사람들은 혈겁에 휘말리게 되었다.

＊　　　＊　　　＊

설유원이 살육이 자행되는 장원을 바라봤다.

장원의 현판에는 설가상단(雪家商團)이라고 쓰여 있었다.

설유원은 애증이 어린 눈으로 설가상단을 바라보았다. 그 순간에도 설가상단에서는 사람들의 비명소리가 연신 울려 퍼지고 있었다. 처절하기 그지없는 그들의 비명소리가 설유원의 정신을 일깨웠다.

“그토록 원치 않았건만, 이렇게 다시 돌아오게 되다니.”

운명이 참으로 얄궂다는 생각이 들었다.

그가 한 발 한 발 설가상단으로 걸음을 옮겼다. 정문으로 들어서자 익숙한 광경이 눈에 들어왔다. 포효하는 호랑이 모양의 수석부터 기묘하게 자란 소나무까지 옛 기억 그대로였다.

그 누구도 설유원이 설가상단에 들어온 사실을 인지하지 못했다. 설유원은 설가상단의 심처를 향했다. 그러다가 마해의 무인들이 설가상단의 호위무사들을 도륙하는 장면을 보았다.

마해의 무인들에 비하면 상단의 호위무사들의 실력은 발끝에도 못 미쳤다. 젊은 무인들이 연이어 피를 뿌리며 쓰러지고, 나이든 무사마저도 적의 칼에 목숨을 위협받았다.

그 순간, 설유원이 그들 사이로 걸어 들어갔다. 더없이 급박

한 상황이었지만 설유원은 너무나 태연하게 그들 사이를 비집
고 들어가 검집을 휘둘렀다.

푹!

영문도 모르고 검집에 마혈을 짚인 마해의 무인이 입을 떡 벌
리고는 몸을 벌벌 떠는가 싶더니 곧 눈을 까뒤집고 쓰러졌다.

겨우 목숨을 건진 노무사가 설유원에게 감사의 인사를 했다.

"도움을 주셔서 감사합니다. 저는 설가상단의……."

그러나 설유원은 노무사의 말을 끝까지 듣지도 않고 걸음을
옮겨 설가상단의 심처로 들어갔다. 노무사는 멍하니 설유원의
뒷모습을 바라보았다.

오늘 처음 보지만, 왠지 설유원의 뒷모습이 낯설지가 않았
다. 설유원의 뒷모습을 바라보고 있자니 왠지 눈물이 왈칵 쏟
아질 것 같았다.

설유원은 그 후로도 몇 번 더 마해의 무인들 손에서 설가상
단의 무인들을 구해냈다. 여전히 검을 뽑지 않은 채 말이다.
상황이 이렇게 되자 마해의 무인들도 심상치 않은 고수가 출
현했음을 알고 경계하게 되었다.

설유원이 도착한 곳은 설가상단의 가장 깊숙한 곳. 바로 단
주의 거처였다. 이곳에서 단주일가가 기거하고 있었다.

이곳 역시 다른 곳과 마찬가지로 마해 무인들의 습격을 받
고 있었다. 단주와 휘하의 무인들이 혼신의 힘을 다해 대항하
고 있었지만, 바람 앞의 촛불처럼 위태로워 보였다.

설가상단주가 한쪽 무릎을 꿇은 채 소리치고 있었다.

"크윽! 우리는 연천검문과 아무런 연관이 없다. 그런데 왜 우리 설가상단을 공격하는 것인가?"

"아무런 연관이 없더라도 자금 정도는 지원해주겠지."

"그건……."

상대편 우두머리의 말에 설가상단주가 할 말을 잃었다. 그의 말처럼 직접 참여는 하지 않았지만, 자금은 어느 정도 지원을 했기 때문이다.

마해는 이번 연천검문에 모인 무인들과 그들을 지원한 자들을 철저히 발본색원(拔本塞源)하기로 작정한 것 같았다.

설가상단주의 얼굴에 암담한 빛이 떠올랐다.

사실 연천검문에 모인 군웅들을 지원한 것은 설강상단의 주인으로서 어쩔 수 없이 내린 결정이었다. 무인들과 상단은 불가분의 관계이다. 어떤 식으로든 지원을 해야지 훗날 탈이 없었다. 그래서 일정액을 지원했을 뿐인데, 그것이 마해의 심기를 건드릴 줄이야.

마해의 무인들이 가까이 다가왔다. 그들의 살기가 피부를 아프게 자극했다. 그는 본능적으로 자신과 호위무사들로는 저들을 당할 수 없다는 사실을 깨달았다.

'후회되는구나. 이렇게 허무할 줄 알았다면 무엇 때문에 그리 아등바등 살아왔단 말인가? 아들마저 버리고 그토록 악착같이 기를 쓰며 재산을 모았는데, 그 모든 것이 물거품이었다니.'

여기서 목숨을 잃는 것은 아깝지 않았다. 하지만 아직 해결하지 못한 한 가지 문제가 그의 가슴을 아프게 만들었다.

그가 검을 꼬나 쥐었다. 비록 상대가 되지 않는다는 것을 알고 있을지라도 발버둥은 쳐봐야 했다. 그것이 그가 할 수 있는 최선이었다.

"흐흐! 잘 가거라."

우두머리 무인이 검을 휘둘러왔다. 설가상단주가 그의 검을 막으려했지만, 그 기세나 힘에서 비교할 수가 없이 위태로워 보였다. 우두머리 무인은 이번 일격에 설가상단주의 무기와 몸을 한꺼번에 양단 낼 것처럼 모든 공력을 주입했다. 그것은 결코 설가상단주가 감당할 수 없는 수준이었다.

'끝인가?'

설가상단주는 본능적으로 자신이 이번 일격을 막을 수 없음을 깨달았다. 그는 자신도 모르게 눈을 질끈 감고 말았다.

카앙!

그 순간, 쇳소리와 함께 불똥이 튀었다. 하지만 설가상단주는 어떤 충격도 느끼지 못했다. 그가 살며시 눈을 뜨자 누군가의 뒷모습이 보였다. 설가상단에서는 한 번도 보지 못한 것 같은 뒷모습이었다. 낯선 뒷모습의 사내가 설가상단주를 대신해 공격을 막아낸 것이다.

"크윽!"

설가상단주를 공격했던 우두머리 무인의 얼굴에 당혹스러

운 표정이 떠올랐다. 자신의 공격이 막혔다는 사실보다는 그렇게 막을 때까지도 그가 어떻게 자신과 설가상단주 사이에 끼어들었는지 눈치채지 못했기 때문이다.

그냥 갑자기 나타난 것처럼 낯선 사내가 그의 앞에 나타나 검을 막아냈다.

우두머리 사내의 검을 대신 받아낸 남자는 설유원이었다. 그가 뒤도 돌아보지 않고 설가상단주에게 말했다.

"이자는 내가 막을 테니 자리를 피하시오."

"당신은 누구십니까?"

"내가 누군지는 알 필요 없소."

"하지만……."

"어서 피하시오!"

"예, 예! 알겠습니다."

설유원의 호통에 설가상단주가 고개를 움츠리며 급히 식솔들을 이끌고 뒤로 물러났다. 우두머리 사내는 설가상단주와 가족들에게는 신경도 쓰지 않고 자신의 검을 막은 설유원에게 물었다.

"당신은 누구요? 설가상단에 당신과 같은 자가 있다는 이야기는 듣지 못했는데."

"내 이름은 그다지 중요한 게 아니오."

"그도 그렇군."

설유원의 담담한 대답에 우두머리 사내의 눈이 빛났다. 단지 일합만 부딪쳤을 뿐이지만, 설유원의 강함을 피부로 느꼈다.

우두머리 사내는 일단 검을 거두며 몇 걸음 뒤로 물러난 후 자신을 소개했다.

"내 이름은 염조. 마해의 노호조(怒虎組) 조장이오."

"설유원. 별호나 소속은 없소."

설유원은 담담히 자신을 소개하며 검을 뽑았다. 철군패가 그를 위해 주문한 검이었다. 특별한 명검은 아니었지만, 명장이 좋은 쇠로 심혈을 기울여 제작한 균형이 잘 잡힌 검이어서 그의 손에 딱 맞았다..

실전을 경험하는 것은 십수 년 만이었다. 하지만 이상하게도 두려움이나 동요는 느껴지지 않았다. 마음이 명경지수처럼 차갑고도 냉정하게 가라앉았다.

설유원도 이런 자신의 모습이 뜻밖이었다. 최소한 흥분하거나 가슴이 두근거리기는 할 줄 알았는데, 이렇게까지 냉철하게 이성을 유지할 줄은 스스로도 몰랐다.

그런 설유원의 태도에 염조는 가슴 한쪽이 서늘해지는 것을 느꼈다. 설유원의 태도에서 절정을 넘어선 고수들이 보여줄 수 있는 여유가 느껴졌기 때문이다.

'무시 못 할 존재. 이자도 연천검문에 모인 무인들 중 한 명인가? 아무려면 어떠한가? 최선을 다해 쓰러트리면 그뿐.'

염조는 생사대적을 눈앞에 둔 것처럼 집중력과 투지를 최고조로 끌어올렸다. 전신의 공력이 그에 따라 끓어올랐다. 그에

반해 설유원은 마치 잔잔한 수면을 보는 것처럼 고요하기 이를 데 없었다.

불과 물을 보는 것처럼 극명한 대비를 이루는 두 사람이었다. 두 사람은 서로를 바라보며 잠시 호흡을 골랐다.

먼저 움직인 사람은 바로 염조였다. 염조는 폭발적인 가속력을 내며 무서운 속도로 설유원을 향해 짓쳐들었다. 그와 설유원 사이엔 삼사 장 정도의 거리가 존재했지만, 한 호흡을 내뱉기도 전에 좁혀졌다.

위잉!

폭발적으로 가속하며 뽑히는 그의 눈부신 쾌검. 검이 공기와 마찰을 일으키는 소리가 소름끼치게 울려 퍼졌다.

그때까지도 설유원은 전혀 움직이지 않았다. 어떻게 보면 그는 목숨을 포기한 사람 같기도 했다. 하지만 설유원은 자신의 목숨을 포기한 것도, 무기력한 것도 아니었다.

착 가라앉은 그의 눈동자 속에 염조의 폭발적인 동작이 화폭의 그림처럼 잡혀 있었다.

쉬익!

그가 검을 뻗었다.

일체의 변식이나 화려한 눈속임이 없이 일직선으로 검을 뻗는 단순한 초식이었다.

그 순간 염조는 자신이 혼신의 힘을 다해 펼쳐낸 검초가 갈라지는 것을 느꼈다. 그리고 이마에 느껴지는 시리도록 차가운 느낌.

푹!

염조가 검을 놓친 채 뒤로 나가떨어졌다. 그런 그의 이마에
는 한 줄기 검상이 나있었다. 겉으로 보기에는 별거 아닌 상처
같았지만, 기실 그의 뇌는 곤죽처럼 짓이겨져 있었다.

설유원이 무거운 표정으로 검을 거두었다.

십수 년 만에 처음으로 펼치는 무공이었다. 칠백 년 전의 초
인, 파검(破劍) 한청의 한천어검류(寒天馭劍流)가 그의 손을 통
해 세상에 다시 모습을 드러내는 역사적인 순간이었다.

"크윽! 조장이……."

"놈을 죽여라."

설가상단을 습격한 노호조가 조장의 죽음을 보고 광분해 설
유원을 향해 미친 듯이 달려들었다. 그들을 바라보는 설유원
의 눈에는 고뇌의 빛이 담겨 있었다. 그러나 그것도 잠시 그는
이내 노호조를 향해 검을 휘둘렀다.

쉬식!

가볍게 휘두르는 것 같은데 믿을 수 없을 정도로 빠르고 강
력했다. 마치 검과 그 자신이 혼연일체가 되어 움직이는 것 같
았다.

현시대에 칠백 년 전 파검 한청의 검공을 구현해내는 설유
원의 움직임은 믿을 수 없을 정도로 가벼우면서도 표홀했다.
그가 펼치는 검공에 달려들던 노호조의 무인들이 비명을 지르

며 쓰러졌다.

멀찍이 떨어져서 그 광경을 숨어보던 설가상단주는 설유원의 환상 같은 움직임에 왠지 눈물이 나는 것을 느꼈다. 자신도 모르게 두 볼에 눈물이 흐르고 있었다.

"내가 왜?"

아무리 생각해봐도 그가 눈물을 흘릴 이유가 없었다. 생전 처음 보는 사람이 싸우는 모습을 보고 눈물을 흘리다니, 스스로도 이해가 되지 않았다.

설유원의 몸놀림은 환상처럼 아름다웠다. 마치 검의 신선이 속세에 나와 한바탕 검무를 펼치는 것처럼 비현실적으로까지 보이는 그의 모습은 설가상단주에게 전율을 느끼게 했다.

보면 볼수록 그의 뒷모습이 왠지 눈에 익었다. 그러다 어느 순간 그의 얼굴에 격동의 빛이 떠올랐다. 그제야 그는 자신이 왜 그런 반응을 보였는지 깨달았다.

"설마 유원이 너인 게냐?"

언제부턴가 억지로 잊어버렸던 이름, 설유원.

억지로 강행했던 천산의 상행에서 파산하고 빚에 쫓겨 도주해올 때 미처 챙기지 못해 두고 올 수밖에 없던 아이. 유난히 똑똑하기에 혼자서도 잘 살 거라고 스스로를 속이면서 죄책감을 견뎌오게 만든 아이.

지금 이 순간, 그의 눈엔 어린 시절의 아들이 설유원의 얼굴과 겹쳐 보이고 있었다.

"아빠?"

후처에게서 얻은 어린 딸이 아비가 눈물을 흘리는 모습에 이상하다는 듯이 바라보고 있었다. 하지만 설가상단주는 대답을 하지 못했다.

어떻게 말할 것인가? 저 사람이 내가 버린 아들이고, 너의 배다른 오빠라고. 그가 전처에게서 얻은 아들을 천산에 버리고 왔다는 사실은 혼자만의 비밀이었다. 다른 이들은 그의 아들이 상행에 나갔다가 병을 얻어 죽은 것으로 알고 있었다. 그러니까, 설가상단에서 설유원은 이미 죽은 존재였다.

후두둑!

허공에 흩날리는 피를 마지막으로 설유원의 한바탕 춤사위가 멈췄다. 더 이상 이곳에 마해의 무인은 존재하지 않았다. 설가상단주의 가족에게 덮친 위험이 완전히 사라진 것이다.

"후!"

설유원은 한숨을 내쉬며 걸음을 옮겼다.

핏줄이란 게 뭔지 원하지 않던 살인까지 하게 만들었다. 제아무리 언젠가는 싸워야 할 적이라지만, 이런 식으로 살인을 하게 된 것이 영 마음이 편치 않았다.

"유원아."

등 뒤에서 들려오는 설가상단주의 목소리에 설유원의 발걸음이 우뚝 멈췄다. 그의 어깨에 잔떨림이 일었지만 뒤를 돌아보지는 않았다. 그러자 설가상단주가 다시 한 번 그를 불렀다.

"유원아, 너 유원이 맞지?"

"잘못 보셨습니다."

"아니, 분명히 유원이 맞다. 아무리 오랜 세월이 흘렀어도 나는 너를 알아볼 수 있다."

"사람을 잘못 보셨습니다. 당신이 알던 유원은 이 자리에 없습니다."

"그, 그런……."

설유원의 냉정한 말에 설가상단주의 표정이 일그러졌다. 그러나 설유원은 아랑곳하지 않고 냉정하게 말을 이었다.

"이러고 있을 시간이 있으면 어서 부인과 자식을 데리고 이곳을 떠나십시오. 곧 다른 이들이 몰려올 테니까요."

"하지만……."

"당신의 아들 설유원은 잊어버리십시오. 그도 당신을 잊어버리고 있을 겁니다. 지금 당신의 가족에게 최선을 다하십시오. 그게 당신의 아들이었던 설유원이 원하는 걸 겁니다."

"애……야."

"그럼!"

설유원은 대답도 듣지 않고 몸을 날렸다.

등 뒤에서 설가상단주가 뭐라고 외치는 소리가 들렸지만, 설유원은 애써 무시했다.

'그래! 이 정도면 된 거야. 내가 굳이 그와 가족의 삶에 또다시 끼어들 필요는 없어. 나는 나대로 나의 길을 가면 되는

거야.'

한눈에 알았다. 자신을 버린 아비가 또다시 가정을 꾸려 행복하게 살고 있음을. 비록 고난에 처하긴 했지만 서로를 걱정해주던 그들의 표정에서 그런 사실을 읽었다.

어차피 자신은 잊혀진 존재가 아니었던가?

그냥 처음처럼 이대로 사라지면 되는 일이었다.

설유원이 연천검문으로 뛰어들었다.

그날 이후, 강호에는 현천마검(玄天魔劍)이라는 별호를 지닌 존재가 새로이 등장했다.

현천마검은 마해의 공세로 피에 잠긴 연천검문에 처음 나타나 그 신위를 떨쳤다. 그의 검에 마해의 주요 무인들이 피를 뿌리며 쓰러졌다.

그의 신위를 목도한 사람들은 새로운 강호의 신성이 나타났다고 입을 모아 말했다. 많은 사람들이 그의 행보를 주목하기 시작했다.

*   *   *

마해는 일제히 공세를 시작했다. 오악을 점거했던 전력이 강호의 문파들을 급습했고, 속수무책으로 수십 개의 대소문파가 멸망했다. 그나마 온전히 전력을 보전한 곳은 화산 인근의 연천검문에 모였던 무인들뿐이었다.

마해의 본격적인 공세가 시작된 것이다. 사람들은 우려하던 사태가 벌어진 데 대해 극심한 공포를 느끼고 구주천가로 몰려들거나 인근의 대문파를 중심으로 똘똘 뭉쳤다.

바야흐로 전란의 시대가 도래 하고 있었다. 지금까지 흘린 피보다 앞으로 흘릴 피가 더욱 많으리라는 것은 누구나 알 수 있는 사실이었다.

쟁패(爭覇)의 시대(時代).

강자만이 살아남고, 약한 자는 강한 자의 그늘 아래 숨어서 생존을 모색해야만 하는 혹독한 시대가 도래했다.

그래도 한 가지 다행이라면 구주천가가 건재하고, 철군패와 같은 초강자가 세상에 모습을 드러냈다는 것이다.

진정한 난세가 이제 시작되고 있었다.

제 4장

마고일장(魔高一丈)

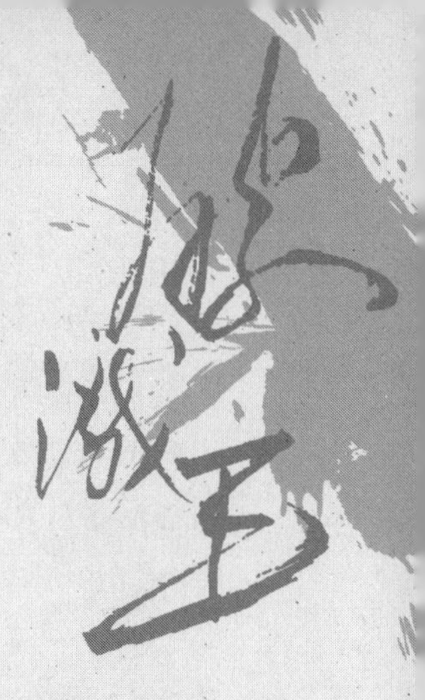

　백화장(百花莊)의 아침은 조용했다. 하지만 밖으로 보이는 모습이 조용하다고 해서 사람들이 움직이지 않는 것은 아니었다. 백화장의 사람들은 그 어느 때보다 더욱 분주히 움직이고 있었다. 단지 백화장 안에 머무는 단 한사람을 의식해 숨소리조차 죽이며 움직이고 있을 뿐이었다.

　천마 소운천.

　현 천하에 폭풍을 몰고 온 사내.

　그의 명령 한마디에 천문산과 오악이 피에 잠기고, 마해의 총공세가 시작되었다. 마해의 일만 대군이 그의 한마디에 목숨을 걸고 움직이고, 마도를 표방하는 모든 문파들이 그를 따른다. 천하에 이보다 더 큰 영향력을 행사할 수 있는 자는 거의 없었다.

백화장에 들어온 직후부터 소운천은 자신의 거처에 칩거하며 두문불출하다시피 했다. 그를 대신해 모든 일을 처리하는 이는 금청사였다.

소운천이 백화장에 머무는 그 순간부터 이곳은 마해의 총단이 되었다. 마해의 모든 책사들이 백화장으로 몰려들고, 모든 정보 조직이 백화장으로 선을 연결했다. 그렇게 되기까지 걸린 시간이 겨우 보름에 불과했다. 이어 오악에 파견된 전력을 제외한 나머지 마해의 전력들이 백화장으로 속속 들어오고 있었다.

그들이 모두 모이는 순간, 소운천은 구주천가를 향해 진군을 시작할 것이다.

조용하기 그지없는 백화장에 소란을 피우는 단 한 명이 있었다.

"나는 그를 봐야겠어요."

"안 됩니다."

"왜 안 된다는 거죠? 나는 그를 반드시 봐야 할 이유가 있어요."

"주군께서는 그 누구도 거처로 들이지 말라는 명령을 내리셨습니다. 마해의 그 어떤 신분을 가진 자라 할지라도 말입니다."

"아시다시피, 나는 마해의 사람이 아니에요. 그러니까 들어가도 아무런 문제가 없을 거예요."

"억지 부리지 마십시오, 아가씨."

소운천의 거처로 들어가는 입구에서 경비무인과 실랑이하는 여인은 바로 남봉황 해여령이었다.

해여령을 상대로 실랑이를 벌이고 있는 경비무사는 난감하다는 표정을 짓고 있었다. 그는 해여령이 소운천으로부터 귀빈 취급을 받고 있다는 사실을 알고 있었다. 이상하게도 소운천은 해여령에게만큼은 자유를 주고 있었다. 원한다면 언제든 이곳을 떠날 수 있는 해여령이었다. 하지만 무슨 이유에선지 해여령은 백화장을 떠나지 않고 소운천 주위를 맴돌고 있었다.

해여령은 며칠 동안 줄기차게 소운천을 만나게 해달라고 했다. 만일 다른 이가 그랬다면 즉각 참수를 했겠지만, 그녀가 소운천의 귀빈임을 아는지라 경비무사는 항상 좋은 말로 그녀를 돌려보내려 애를 썼다. 하지만 해여령의 요구가 점점 거세어져, 이제는 그마저도 한계에 달했다.

그녀는 원하는 바를 이루기 전까지 전혀 물러설 기세가 아니었다. 경비무사가 암담한 표정을 지었다. 강제로 쫓아낼 수도 없고, 그렇다고 안으로 들일 수도 없었다. 그야말로 진퇴양난의 상황이었다.

"나는 반드시 그를 봐야겠어요."

해여령은 절대 물러설 기세가 아니었다. 그녀는 오늘 반드시 끝을 보기로 결심한 것 같았다.

그렇게 경비무사가 이 난감한 상황에 어찌할 바를 몰라 할 때, 안에 있던 금청사가 모습을 드러냈다.

"무슨 일이냐? 이곳이 지존께서 쉬시는 곳이란 사실을 잊었
느냐?"

"죄, 죄송합니다. 하지만 해 소저께서 너무 막무가내신지
라……."

경비무사가 송구스러운 표정으로 고개를 조아렸다.

금청사가 해여령을 바라보았다. 그러자 해여령이 움찔했지
만 물러서지 않았다.

"해 소저께서 무슨 일로 주군을 뵈려 하는 것이오?"

"저는 그분을 뵈었으면 해요."

"그분께서는 누구의 방해도 받길 원치 않소. 그러니 이만
물러가시오."

"저는 반드시 그에게 해야 할 말이 있어요."

"무슨 말이오? 이 늙은이가 대신 전해드리겠소."

"죄송해요. 남을 통해서 전달할 이야기가 아니에요. 반드시
제가 직접 이야기를 전해야 해요."

"어지간한 이야기는 다 이 늙은이를 통해서 전달할 수 있
소. 그러니까 이 늙은이에게 말해주시오."

"안 돼요. 나는 그를 직접 만나겠어요."

"허어!"

해여령의 고집에 금청사가 경비무사와 마찬가지로 난감하
다는 표정을 지었다.

'이 아가씨는 겁이 없는 것인가? 그도 아니면 돌아가는 상

황을 모르는 것인가?'

나이로 따지면 손녀뻘도 안 되는 아이였다. 그런 여아를 상대로 자신이 실랑이를 할 수도 없는 노릇이었다.

금청사가 해여령을 빤히 바라봤다. 그의 강렬한 시선에 해여령이 겁을 집어먹은 표정을 했다. 하지만 용케도 뒤로 물러나지 않았다.

'주군께서 이 여아를 특별하게 보신 이유를 알겠구나. 심지가 이토록 굳고 흔들리지 않으니 다르게 보일 수밖에.'

자신의 눈빛은 천마십위라고 해도 감히 받아내기 힘들다. 그런데 천마십위보다 무공이 약한 해여령이 당당히 받아내고 있으니 어찌 놀라지 않을까?

금청사가 난감한 표정을 지을 때, 문득 한 줄기 전음이 귓전을 강타했다.

『그녀를 들여보내도록.』

소운천의 음성이었다.

금청사가 뜻밖이라는 표정을 지었지만 반문하지 않았다.

그가 해여령에게 정중하게 말했다.

"그분께서 찾으시는구려. 안으로 들어가시오."

"고마워요."

해여령이 금청사에게 포권을 취해보인 후 안으로 들어갔다. 금청사는 그런 해여령의 뒷모습을 물끄러미 바라보았다.

'과연 이 난세에서 그녀의 역할은 무엇일까?'

　금청사는 사람마다 각자의 역할과 운명을 가지고 태어난다
고 믿는 사람이었다. 자신의 운명은 소운천을 기다리고, 그의
받침대가 되는 역할이었다. 그렇다면 과연 이 세상에서 해여
령이 해야 하는 역할은 무엇일까? 그 이유가 사뭇 궁금해지는
금청사였다.

*　　　*　　　*

　해여령은 소운천의 거처로 안내되었다.
　소운천이 머무는 거처는 백화장에서 가장 크고 화려한 곳이
었다. 또한 외부와 철저하게 격리가 되어 허락이 없으면 함부
로 들어올 수 없는 곳이었다. 그의 거처를 지키는 천마십위의
경비를 뚫고 이곳에 도달하기란 누구에게든 거의 불가능한 일
이었다.
　해여령이 소운천의 거처에 들어왔을 때, 그는 벽에 걸린 거
대한 중원전도를 바라보고 있었다. 무심한 표정으로 중원전도
를 바라보는 그의 모습이 왠지 무섭게 느껴졌다.
　한동안 침묵이 이어지자 해여령이 먼저 조심스럽게 입을 열
었다.
　"저…… 말씀드릴게 있어서 왔어요."
　"……."
　그러나 소운천의 입에서는 그 어떤 대답도 흘러나오지 않았

다. 그에 해여령은 말을 잇지 못하고 머뭇거리기만 했다. 질식할 것만 같은 침묵이 이어졌다.

소운천이 입을 연 것은 그로부터 한참 후였다.

"참으로 대단하지 않은가?"

"뭐가 말인가요?"

"칠백 년 전에도, 그전에도, 인간의 수에 그리 큰 변화가 없다는 사실이 말이야."

"그게 무슨 말인가요?"

"세월이 흐르고 문물이 발전하면 인간의 수 역시 늘어야 옳을 것이다. 허나 어찌된 영문인지, 정작 인간의 수에는 그리 큰 변화가 없다. 제아무리 문물이 발달해도 인간의 수는 몇백 년 전이나 지금이나 큰 변화가 없다는 말이다."

"그걸 어떻게 아나요?"

"내 눈으로 직접 봤으니까. 칠백 년 전의 세상을, 그리고 지금의 세상을."

"당신은 정말 칠백 년을 살아왔나요? 나는 도저히 그런 사실을 믿지 못하겠어요. 인간이 어떻게 칠백 년을 살수 있단 말인가요?"

"후후! 정상적인 인간이라면 그럴 수 없겠지. 하지만 나는 천마다. 세월의 흐름도, 죽음의 손길도 나를 비껴간다."

이미 칠백 년 전에 인간의 한계를 벗어던진 소운천이었다. 비록 예기치 않게 친구이자 운명의 적수였던 환사영에게 금제를 당하고, 천우진 때문에 육신을 바꿔야 했지만, 그는 죽음조차 스스로 거부한 존재였다.

다른 이들은 자살이라도 할 수 있지만, 소운천은 스스로의 힘으로도 죽을 수 없다. 이미 인간의 경지를 벗어나버린 육신과 영혼이 죽음 그 자체를 거부하기 때문이다. 그러나 그런 사실을 해여령에게 일일이 말해줄 필요는 없었다.

이번엔 해여령이 먼저 물었다.

"무엇 때문인가요?"

"뭐가 말인가?"

"나를 이곳에 데려온 이유를 묻고 있어요. 다른 사람들은 모두 죽이거나 제약을 두었으면서도, 유독 백화장에서 나에게만 자유를 주는 이유를 모르겠다는 말이에요. 나는 그 이유를 알고 싶어요."

해여령은 소운천의 얼굴을 똑똑히 바라보았다.

다른 사람들은 모두 소운천의 얼굴을 보는 것조차 두려워하고 그와 시선을 마주치는 것을 꺼려했다. 심지어는 소운천의 가장 큰 심복이라고 할 수 있는 금청사 역시 마찬가지였다.

소운천을 바라보는 금청사의 시선에는 항상 공경과 두려움의 빛이 공존하고 있었다. 가장 가까이에 있는 측근조차 그를 두려워하고 감히 똑바로 바라보지 못하는데, 이 어린 여아는 전혀 그를 두려워하지 않았다.

소운천을 바라보는 해여령의 시선이 눈부시게 느껴졌다. 마치 햇살을 머금은 것 같았다.

"지금 나에게 이유를 물었나?"

"그래요. 나는 그 이유를 알고 싶어요."

"그 이유가 뭐가 그렇게 중요하지?"

"나에겐 중요해요."

해여령이 단호히 대답했다.

"말해보도록. 왜 그 이유가 중요한지."

"그것은 내가…… 내가 당신에게 끌리기 때문이에요. 나는 더 늦기 전에 나의 마음을 정리해야 해요."

해여령은 여자로서 차마 꺼내기 힘든 말을 했다. 비록 당돌한 척하고 있지만, 그녀가 얼마나 큰 용기를 내야했는지 소운천은 모를 것이다.

처음 소운천을 만난 이후로 상당한 시간이 흘렀다. 본의 아니게 그와 오랜 시간을 함께하면서 해여령은 자신의 마음이 소운천에게 상당 부분 기울어졌음을 깨달았다.

그런 사실을 인지했을 때 해여령은 소스라치게 놀랐다. 절대로 있어서는 안 되는 일이기 때문이다. 그녀는 일시적으로 끌리는 것이라 생각했다. 소운천은 그 정도의 매력이 있는 남자였기 때문이다.

하지만 그 이상의 감정은 위험하다고 생각했다. 소운천은 마(魔)의 종주인 천마였고, 자신은 정도를 표방하는 봉황문의 후계자였다. 절대 어울릴 수 없는 사이였다.

그녀 스스로도 용납할 수 없을뿐더러, 무엇보다 그녀의 사문에서 절대 용납할 수 없는 일이었다. 그래서 그녀는 스스로의 마음을 정리하려 했다. 하지만 마음이 정리되기는커녕 시간이 흐를수록 소운천에 대한 그녀의 마음은 걷잡을 수 없이 커져만 갔다. 그녀 스스로는 도저히 어찌하지 못할 만큼 말이다.

더 늦기 전에 결정해야 했다. 수없이 고민한 끝에 해여령은 소운천을 만나러 왔다. 마지막으로 그를 직접 보고 자신의 마음을 결정하기 위해서였다. 하지만 막상 소운천의 얼굴을 보니 굳게 결심한 그녀의 마음이 흔들렸다.

'내 눈앞에 있는 사내는 천하를 피에 잠기게 할 마인이다. 그는 이미 정상적인 인간이 아니다. 그는 천마, 인간이 아니다.'

그렇게 다짐을 하고 스스로에게 세뇌를 했건만, 소운천을 보는 순간 그녀의 마음은 여지없이 흔들리고 있었다.

너무나 위험한 사내, 하지만 그만큼 무섭도록 매력적이었다. 특히 세상의 모든 절망을 혼자 떠안고 있는 듯한 눈을 볼 때면 해여령의 마음은 지진이라도 일어난 것처럼 흔들리고 갈라졌다.

해여령은 소운천이 자신을 매정하게 거부해주길 바랐다. 그것이 그녀가 소운천을 찾아온 이유였다. 그러나 소운천은 어떠한 대답도 없이 해여령을 빤히 바라봤다.

그의 침묵이 길어질수록 해여령은 자신의 마음이 걷잡을 수 없이 흔들리는 것을 느꼈다.

  ‘제발 어떤 말이라도 해줘요. 제발.’

  여인의 몸으로 하기 쉽지 않은 말까지 했다. 그녀는 제발 소운천이 자신을 냉정히 거절하길 바랐다. 사문을 위해, 그리고 자신을 위해 스스로 상처받고 떠나게 되길 바랐다.

  침묵의 시간이 길어졌다.

  소운천은 쉽게 말하지 못하고 있었다. 지금 이 순간, 그 역시 자신의 생각을 정리하고 있었다.

  ‘왜일까? 왜 나는 유독 그녀에게만 관대한 걸까?’

  소운천은 해여령의 얼굴을 빤히 바라보았다.

  해여령의 얼굴에서 빛이 난다고 느껴지는 것은 단지 자신만의 착각일까?

  그 순간 소운천은 깨달았다.

  ‘그래! 이 빛이다. 그녀에겐 빛이 존재한다. 나에겐 존재하지 않는 밝은 빛이. 나는 이 빛에 끌렸던 것이구나.’

  칠백 년을 암흑 속에서 살아온 소운천이었다. 해여령은 그런 소운천이 칠백 년 만에 처음으로 보는 밝은 빛을 품고 있는 여인이었다. 신념을 위해서라면 자신의 한 몸이야 어찌 되든 두려워하지 않는.

  소운천은 문득 칠백 년 전의 생각이 떠올랐다.

  ‘그때도 빛을 품은 자가 있었다. 누구보다 마음에 강한 빛을 품었던 자가. 그의 이름은 백수경이라 했다.’

  그의 기억은 어느새 칠백 년을 거슬러 오르고 있었다.

운명의 호적수였던 환사영, 그리고 그의 친혈육이나 마찬가지였던 백수경. 소운천은 백수경의 빛을 짓밟고, 그의 모든 것을 빼앗았다. 그가 사랑했던 여인과 자식들의 목숨까지도.

빛을 빼앗긴 백수경은 어둠이 되었다.

깊은 어둠에 잠식당한 그는 스스로 마(魔)가 되었다. 그가 뿌린 마의 씨앗이 발아해 온전한 형태를 갖춘 존재가 바로 천우진이었다.

그 사실을 누구보다 잘 아는 소운천이었기에 쉽게 대답을 하지 못했다. 지금 이 순간에도 해여령은 소운천을 똑바로 바라보며 대답을 기다리고 있었다.

잠시 생각을 정리하던 소운천이 이내 결론을 내렸다. 그의 얼굴에 냉혹한 표정이 떠올랐다.

"후후! 웃기는 이야기구나. 나는 하늘에 도전하는 만마의 종주, 그런 나를 좋아한다고 말하는 것이냐?"

"그래요. 지금 이 순간에도 나는 분명 당신에게 끌리고 있어요."

"그래서 나보고 어찌하란 것이냐?"

"난 당신의 대답을 듣고 싶어요. 나를 어찌 생각하는지. 나를 어떤 마음으로 바라보는지."

"너는 많은 부분을 착각하고 있는 것 같구나. 너는 내가 너에게 호감이 있어서 봐주고 있는 것으로 알고 있느냐?"

"그럼 아닌가요? 그렇다면 당신의 태도를 확실히 해주길 바라요. 내가 납득할 수 있도록 이유라도 확실히 말해줘요.”

해여령은 입술을 지그시 깨물고 있었다. 엄청난 마음의 충격을 받았을 텐데도 그녀는 용케 버티고 서있었다.

“나에겐 세상의 어느 계집이나 똑같다. 모두 욕망에 찌들어 있고, 조금이라도 부귀와 영화에 가까워지길 바라지. 자신의 욕망을 이루기 위해 남자를 이용하는, 그런 속된 존재를 내가 마음에 두리라고 생각하는 것이냐? 아서라. 나는 만마의 종주이자 하늘의 의지를 거부하는 자. 인간들의 희망 없는 감정 따윈 나에게 어울리지 않는다. 나는 단지 네가 내 수하인 남진엽을 끝까지 보호해줬기에 관용을 베풀고 있을 뿐이다.”

“그……게 정말인가요?”

“그렇다.”

“정말 내가 여자로 보이지 않는단 말인가요?”

“분명 말하지 않았더냐? 나에게 여자의 껍데기 따윈 하등의 영향도 줄 수 없다고. 네가 아무리 아름답다고 하지만, 나에겐 그저 썩은 육신을 흔드는 사창가의 계집과 다를 바가 없다.”

“그런…….”

해여령이 부들부들 떨었다.

어깨에서 시작해 전신으로 퍼져나가는 잔떨림의 물결.

뚝뚝!

그리고 바닥으로 떨어지는 정체를 알 수 없는 물방울.

해여령의 뺨을 따라 눈물이 흘러내려 두 줄기 자국을 남기고 있었다.

스스로 원하기는 했으나, 이토록 마음이 아플 줄은 몰랐다. 지금 그녀의 가슴은 천 갈래 만 갈래 찢어지고 있었다. 스스로도 알 수 없는 복잡미묘한 여자의 감정이었다.

잠시 동안 눈물을 흘리던 해여령이 애써 소매를 들어 뺨으로 흘러내리는 눈물을 닦아냈다.

소운천은 이제 해여령이 자신을 떠날 거라고 생각했다. 천하의 그 어떤 여인도 이런 말을 듣고 태연할 수는 없는 법이니까.

마침내 해여령이 눈물을 모두 닦아내고 소운천을 똑바로 바라봤다.

그녀의 입이 힘겹게 열렸다.

"사람 마음이란 게 참으로 신기하죠. 당신에게 거절의 말을 들으면 나의 마음을 정리할 수 있을 줄 알았는데."

"……"

소운천은 대답하지 않고 묵묵히 그녀의 말을 들었다.

"나는 이제 나의 마음을 확실히 알게 되었어요. 나는 당신을 사랑해요."

"어리석구나."

"당신이 뭐라고 해도 나의 마음은 변하지 않아요. 나는 스스로 그런 사실을 깨달았으니까요."

해여령은 시원한 표정을 짓고 있었다. 마치 오랜 방황을 끝내고 이제야 제자리를 찾은 사람의 표정이었다.

"나는 어떤 일이 있어도 당신을 떠나지 않아요. 세상의 모든 사람들이 당신에게서 등을 돌린다고 할지라도 나만은 당신의 곁에 남아있을 거예요. 당신이 지옥으로 떨어진다면 그 곁엔 내가 있을 거예요."

"이제 보니 미친 계집이구나. 되도 않는 헛소리를 하다니."

"당신이 무어라 해도 상관없어요. 나의 결심은 절대 변하지 않을 테니까."

해여령의 눈동자는 이제 흔들리지 않았다. 소운천을 똑바로 바라보는 그녀의 눈빛이 마치 햇살을 담은 것처럼 눈이 부시게 빛나고 있었다. 소운천은 감히 그 눈빛을 똑바로 바라볼 수 없었다.

'하늘은 도대체 무엇을 바라고 이 아이를 내게 보낸 것인가?'

소운천의 얼굴이 침중하게 굳어갔다.

천마와 남봉황.

소운천과 해여령.

그들의 거친 인연은 이렇게 시작되고 있었다.

*   *   *

마해의 침략이 본격적으로 시작되자 천하 각 문파로 구주천가의 사자가 떠났다. 구주천가의 사자들은 천우경과 온유하의 친필서한을 가지고 있었다.

구주천가의 사자가 각 문파에게 전한 내용은 간단했다.

천하무인소집령(天下武人召集令).

구주천가가 드디어 천하 각 문파의 정예를 소집한 것이다. 소집령을 기다렸다는 듯이, 천하 각 문파의 수장들은 정예를 이끌고 구주천가로 이동하기 시작했다.

제일 먼저 이동을 한 것은 마해의 침공으로부터 스스로를 지킬 힘이 없는 중소문파들이었다. 중소문파들이 움직인 직후 대문파들이 굼뜬 엉덩이를 움직이기 시작했다.

구주천가로 몰려드는 수많은 사람들의 물결.

강호의 역사가 시작된 이래 이렇게 많은 무인들이 한자리에 모인 경우는 존재하지 않았다. 마치 이 세상에 존재하는 모든 무인들이 구주천가로 몰려드는 것 같았다.

이 엄청난 장관에 사람들은 할 말을 잃었다. 무공을 익히지 않은 일반인들이 그 광경을 보며 수군거렸다.

"정말 대단하군. 천우경 대협의 한마디에 천하의 모든 무인들이 구주천가로 모이다니."

"그분이 괜히 십전제이시겠는가? 그분이야말로 천하제일인이자 모든 무인의 우상이잖은가? 천하의 모든 무인이 그분의 명령을 받는 것은 지극히 당연한 일일세."

"하긴 그도 그렇구만. 어쨌거나 정말 장관일세."

"저 많은 무인들이 한곳에 모이니 마해를 물리치는 것도 그리 어려운 일이 아닐 걸세."

“맞네. 제아무리 마해가 강하다고 하더라도 저들을 어찌할 수는 없을 걸세.”

사람들은 구주천가와 천하무인들의 승리를 점쳤다.

천우경의 천하무인소집령으로 인해 구주천가는 발 디딜 곳이 없을 정도로 사람들로 붐비기 시작했다. 아직 모든 무인들이 들어온 것이 아닌데도 벌써부터 외성의 거리는 사람들로 가득 찰 지경이었다.

일단 구주천가로 들어온 무인들은 외성에서 내성문이 열리길 기다렸다. 구주천가로 들어온 무인들은 거대한 규모에 압도당하고 말았다.

십전제 천우경의 위세만큼이나 거대한 구주천가의 규모는 사람들의 기를 질리게 만들기 충분했다.

“이곳이 구주천가?”

“듣던 대로 정말 대단하구나. 일개 가문이 이토록 거대할 수 있을 줄이야.”

생전 처음 구주천가를 보는 사람들은 놀라운 표정을 감추지 못했다. 그도 그럴 것이 구주천가의 규모는 어지간한 성도를 연상케 할 정도로 엄청났다. 그들은 일개 가문이 이런 규모의 성을 가질 수 있다는 사실을 상상조차 해본 적이 없었다.

“구주천가야말로 진정한 천하제일세라고 하더니 그 말이 정말이구나.”

“외성이 이럴진대 내성은 또 얼마나 대단할 것인가? 정말 쉽게 상상이 가지 않는군."

한편 구주천가 외성에 사는 이들은 사람들의 이런 반응에
한없이 큰 자부심을 가졌다.

온유하는 내성벽 위에서 사람들이 모여드는 광경을 내려다
보았다. 그녀의 곁에는 한월이 서있었다.

"천하의 모든 무인이 구주천가로 몰려오는군요. 하긴 그들
에게도 선택의 여지가 없었겠죠. 마해가 본격적인 침공을 개
시한 시점에서 이리저리 재고 있을 여유가 없었을 테니까요."

"하지만 이대로 저들을 무작정 받아들일만한 공간이 있을지
걱정입니다."

"걱정하지 말아요, 한월. 그에 대한 준비는 이미 다 되어 있
으니까요. 우리는 이미 이십 년 전부터 이런 상황을 예견하고
준비해왔으니까요."

"그렇습니까?"

"구주천가에는 항상 삼만 명 이상의 무인들이 머물만한 거
처와 일 년치 식량이 준비되어 있어요. 구주천가의 외성은 이
날을 위해 더욱 높고 넓게 축조되었어요."

"하지만 내성으로 들일 수 있는 사람의 수는 한정되어 있지
않습니까?"

"물론이에요. 모든 사람들을 내성으로 들일 수는 없어요.
내성으로 들이는 사람들은 엄격하게 선별할 거예요. 우선은
대문파와 강호의 명성을 위주로 사람들을 뽑을 거예요. 강한

사람들만이 내성으로 들 수 있는 자격이 주어지는 셈이에요.”

“허나 그렇게 되면 내성에 들지 못하는 사람들의 반발이 심하지 않겠습니까?”

“소수의 반발 따위는 무시해버려야 해요. 우리는 지금 천하의 운명을 건 거대한 전쟁을 앞두고 있어요. 사소한 것까지 배려해주다가는 규율이 흔들리고 말아요. 수뇌부인 우리는 최대한 냉정해져야 해요.”

“알겠습니다, 아가씨.”

한월이 고개를 숙였다.

온유하의 말을 모두 납득하는 것은 아니었지만, 한월은 최대한 이해하려 애를 썼다.

한월의 눈에 구주천가로 밀려들어오는 수많은 사람들이 보였다.

‘오라버니도 저 사람들 속에 있었으면 좋겠구나.’

그녀는 오래전 자신을 떠난 오라비 섬호를 떠올렸다. 자신을 위해서라면 그 어떤 위험도 감수하고 무조건적인 헌신과 사랑을 베풀던 유일한 혈육. 이렇게 힘이 들 때면 그가 보고 싶어졌다.

그때 온유하가 한월의 상념을 깼다.

“이제 그만 수련관으로 가요.”

“수련관으로 말입니까?”

“그래요. 오늘은 그 아이가 나오는 날이에요. 최소한 나오는 모습만이라도 지켜봐주어야죠."

"아!"

그제야 한월이 온유하가 누구를 말하는지 알아차렸다. 그녀가 급히 고개를 숙이며 대답했다.

"벌써 시간이 그렇게 되었군요. 알겠습니다."

한월이 앞장섰다.

두 사람이 향한 곳은 구주천가의 심처에 존재하는 폐관수련실 앞이었다. 거대한 화강암을 깎아 만든 입구는 아직도 굳건하게 닫혀 있었다.

폐관수련실을 바라보는 온유하의 얼굴에는 감회의 빛이 떠올라 있었다.

오늘은 화진천이 나오기로 약속한 날이었다. 몇 달 전, 그는 철군패에 패한 충격으로 스스로 폐관에 들어갔다. 아무도 그를 탓하지 않았지만 그의 자존심이 용납을 하지 못했던 것이다.

그렇지 않아도 천재적인 재능과 무서운 오성을 갖고 있던 화진천이었다. 그가 얼마나 큰 심득을 얻고 나올지는 아무도 알지 못했다. 그래도 온유하는 화진천에게 한 가닥 기대를 걸고 있었다.

현 구주천가에는 수많은 조직들이 존재했지만, 그 어떤 조직도 문상부의 직속 별동대인 혈포사신대만큼 효율적이지 못했다. 온유하가 구주천가를 효율적으로 운용하기 위해서는 반드시 화진천이 필요했다.

온유하는 초조한 시선으로 폐관수련실을 바라봤다. 그러나 시간이 흘러도 화진천이 나올 기색은 전혀 보이지 않았다.

"오늘은 나오지 않으려는가?"

온유하의 얼굴에 아쉬운 빛이 떠올랐다. 화진천이 늦게 나올수록 구주천가에겐 손해였기 때문이다.

그때였다.

쿠르르!

갑자기 폐관수련실의 입구가 지진이라도 난 것처럼 흔들리기 시작했다.

"오! 드디어……."

온유하는 본능적으로 화진천이 밖으로 나오려한다는 사실을 깨달았다. 한월 역시 잔뜩 기대 어린 시선으로 폐관수련실의 입구를 바라봤다.

잠시 시간이 흐른 후 마침내 폐관수련실의 입구가 열리기 시작했다. 그리고 서서히 밖으로 모습을 드러내는 단단한 체구의 사내. 붉은 장포를 휘날리며 걸어 나오는 사내는 분명 화진천이었다.

온유하가 웃음으로 그를 맞이했다.

"드디어 나왔구나."

"심려를 끼쳐드려 죄송합니다."

"아니다. 네가 고생이 많았구나. 그래, 성과는 있었느냐?"

온유하의 말에 화진천이 고개를 저었다. 그에 온유하의 얼굴에 실망의 빛이 떠올랐다.

"그럼 아무런 성과도 없었던 것이냐?"

"그건 아닙니다. 단지 한 가닥 심득을 얻었지만, 그것을 제 것으로 소화하기 위해서는 많은 시간이 필요하다고 느껴졌기 때문입니다. 하지만 돌아가는 상황이 한가하게 폐관수련이나 하고 있을 수만은 없기에 나왔습니다."

"잘했다. 그 정도면 충분하다. 나머지 심득은 천천히 채워가도 늦지 않을 것이다. 장하구나. 마음이 꺾여 쉽지 않았을 텐데, 그토록 빠른 시간 안에 다잡다니."

온유하가 대견하다는 시선으로 화진천을 바라봤다. 그에 화진천이 말을 돌렸다.

"천하정세는 어떻습니까?"

"좋지 않다. 천마가 출관했다. 그리고 마해의 침공이 본격화되었다."

"천마가 말입니까?"

"그렇다. 그가 전 마도에 총동원령을 내렸다. 그에 맞서 가주께서도 천하무인소집령을 내렸다. 지금 이 순간에도 천하의 무인들이 구주천가로 속속 모여들고 있다. 지금이야말로 네가 절실히 필요한 시점이다. 너는 혈포사신대를 다시 이끌 준비가 되었느냐?"

"물론입니다."

"다행이구나. 밖으로 나가자. 혈포사신대가 네가 출관하기만을 애타게 기다리고 있다.”

“알겠습니다.”

“도고일척(道高一尺)이면 마고일장(魔高一丈)이라고 했다. 도가 한척이 높아지면 마는 일장이 높아진다고 하더니, 지금이 딱 그 지경이구나.”

온유하의 탄식이 허공에 흩어졌다.

구주천가가 강해진 만큼 마해도 강해졌다. 아니, 그 이상으로 강해졌다. 진짜로 피비린내 나는 싸움은 이제부터가 시작이었다. 화진천과 혈포사신대는 이제부터 그 최선봉에 설 것이다.

“천하의 운명을 건 전쟁. 이십 년 전에 그랬듯이 이번에도 승자는 구주천가가 될 것이다.”

그녀의 음성이 바람에 흩어졌다.

*　　　*　　　*

철군패는 멀리보이는 거대한 성을 바라봤다. 철벽처럼 서있는 거대한 성벽은 마치 절대자처럼 오만하게 서서 세상을 굽어보고 있었다.

오만한 성의 이름은 구주천가(九州千家)였다.

“이십 년 만인가?”

철군패의 얼굴에 감회의 빛이 어렸다.

그는 무려 이십 년 만에 구주천가로 돌아온 것이다. 이십 년 전의 그는 무기력한 어린아이에 불과했지만, 지금의 그는 멸제라는 칭호를 얻고 있는 절대의 무인이었다. 이십 년 전의 그와 지금의 그는 그 위치가 하늘과 땅만큼이나 큰 차이가 있었다.

천문산에서 마해의 무인들과 격돌한 직후 그는 북풍대와 함께 말을 달려 이곳에 도착했다. 구주천가는 풍운의 중심. 마해와 제대로 싸우기 위한 최적의 장소는 오직 구주천가뿐이었다.

"저기가 구주천가인가?"

"휘유! 대단한 위세군. 일개 가문의 성이 저토록 거대할 수 있다니."

북풍대원들이 거대한 구주천가를 보며 감탄사를 내뱉었다. 그러나 양천의는 그런 분위기가 못마땅한지 투덜거렸다.

"쳇! 대단하군. 도대체 얼마나 사람들의 고혈을 쥐어짜야 저 정도의 부를 이룰 수 있는 거지?"

"구주천가에서는 입조심을 하는 게 좋을 거다, 천의."

"왜? 내가 틀린 말을 한 것도 아니잖아. 상식적으로, 정상적인 방법으로 저런 부를 쌓는 것은 불가능한 것 아냐?"

"세상일이 꼭 네가 생각하는 것처럼 부정적인 것만은 아니다. 누가 뭐래도 그들은 칠백 년의 엄청난 역사를 가지고 있다. 지금 그들이 가지고 있는 부와 위치는 모두 그들의 힘으로 만든 것이다. 괜히 증거도 없이 그들을 모함했다가는 제명에 죽지 못할 것이다."

"흥! 구주천가가 나를 어찌할 수 있단 말이냐?"

양천의가 코웃음을 쳤다. 그에 철군패의 눈빛이 더욱 묵직해졌다.

"칠백 년 동안 강호, 아니, 천하제일의 힘을 보유한 가문이다. 칠백 년 동안 수많은 문파와 무인들이 도전을 했지만 그 누구도 구주천가를 쓰러트리지 못했다. 네가 광도진결을 익혀 절정의 무공을 보유했다지만, 너는 아직 광도진결의 진수를 얻지 못했다. 그런 상태로 구주천가의 고수와 충돌을 한다면 너의 필패(必敗)다."

"크윽! 지금 나를 무시하는 것이냐?"

"사실을 말하는 것이다. 내 말 잘 들어라, 천의. 네가 자신감을 가지는 것은 좋지만, 괜히 분란은 만들지 말거라. 미우나 고우나, 지금은 구주천가와 협력을 해야 할 때니까."

철군패는 단호했다.

양천의의 자신감을 이해하지 못하는 것도 아니었다. 그가 구주천가를 보며 전의를 불태우는 마음도 이해할 수 있었다. 하지만 그 때문에 구주천가와 문제가 생긴다면 그만큼 운신의 폭이 좁아질 수밖에 없었다. 구주천가가 두려운 것은 아니지만 아직 마해와의 결전을 시작하지도 않았는데 그들과 괜히 충돌하고 싶지는 않았다.

언젠가 그들과 싸우게 될지 몰라도, 지금 당장은 아니었다.

양천의가 철군패를 노려봤다. 하지만 철군패의 흔들림 없는 시선에 그는 슬며시 눈을 깔았다.

"쳇! 알았어. 조심하면 될 거 아냐. 그렇게 도끼눈을 뜨고 노려볼 것까지야."

"나는 분명히 말했다, 천의. 만일 너 때문에 문제가 생긴다면 그 책임도 네가 져야 할 것이다."

"걱정하지 마. 내가 서너 살 먹은 어린아이인 줄 아냐?"

"믿겠다, 천의."

"글쎄, 믿으라니까."

양천의가 호언장담했지만 왠지 믿음이 가지 않았다.

전투에서의 양천의는 누구보다 믿을 수 있는 동료였지만, 물불을 안 가리는 급한 성격 때문에 한시도 안심을 할 수 없었다. 평상시라면 상관없지만 구주천가라면 문제가 될 수도 있었다. 철군패는 그 점을 걱정하고 있었다.

'알아서 잘하겠지? 물불은 안 가리지만, 그래도 똥오줌 정도는 가릴 테니까.'

철군패가 다시 고개를 들어 구주천가를 바라봤다.

구주천가의 정문에는 엄청난 수의 사람들이 줄을 서있었다. 그들 대부분이 구주천가의 천하소집령을 받고 몰려온 사람들이었다. 그들은 구주천가에 들어가기 위해 줄을 서서 자신의 순서를 기다리고 있었다.

거대문파에 속한 무인들은 신분이 확실하기 때문에 일찍 들어가고, 중소문파의 무인들은 신분확인 절차가 늦어져 오래 기다릴 수밖에 없었다. 그 때문에 지금 현재 구주천가의 정문에서 기다리는 사람들 대부분이 중소문파에 속한 무인들이었다.

구주천가의 무인들은 무인들의 신분을 철저히 확인했다. 무인들 틈에 마해의 간자가 끼어있을 수도 있기에 그들은 더욱 꼼꼼히 확인했다.

그런 구주천가의 조치가 이해도 되었지만, 해가 중천에 떴는데도 구주천가에 들어가지 못하고 있는 중소문파의 무인들이 안됐다는 생각이 들었다.

철군패는 북풍대를 이끌고 길게 늘어선 줄의 맨 마지막에 섰다. 작열하는 태양 아래 서있었지만, 북풍대의 그 누구도 불평하지 않았다. 그들은 한가로이 대화를 하며 시간을 보냈다.

규율이 잡혀있지 않은 자유분방한 모습에 무인들은 그들을 크게 신경 쓰지 않았다. 일반 무인들이 보기에 삼삼오오 모여 자기들끼리 잡담을 나누는 북풍대의 모습은 오합지졸들의 모임처럼 보였기 때문이다. 전혀 통제를 받지 않는 것처럼 보이는 북풍대를 바라보는 무인들의 시선에는 한 줄기 조소가 담겨 있었다.

지금과 같은 전란의 시대에 이런 오합지졸들이 있어봐야 얼마나 도움이 되겠냐는 시선이었다. 그러나 사람들의 서늘한 시선에도 북풍대는 아랑곳하지 않고 떠들었다. 그리고 철군패도 그런 북풍대에 어떤 제재도 가하지 않았다.

문득 몇몇 사람들의 시선이 우연히 철군패에게 향했다.

엄청난 크기의 거마에 앉아있는 거대한 체구의 철군패는 어디서도 눈에 띌 수밖에 없는 존재였다. 그는 스스로를 드러내길 원하지 않았지만, 사람들은 결코 그를 내버려두지 않았다.

사람들이 웅성거리기 시작했다. 그냥 넘어가기에는 철군패의 모습이 너무 눈에 띄었다.

"혹시 멸제가 아닌가? 그도 커다란 말을 타고 다니며 산악과 같은 거구를 하고 있다고 했는데."

"정말 자세히 보니 그런 것 같군. 하지만 멸제가 무엇 때문에 줄을 서서 기다리지? 자신의 신분만 밝힌다면 제일 먼저 안으로 들어갈 텐데. 정말 멸제가 맞나?"

"그럼 저들이 북풍대? 하지만 북풍대라고 보기엔 왠지……."

말끝을 흐리는 사람도 있었다. 그들이 상상했던 북풍대는 한 치의 틈도 보이지 않을 것 같은 군인들의 모습이었다. 쉬는 시간에도 엄격히 규율이 잡혀 절도가 있을 것 같은, 그런 존재들 말이다. 하지만 북풍대의 모습은 그들이 상상했던 것과는 거리가 있었고, 그 때문에 사람들은 혼란스러워했다.

북풍대는 사람들의 수군거림을 기분 좋게 들었다. 그들은 자신들로 인해 사람들이 혼란스러워하는 모습을 즐기고 있었다.

"훗!"

북풍대 중 몇 명이 미소를 지었다. 그들의 미소에는 북풍대라는 조직에 대한 강한 자부심이 담겨 있었다.

　마침내 사람들의 웅성거림은 앞에까지 전해져 모든 사람들이 멸제와 북풍대일지도 모르는 사람들의 출현을 알게 되었다. 상황이 이렇게 되자 외성문 밖에서 사람들의 신분을 확인하던 경비무사들이 급히 철군패가 있는 곳까지 달려왔다.

　경비무사가 잠시 두리번거리더니 곧 엄청난 덩치의 철군패를 발견하고 조심스럽게 다가왔다.

　"저…… 멸제 철군패 대협 되십니까?"

　철군패가 말없이 고개를 끄덕였다. 그러자 경비무사의 안색이 확 변했다. 그가 조심스럽게 주위사람들을 둘러보며 다시 말을 이었다.

　"그럼 이들은 북풍대가 맞습니까?"

　이번에도 철군패가 고개를 끄덕였다.

　정말 멸제 본인과 그의 군대인 북풍대가 확인되자 경비무사가 당황한 표정을 지었다. 설마 이런 거물이 기별도 없이 찾아와 대기행렬의 맨 끝에서 기다리고 있을 줄은 짐작도 못했기 때문이다.

　철군패와 북풍대의 위명이라면 복잡한 절차를 무시하고 우선적으로 안으로 들여도 아무런 문제가 생기지 않을 거물이었다. 만일 이런 거물들을 다른 사람들과 똑같이 대기행렬에 세워놨다는 것이 위에 알려지면 불벼락이 내릴 것이 분명했다.

　경비무사가 급히 말을 이었다.

　"철 대협과 북풍대는 이렇게 기다리실 필요가 없습니다. 저를 따라 안으로 들어가시지요.”

“우리보다 먼저 온 사람들이 있다. 그들보다 먼저 안으로 들어갈 수는 없다.”

“하지만 철 대협과 북풍대는 매우 특별한 분들이십니다. 여러분들이 먼저 들어간다고 할지라도 이 자리에 있는 사람들 중 누구도 뭐라 말하지 못할 겁니다.”

“우리는 특혜를 받기 위해 이곳에 온 것이 아니다. 구주천가의 특혜는 사양하겠다. 다른 이들과 똑같이 기다려서 안으로 들어가겠다.”

“하지만……..”

철군패의 단호한 말에 경비무사가 어찌할 바를 몰랐다. 한참 동안이나 안절부절못하던 그는 다시 정문 쪽으로 향했다. 자신보다 높은 직급의 상관을 데려오기 위해서였다.

경비무사가 사라진 직후 양천의가 투덜거렸다.

“그깟 특혜 좀 받으면 어디가 덧나냐?”

“이것 역시 싸움이다.”

“싸움? 무슨 싸움?”

“온유하와 나의 싸움.”

“이게 무슨 싸움이야? 싸움이라면 도끼나 칼들 부딪치는 거지.”

“내가 보고 들은 정보가 정확하다면 온유하는 나와 북풍대를 시험하려 할 것이다. 설령 단월과 많은 것을 협상했다 할지라도 말이지.”

철군패가 미소를 지었다.

그가 북풍대를 이끌고 이곳에 온 것은 결코 충동적인 결정이 아니었다. 바로 단월에게 구주천가와 협상이 잘 끝났다는 이야기를 들었기 때문이었다. 현재 단월은 검운영과 함께 구주천가에 머물고 있었다.

철군패가 북풍대에 온 이유는 간단했다. 바로 천하를 향한 큰 그림을 그리기 위해서였다. 마해에 맞서 싸우기 위해서는 구주천가의 협조가 절대적으로 필요했다. 그렇기에 굳이 이곳까지 찾아온 것이었다. 천우경이나 온유하가 어떤 생각을 하는지를 알아야만 그도 그에 적절하게 대응할 수 있었다.

그러나 철군패는 구주천가의 협조를 쉽게 얻을 수 있을 거라고는 생각하지 않았다. 자신 때문에 이미 오태산에서 한 번 체면이 구겨진 구주천가였다. 아니, 천위강의 경우까지 더한다면 두 번이나 자신으로 인해 망신을 당했다.

이미 망신을 당한 천우경이나 온유하가 자신을 순수한 호의로 대할 거라는 생각은 들지 않았다. 그들도 인간인 이상 철군패에게 좋지 않은 감정이 쌓였을 것이다.

‘구주천가의 대소사 대부분은 문상 온유하가 처리한다고 들었다. 그렇다면 이번 일 역시 온유하가 주도적으로 대응하겠지. 과연 어떻게 나올 것인가? 온유하.’

철군패가 묵직한 시선으로 전면을 바라봤다.

잠시의 시간이 흐른 후 경비무사가 상관으로 보이는 자를 모시고 왔다. 푸른색 장포에 가슴팍까지 내려오는 수염이 인상적인 중년의 남자였다.

남자가 철군패에게 포권을 하며 자신을 소개했다.

"저는 구주천가의 내당(內堂) 당주인 유운일입니다. 멸제 철군패 대협을 뵙게 되어 영광입니다."

"반갑소."

"다른 분들과 함께 순서를 기다린다고 들었습니다. 맞습니까?"

"맞소."

"허어!"

유운일 역시 경비무사와 마찬가지로 난감하다는 표정을 지었다. 경비무사로부터 말은 전해 들었지만, 설마 정말 그럴 줄은 생각하지 못했기 때문이다.

철군패의 얼굴을 보니 자신의 말을 쉽게 바꾸는 성격으로 보이지도 않았다. 그리고 강호에 전해지는 그에 대한 정보를 종합해보자면 한 번 결정한 것은 절대 번복하지 않는 성격임이 분명했다.

'허어! 어떻게 한다? 난감한 상황이로구나.'

유운일은 본능적으로 자신이 난처한 상황에 처했음을 깨달았다.

자신은 내당주였다. 총관이 나서기 전에 이런 종류의 일을 해결해야 할 책임이 있었다.

철군패 자신이야 아무렇지 않겠지만, 철군패와 북풍대를 다른 이들과 똑같이 대접한 것을 알면 군웅들이 구주천가를 어떻게 생각하겠는가? 이것은 구주천가의 위신이 달린 일이었다. 그러나 철군패가 이렇게 다른 사람들과 똑같이 대접을 받길 원하니 강제로 어찌할 수 있는 것도 아니었다.

'어쩌면 이것은 구주천가에 대한 시험인지도 모르겠다. 그는 정말 까다로운 사람이구나. 설마 이런 종류의 숙제를 낼 줄은 정말 예상치 못했다.'

유운일은 고심했다.

강제로 철군패를 움직일 수 있다면 좋겠지만, 그런 생각은 애당초 버렸다. 철군패는 멸제였다. 그 자신만의 무력만으로도 신주십대고수의 최상위 서열에 있는 자들을 능가하는 존재였다. 그런 존재를 강제로 어찌할 수 없다는 사실을 유운일은 잘 알고 있었다. 그렇다고 이렇게 철군패를 언제까지고 방치해둘 수도 없는 노릇이었다.

이러지도 저러지도 못하는 상황, 아무리 생각해봐도 별 뾰족한 수가 떠오르지 않았다.

한참 동안 머리를 굴리던 유운일은 급히 경비무사들에게 전음을 보냈다.

『하는 수 없구나. 멸제 앞에 대기하고 있는 자들을 모두 빨리 안으로 들여보내거라.』

『하지만 그들의 신분을 먼저 확실히 확인해야 해서 시간이 많이 걸립니다. 혹시 마해의 간자라도 섞여 있으면 어찌하려고 하십니까?』

『그런 사실을 모르는 바가 아니다. 속성으로 통과시키는 자들은 따로 적어두면 내당에서 다시 내사를 할 것이다. 그러니까 어서 그들을 먼저 통과시키거라.』

『알겠습니다.』

경비무사들이 수긍을 하고 빨리 기다리고 있던 무인들을 구주천가 안으로 통과시키기 시작했다. 때문에 구주천가로 들어가는 속도가 세 배는 빨라졌다. 그 덕분에 대기행렬이 급속도로 줄어들어 금세 철군패와 북풍대의 차례가 되었다.

정문을 지키던 경비무사 다시 물었다.

"멸제 철군패 대협과 휘하 북풍대 이백 명이 맞습니까?"

"맞소."

"구주천가를 방문하신 것을 진심으로 환영합니다. 안으로 들어가십시오. 철 대협과 북풍대의 거처는 내당주님께서 안내해드릴 겁니다."

"고맙소."

철군패가 고개를 끄덕였다.

그는 성벽 위를 올려다봤다. 어디서도 온유하의 시선은 느껴지지 않았다.

'역시 구주천가라고 봐야 하나? 온유하가 나타나기도 전에 이런 대응이라니. 그만큼 구주천가의 요소요소에 인재들이 등용되어 있고, 제대로 조직체계가 잡혀있다고 봐야겠군.'

경비무사들의 대응은 물론이고, 내당주인 유운일의 대응 또한 훌륭했다. 그런 인재들을 적재적소에 배치한 것만으로도 천우경이나 온유하가 얼마나 훌륭한 능력을 가지고 있는지 쉽게 짐작할 수 있었다.

'쉽지 않은 싸움이 되겠군.'

철군패는 온유하를, 아니, 구주천가를 인정했다. 하지만 그렇다고 위축되거나 투지가 꺾인 것이 아니었다.

철군패가 묵직한 음성으로 말했다.

"가자!"

"예!"

북풍대가 그의 뒤를 따랐다.

제 5 장

입성구주천가(入城九州千家)

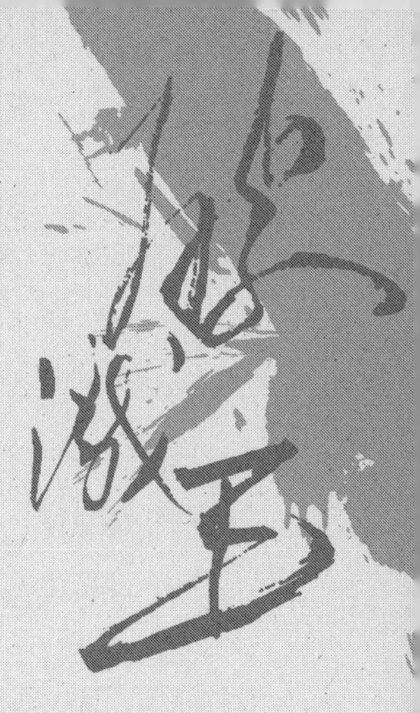

철군패와 북풍대가 구주천가에 입성했다는 소식은 무서운 속도로 퍼져나갔다. 그들이 입성한 지 불과 한 시진이 되기도 전에 구주천가에서 모르는 사람이 없을 정도였다.

그만큼 철군패와 북풍대는 초미의 관심사였다. 이제껏 어떤 세력과 연수연합도 하지 않고 독자적으로 활동하던 철군패와 북풍대가 구주천가에 입성했다는 사실에 수많은 문파와 무인들이 촉각을 곤두세우고, 그들의 동향을 파악하려 애를 썼다.

철군패가 무영문과 모종의 관계가 있다는 사실은 알지만, 무영문 자체가 강력한 힘을 가진 무문(武門)이라기보다는 정보통으로서의 역할이 크기에 제대로 된 연수연합이라고 보기는 힘들었던 것이다.

현 강호에서 철군패와 북풍대가 차지하는 위치는 결코 작은 것이 아니었다. 당장 철군패만 하더라도 신주십대고수의 누구와 붙어도 지지 않을 실력을 가지고 있었고, 그가 이끄는 삼백 명의 북풍대는 대문파라 할지라도 쉽게 멸문시킬 수 있을 정도의 파괴력을 가지고 있었다. 그들이 어떤 선택을 하느냐에 따라 현 강호의 판도가 바뀔 수도 있는 노릇이었다.

그런 이유로 구주천가에 입성한 모든 무인들과 문파들이 철군패와 북풍대의 움직임에 모든 촉각을 곤두세우고 있었다. 그러나 그렇게 모든 사람들의 관심을 받으면서도 정작 철군패와 북풍대는 태연하게 구주천가의 내성 안에 있는 한 건물로 향하고 있었다. 건물은 높다란 담장으로 둘러싸여 있어 밖에서 봐서는 안의 모습을 짐작조차 할 수 없었다.

건물을 앞에 두고 유운월이 말했다.

"문상께서 멸제와 북풍대를 위해 특별히 내놓은 곳입니다. 먼저 오신 단월 소저와 일행 분들께서 이 안에 머무르고 계실 겁니다."

"고맙소."

"일단 쉬고 계시면 차후 일정을 통보해드리겠습니다. 그럼 저는 이만 물러가겠습니다."

유운월이 고개를 숙이고는 물러갔다.

철군패는 문을 열고 건물 안으로 들어갔다. 그러자 커다란 연무장과 수백 명이 족히 들어갈 거대한 전각이 보였다. 이런 거대한 건물조차도 구주천가의 일부분이라고 하니 새삼 그 방대함에 기가 질리는 느낌이었다.

칠백 년의 역사가 키워낸 거대한 괴물.

지금 철군패와 북풍대는 그 거대한 괴물의 배 속에 들어와 있었다. 이제야 그런 사실이 실감이 났다.

연무장 곳곳에는 익숙한 얼굴들이 있었다. 양천의와 북풍대의 얼굴에 대번 화색이 돌았다.

"하하하!"

"운영아."

하는 일 없이 연무장에 나뒹굴고 있던 사내들은 단월을 따라 먼저 구주천가로 들어온 북풍대였다. 그들 역시 철군패와 양천의 등을 발견하고 달려왔다.

"대주."

"무사하셨군요."

"돌아오셔서 다행입니다."

오랜만에 북풍대 전원이 모였다. 그들은 서로가 무사하다는 사실에 기뻐하며 해후를 즐겼다.

철군패가 검운영에게 물었다.

"그간 어떻게 지냈느냐?"

"저희야 이곳에서 편히 잘 지냈지요."

"얼굴이 보기 좋은 것 같으니 그런 것 같구나."

“그렇게 표가 나나요? 하긴 있는 동안 대접을 잘 받았으니 얼굴에 살이 오를 만도 했겠네요.”

아닌 게 아니라, 검운영의 얼굴에는 윤기가 감돌며 전보다 훨씬 혈색이 좋은 것 같았다. 철군패가 고졸한 미소를 지었다.

“후후! 왠지 약이 오르는걸.”

“잘 오셨습니다. 식사도 좋고 잠자리도 좋아 머물 만한 곳입니다.”

“별다른 일은 없었느냐?”

“몇몇 쥐새끼들이 저희의 동선을 감시하는 것을 빼면 양호한 편입니다.”

“그 정도는 감수해야겠지.”

“물론 그러고 있습니다. 단월 소저께서 기다리고 있습니다. 안으로 드십시오. 저희와의 해후는 차차 즐기도록 하시지요.”

“음!”

철군패가 고개를 끄덕이며 건물 안으로 걸음을 옮겼다. 그들이 머무는 건물의 이름은 백혈각(百血閣), 구주천가의 역사가 시작된 이후 온전히 보존된 몇 안 되는 건물 중 하나였다.

본래 이곳은 구주천가의 휘하조직이 사용하던 곳으로, 얼마 전 소폭의 조직 개편을 할 때 잠시 비워둔 곳이었다. 온유하는 북풍대를 위해 비워뒀던 백혈각을 내주었다.

덕분에 북풍대는 외부의 시선을 신경 쓰지 않고 지낼 수 있었으나, 반대로 말하면 구주천가 한가운데 철저하게 고립되었다고 볼 수 있었다. 구주천가라는 거대한 바다로 사면이 둘러싸인 섬처럼 말이다.

백혈각에 들어서자 복도에 나와 있는 단월이 보였다. 웃으며 서있는 그녀의 얼굴을 보자니 철군패의 얼굴에도 미소가 어렸다.

단월이 고개를 갸웃거리며 철군패를 바라봤다.

"왜?"

"아니, 다친 곳은 없나 해서. 멀쩡하네."

"왠지 멀쩡해서 유감이란 것 같은데."

"아니, 다행이란 말이야. 잘 돌아왔어. 천문산에서 대단한 활약을 했다는 이야기는 들었어."

단월이 웃으며 철군패의 커다란 손을 잡아끌었다.

"안으로 들어가자. 할 말이 많아."

"음!"

철군패가 고개를 끄덕이며 그녀의 손에 이끌려갔다.

그들이 들어간 방은 백혈각에서 가장 큰 곳이었다. 강직한 구주천가의 기풍이 그대로 담긴 듯, 화려하지는 않아도 고풍스러운 분위기가 물씬 풍기는 곳이었다.

단월은 철군패를 자리에 앉히고 차를 끓여 내왔다.

찻잔에 정성을 담아 끓인 차를 조심스럽게 따랐다. 눈을 반쯤 내리깐 그녀의 모습이 여성스런 분위기를 물씬 풍기고 있었다. 철군패는 그녀가 새삼 대단한 미인이라는 사실을 느꼈다.

어린 시절에도 예뻤지만, 지금 그녀의 미모는 활짝 만개한 꽃처럼 물이 오를 대로 올라 절정의 아름다움을 자랑했다. 더구나 그녀에겐 사람의 마음을 잡아끄는 매력이 있었다.

"왠지 뜻밖이군."

"뭐가?"

"구주천가에서 이렇게 평화로이 머물고 있는 너의 모습을 본단 사실이 왠지 이질적으로 느껴져서 말이야."

"다 네 덕분이야. 네 덕분에 문상 온유하와 협상을 좋게 끝낼 수 있었어."

"원하는 것은 얻었니?"

"어느 정도는……."

단월이 살포시 웃었다. 그러자 그녀의 눈이 반달모양으로 휘어졌다. 철군패는 그 모습이 굉장히 매력적이라고 생각했다.

"온유하와 어떤 협상을 했지?"

"이것저것 다 했어."

"말해봐."

"반천련의 연판장의 내용을 넘겨주는 조건으로 무영문의 자유를 보장하는 문서를 공식적으로 작성했어."

"그녀가 연판장의 존재를 믿던가?"

"호호! 본보기 삼아서 몇 명을 알려줬거든. 그들을 통해서 연판장의 내용이 사실이라는 것을 알고 난 후 태도가 달라졌어."

"반천련도 바보가 아닌 이상 연판장에 서명한 문파에 경고를 줬거나 철수시켰을 텐데. 그런데도 계속 구주천가에 발붙이고 있다가 잡혔다고?"

"확실히 너의 말처럼 이상한 부분이긴 하지만, 구주천가에게 그런 것 따위는 상관없어. 정말 중요한 것은 그들의 실체를 알아냈다는 거야. 지금 당장은 처리할 수 없어도 언제고 처리할 수 있다는 게 중요한 거지. 온유하도 그런 사실을 알고 있기에 순순히 협상에 응한 거야. 아마 그녀도 여러모로 열심히 머리를 굴리고 있을 거야."

"그런가?"

"이제 내가 왜 그토록 연판장을 빼돌리려 했는지 알겠지? 네 도움이 컸어. 내가 아무리 연판장의 내용을 기억하고 있었더라도 너와 북풍대가 없었으면 이번 협상은 애당초 이뤄질 수 없었어."

"필요하면 내 이름을 언제든 이용해."

"그럴 작정이야. 정말 알뜰하게 써주겠어."

"왠지 독기가 보이는데, 내 착각인가?"

"착각 아니야. 독기를 품은 것이 사실이니까."

"단단히 마음먹었구나."

"누구나 나처럼 궁지에 몰리면 그렇게 될걸. 내 경우엔 운이 좋아 너 같은 보호자를 두게 되었지만, 대부분의 사람들은 제대로 반항 한 번 해보지 못하고 목숨을 잃었을 거야."

단월의 말에 철군패가 고개를 끄덕였다. 그녀의 말이 어느 정도 일리가 있었기 때문이다.

"마음대로 해. 뒤는 내가 봐줄 테니까."

"응!"

단월이 고개를 끄덕이며 철군패에게 찻잔을 내밀었다. 철군패는 찻잔을 받아 입으로 가져갔다. 깊은 차향이 코를 자극하며 머릿속까지 맑게 했다.

"좋군. 무슨 차야?"

"용정이야. 구주천가에서 조금 얻었어. 마음에 들어?"

"나한테 차야 다 똑같지. 그래도 머릿속이 맑아지는 것은 마음에 드네."

"다행이네."

단월이 빙긋 웃었다. 그녀는 진심으로 다행이라는 표정을 짓고 있었다. 어느새 그녀는 철군패의 행동 하나하나에 신경을 쓰는 여인이 되어 있었다.

철군패가 빤히 바라보자 단월의 얼굴이 은은하게 붉어졌다. 철군패가 커다란 손을 뻗어 단월의 조그만 손을 잡았다. 단월이 깜짝 놀랐지만, 잡힌 손을 빼지는 않았다.

"무리는 하지 마. 언제나 내가 네 뒤에 있을 테니까. 힘들면 언제라도 기대. 내 어깨는 언제나 너를 위해 비워둘 테니까."

"군패야?"

단월의 얼굴이 홍당무처럼 온통 붉어져 어찌할 바를 몰라 했다. 그녀는 손을 빼내려 했지만, 철군패가 놓아주지 않았다.

"앞으로도 이 손을 놓지 않을 거야. 나는 결심했거든."

"무, 무슨 결심?"

"너를 내 여자로 만들겠다는 결심."

"그, 그런……."

단월은 반천련과 구주천가 양대 세력 사이에서도 스스로의 주체성을 지켜낼 정도로 대단한 여걸이었지만, 철군패의 고백에는 당황해서 어찌할 바를 모르는 것이, 천생 여자였다.

가슴은 콩닥콩닥 뛰고, 얼굴은 온통 붉어져 어찌할 바를 모르겠다. 철군패의 몸에서 느껴지는 야성적인 체향이 그녀의 정신을 더욱 혼미하게 만들었다.

철군패의 다른 한손이 그녀의 턱을 들었다. 그리고 다가오는 철군패의 입술.

곧 두 사람의 입술이 포개졌다.

철군패의 거친 입술이 닿는 순간 단월은 머릿속이 하얗게 비어가는 것을 느꼈다. 두 사람의 첫 입맞춤이 오래도록 이어졌다.

*　　*　　*

"첫 등장부터 싸움을 걸다니? 재밌군요."

온유하가 미소를 지었다.

철군패가 처음 등장한 순간부터 모든 보고가 일각 간격으로 그녀에게 들어왔다. 특혜를 받아 일찍 들어올 수 있음에도 굳이 다른 사람들의 뒤에 줄을 서서 기다린 행동이 자신의 반응을 떠보기 위함이란 것도 능히 짐작이 갔다.

만일 내당주 유운일이 적절하게 반응하지 않았다면 온유하도 상당 부분 곤란해졌을 것이다. 천하에 두려운 것이 없는 온유하였지만, 그래도 사람들의 시선을 의식하지 않을 수 없기 때문이다.

"역시 호락호락하지는 않다는 뜻이군요. 곰의 덩치에 여우의 머리를 가졌다더니……."

"담대한 자입니다. 구주천가에 들어왔음에도 하등의 위축도 없습니다."

한월이 조심스럽게 자신의 의견을 말했다. 하지만 그녀의 말을 듣는 온유하의 표정은 담담하기 그지없었다.

"본가의 분위기에 눌릴 자 같았으면 애당초 무영문과의 일에 개입하지도 않았을 거예요."

"어떻게 할까요?"

"그냥 내버려두세요. 당분간 손님으로 극진히 대접해주세요."

"귀빈으로 말입니까?"

"그래요. 단월 소저와의 밀약도 있고, 무엇보다 상황이 이렇게 된 이상 굳이 그와 척을 질 필요는 없으니까요."

"하지만 그는 화 대주와……."

"무슨 말을 하려는지 알아요. 하지만 사적인 감정보다는 공적인 이익이 우선이에요. 그의 전력이라면 우리에게 분명 도움이 될 거예요. 진천이도 그런 점은 이해해줄 거예요. 그리고 조만간 그와의 자리를 만들어 보세요. 내가 직접 그를 만나보고 가늠할 테니까.”

“알겠습니다.”

“명심하세요. 그에게 절대 휘둘리면 안 돼요. 그는 앞으로 끊임없이 본가를 시험하고 흔들려 할 거예요.”

“명심하겠습니다.”

온유하가 자리에서 일어났다.

그녀가 창가로 다가갔다. 저 멀리 백혈각의 지붕이 보였다. 백혈각을 바라보는 그녀의 눈매가 매서워졌다.

‘멸제…… 앞으로 두고 보겠다. 감히 나 온유하를 시험할 자격이 있는지.’

자존심이 상했지만 그녀는 애써 그런 기분을 눌러 참았다. 사적인 감정보다 공적인 사안이 우선이라 생각하며.

“멸제와 북풍대를 제외하고 다른 문파들은 얼마나 들어왔죠?”

“천하소집령을 내린 문파 중 최소 사할 이상은 들어왔습니다. 나머지 문파들도 곧 합류할 것으로 보입니다.”

“본가에 들어온 문파들에 불편함이 없도록 한월이 신경써줘요. 본가와 함께 싸우며 피를 흘릴 소중한 전력이니까요.”

“예!”

“이제부터에요, 마해와의 진정한 전쟁은. 비록 오악과 다른

곳에서는 우리가 밀렸지만, 이제부터 승기는 우리가 잡게 될
거예요."

온유하의 얼굴에 굳은 의지가 떠올라 있었다.

*　　　*　　　*

구주천가에 들어온 그 순간부터 많은 이들이 철군패와 북풍대
의 움직임을 주시했다. 하지만 정작 철군패와 북풍대는 백혈각에
틀어박힌 채 밖으로 나오지 않았다. 많은 이들이 철군패를 만나
려고 찾아왔지만, 그 누구도 철군패를 만나지 못했다.

철군패가 원하든 원하지 않든, 그는 폭풍의 핵이었다. 그가
언제까지고 백혈각에 틀어박혀 있을 거라고 생각하는 사람은
단 한 명도 없었다.

구주천가에 들어온 문파들의 수장들은 이미 그들만의 모임
을 결성하고 수시로 모임을 갖는 중이었다. 대부분의 화제는
마해의 침공에 관련된 것이었지만, 철군패에 대한 이야기도
심심치 않게 올라왔다.

그들이 가장 문제 삼는 것은 철군패가 구주천가에 들어온
지 수 일이 지났음에도 모임에 코빼기 한 번 비치지 않는다는
것이었다. 그래도 북풍대라는 무력집단을 이끄는 수장이라면
한 번쯤은 수뇌부 모임에 찾아오는 것이 도리라고 생각하는
것이다. 그러나 그들의 바람과 달리, 벌써 며칠이 지났지만 철

군패는 단 한 번도 이곳에 찾아오지 않았다.

천궁방(天弓房)의 방주인 장우천.

창천신문(蒼天神門)의 문주인 남유군.

검혈산(劍血山)의 산주인 이정산.

봉황문(鳳凰門)의 문주인 금정태태.

그 외 서른 개 문파의 주인들이 오늘도 한자리에 모여 있었다. 구주천가를 제외하면 천하에 두려울 것이 없다는 문파의 주인들이었다.

구주천가에서 마련해준 거대한 탁자를 사이에 두고 그들이 앉아 있었다. 장내에는 질식할 듯이 무거운 분위기가 이어지고 있었다.

서로를 바라보는 그들의 얼굴에는 분위기만큼이나 무거운 빛이 가득했다.

한참의 시간이 흐른 후에 천궁방의 방주인 장우천이 탄식을 토해냈다.

"도대체 얼마나 이렇게 하릴없이 시간을 보내야 한단 말이오? 적들은 본격적으로 움직이고 있는데, 우리는 이렇게 기약 없이 기다리고만 있어야 한다니. 정말 개탄스럽소."

"어쩔 수 없지 않소. 이곳은 구주천가. 우리는 전적으로 그들에게 의존하는 바이니 별도의 말이 있기 전까지 기다릴 수밖에."

검혈산주 이정산의 대답이었다.

그도 장우천처럼 불만스러웠다. 하지만 그는 장우천보다 냉정하게 생각할 줄 알았다.

어차피 구주천가에 기대기로 작정한 이상, 굳이 나서서 불만을 표출할 필요가 없다는 것이 그의 생각이었다.

자신들이 있는 이곳은 구주천가였다. 구주천가 안에서 구주천가를 비판하는 것만큼 어리석은 짓도 없었다.

창천신문의 문주인 남유군이 화제를 바꿨다.

"구주천가에 대책을 마련한다고 하니 그렇다지만, 멸제는 왜 우리들 모임에 오지 않는 것이오? 그도 강호의 구성원이고 북풍대라는 조직을 이끄는 이상, 이곳에 참여하는 것이 도리가 아니오?"

"듣자하니 변방에서 넘어왔다고 하더이다. 그런 자가 강호의 도리를 안다는 것 자체가 무리가 아니겠소."

"하하하!"

누군가의 날이 선 대답에 많은 이들이 웃음을 터트렸다.

많은 이들이 철군패를 인정하고 있었지만, 그렇지 않은 자들도 다수 있었다. 특히 유구한 역사를 지닌 명문이라고 자부하는 문파의 주인들일수록 그런 성향이 더욱 강했다.

그들은 어느 날 하늘에서 뚝 떨어진 것처럼 강호에 나타나 무서운 기세로 위명을 떨치는 철군패의 등장에 위기를 느끼고 있었다. 절대의 고수 한 명이 강호에 얼마만한 영향력을 행사하는지 잘 아는 사람들일수록 특히 위기감을 크게 느꼈다. 그 때문에 일찌감치 견제심리가 발동했다.

"흥! 도대체 세상이 어찌 되려고 이러는 건지. 천마가 등장을 하고 또다시 멸제란 자가 등장하다니."

봉황문의 주인인 금정태태가 코웃음을 쳤다. 그녀의 목소리는 쩍쩍 갈라지고 거칠어, 마치 까마귀의 울음소리를 듣는 것처럼 거북하기 그지없었다. 하지만 그녀 앞에서 감히 목소리가 나쁘다고 대놓고 말할 수 있는 간 큰 사람은 없었다.

금정태태는 당대 봉황문주로 고강한 무공과 더불어 꼬장꼬장한 성격으로 유명했다. 금정태태는 수십 년 동안 봉황문을 이끈 철혈의 여장부이자 휘하의 제자들에겐 엄격한 스승으로 유명했다.

지금 금정태태의 심기는 그다지 좋은 편이 아니었다. 유구한 역사를 지닌 명문인 봉황문이 구주천가의 신세를 져야 한다는 사실 자체가 그다지 탐탁지 않은 데다, 아끼는 제자인 해여령의 실종으로 심기가 많이 불편한 상태였다. 자연 입에서 나오는 소리에 가시가 돋쳐있을 수밖에 없었다.

금정태태의 심기가 불편한 듯 보이자 근처에 있던 문파의 수장들이 그녀의 눈치를 살폈다. 봉황문은 유구한 역사를 지닌 명문으로, 금정태태 역시 고강한 무공을 소유하고 있었다. 하지만 그보다 더욱 신경 쓰이는 것은 금정태태의 성격이 워낙 괴팍하다는 것이다. 자칫 잘못해 그녀와 척이라도 지는 날에는 앞날이 무척이나 피곤해질 것이 분명했다.

‘쯧쯧! 저 노파는 어찌된 게 세월이 흐를수록 더욱 정정해지는 것 같군.’

‘어찌 저런 괴팍한 성격의 노파가 봉황문 같은 유구한 역사를 가진 문파의 주인이 되었는지.’

사람들이 금정태태의 시선을 피했다.

분위기가 한참 동안이나 지루하게 이어지자 결국 금정태태가 먼저 자리에서 일어났다.

“본 태태는 이만 가보겠소. 이렇게 아무런 결론도 나오지 않는 자리에서 하릴없이 기다리는 것은 본 태태의 취향이 아니오.”

그녀는 다른 이들의 대답을 기다리지 않고 그대로 밖으로 나왔다. 금정태태가 나오자 봉황문의 문도들이 그녀의 뒤를 따랐다.

길을 걸으며 금정태가 특유의 갈라지는 목소리로 중얼거렸다.

“에이! 하나도 마음에 들지 않는구나. 그래도 명색이 무인이고 사내라는 것들이 저리도 우유부단하고 소심해서야. 내가 이래서 강호에 나오는 것이 싫다니까.”

그녀의 얼굴에는 불편한 심기가 그대로 드러나 있었다. 제자들은 감히 숨도 크게 쉬지 못하고 그녀의 뒤를 따랐다.

금정태태의 제자들은 알고 있었다. 그녀가 왜 이렇게 심기가 불편한지 말이다.

‘사매 때문이겠지? 사부님은 누구보다 사매를 아끼시니까.’

금정태태의 제자 해여령.

그녀가 남봉황(南鳳凰)이라는 위명을 얻으며 오기의 일원이 된 데는 금정태태의 전폭적인 지원이 있었다. 봉황문에 수많은 제자가 있었지만, 금정태태는 누구보다 해여령을 아껴했다. 해여령 또한 그녀의 기대를 저버리지 않고 무서운 속도로 성장해 자신보다 먼저 들어온 제자들을 추월해 봉황문의 후계자가 되었다.

후계자가 된 뒤 본가에 다녀오겠다고 나선 해여령이었다. 하지만 어느 순간 그녀의 서신이 뚝 끊겼다. 강호행을 하면서도 시간이 날 때마다 봉황문에 서신을 전했던 그녀였다. 그녀의 서신이 끊긴 순간부터 금정태태는 무언가 불길한 느낌을 받았다.

더구나 들려오는 소문이 심상치 않다. 천마가 처음 강호에 모습을 드러낸 곳이 소양이었다. 그리고 소양은 해여령의 본가가 있는 곳이었다. 천마가 소양에서 세상을 향한 사자후를 터트린 직후 해여령은 실종이 되었다. 비록 쉬쉬하고 있었지만, 몇몇 제자들은 해여령이 천마에게 납치되었다거나 스스로 따라 갔다고 말하고 있었다. 하지만 금정태태는 코웃음으로 그들의 말을 무시했다.

명문 정파의 제자인 해여령이 스스로의 의지로 천마를 따라 갔을 이유도 없거니와, 만일 천마에게 납치되었다면 스스로 자결해 명예를 지켰을 것이다. 자신이 그렇게 가르쳤으니까.

　스스로 봉황문을 정도제일지문(正道第一之門)이라 자부하는 금정태태였다. 그런 봉황문의 제자가 뭐가 아쉬워 마해의 주인인 천마를 따라갔겠는가?

　만일 그렇다면 정말 큰일이었다. 명문정파의 후계자가 스스로의 의지로 천마를 따라갔다면 사문에 씻을 수 없는 수치를 안겨주는 셈이었다.

　'정말 천마와 관련이 있는 것은 아니겠지?'

　금정태태는 고개를 흔들어 자신의 생각을 부정했다.

　누구보다 아끼는 제자다. 그런 제자가 마도의 절대자를 따라갔을 리 만무했다. 무언가 착오가 있는 것이 분명했다. 금정태태는 현재 제자 몇 명을 소양에 있는 해여령의 본가에 보내 자세한 소식을 기다리고 있었다.

　'구주천가에서 기다리고 있다 보면 여령에 대한 소식도 들어오겠지?'

　금정태태는 그렇게 복잡한 머릿속을 정리하며 걸음을 옮겼다.

　"응?"

　문득 그녀의 눈에 이채가 떠올랐다. 멀리서 걸어오는 한 인형을 보았기 때문이다. 유난히도 늘씬한 교구와 아름다운 자태가 인상적인 여인이었다. 면사로 얼굴 하관을 가리고 있어 전체적인 부분은 볼 수 없었지만, 드러난 눈 부위만 보더라도 그녀가 얼마나 아름다운지 충분히 짐작할 수 있었다.

　여인의 뒤로는 험상궂은 인상에 거대한 대부를 어깨에 걸친 남자가 건들건들한 자세로 따라오고 있었다. 실로 어울리지 않는 조합이었다.

금정태태가 궁금해하는 기색을 보이자 곁에 있던 제자가 급히 말했다.

"그녀는 북일화(北一花)라고 알려진 단월입니다. 얼마 전부터 귀빈 대접을 받으며 구주천가에 머무르고 있다고 합니다."

"단월? 여령과 함께 여중제일기재라고 불린다는 아이 말이냐?"

"그렇습니다."

"그녀의 뒤에 있는 험상궂은 사내놈은 누구냐?"

"잘은 모르겠으나, 요즘 세간의 화제가 되고 있는 북풍대의 일원이 아닐까 합니다."

"북풍대? 그 멸제란 자의 군대 말이냐?"

"그렇습니다. 소문으로는 멸제란 자가 그녀의 뒤를 봐주고 있다 합니다. 그 때문에 구주천가의 문상 온유하도 그녀를 함부로 대하지 못하고 있답니다."

"흥! 겨우 남자의 위세나 믿고 날뛰는 하룻강아지가 아닌가?"

금정태태가 코웃음을 쳤다.

하나부터 열까지 자신의 제자 해여령과 비교가 되는 단월이었다. 하지만 강호의 평가는 아무래도 단월이 조금은 우위라는 이야기가 많았다.

그 사실이 못마땅한 금정태태였다. 자신의 제자가 누군가에게 밀린다는 이야기를 듣는 것이 싫은 것은 사부라면 누구나 느끼는 감정이었다.

금정태태가 가까워지자 단월이 그녀를 알아보고 인사를 했다.

"후배 단월이 금정태태를 뵙습니다."

"호! 나를 아는가?"

"봉황문주이신 금정태태를 어찌 몰라볼 수 있겠습니까?"

단월은 별거 아니란 듯이 말했지만, 금정태태는 적잖이 놀랐다. 그녀는 강호에 거의 출입을 하지 않아 얼굴을 아는 사람이 거의 없었다. 그런데도 한눈에 알아본다는 것은 그만큼 단월의 견식이 적지 않다는 뜻이었다.

'하긴 강호제일의 정보력을 자랑하는 무영문의 소문주라면 그 정도는 당연한 거겠지.'

구주천가와 반천련의 집요한 추적 이후, 그녀가 무영문의 소문주라는 사실은 더 이상 비밀이 아니었다. 강호의 명숙이라면 누구나 그녀가 무영문의 소문주란 사실을 알고 있었다.

"무영문의 소문주께서 이 시간에 어디를 가시는가?"

"문상을 뵈러 갑니다."

"문상을? 하긴 이번에 어느 정도 교감이 있다고 들었네. 무영문의 소문주라면 문상이 중용할 만하지."

단월은 금정태태의 음성에 왠지 모르게 가시가 돋쳐있다고 생각했다.

"멸제와 친한 사이라고 들었네. 맞는가?"

“맞습니다.”

“그는 굉장히 오만한 사람인 모양이군.”

“어찌 그런 생각을 하십니까?”

“그가 구주천가에 들어온 지 벌써 며칠이 되었다고 알고 있네. 그런데도 불구하고 이제까지 각 문파의 수장들에게 인사 한 번 하러 오지 않는다는 것은 우리들을 무시하는 태도가 아닌가?”

“죄송합니다. 아직 이곳에 온지 며칠이 되지 않아 여독이 풀리지 않아 그렇습니다.”

“흥! 세상은 혼자 살아가는 것이 아닐세. 그가 갑자기 큰 명성을 얻었다고 하나 그 때문에 오만해진다면 결코 끝이 좋지 않을 것이네. 근본이 있는 자와 근본이 없는 자는 그래서 차이가 나는 법이지. 그가 근본이 없는 자가 아니라면 빠른 시일 내에 우리가 있는 곳으로 오라고 하게.”

“못된 할망구. 아예 무릎 꿇고 빌라고 악담을 해라.”

그때 불쑥 끼어드는 낯선 음성이 있었다. 어딘지 모르게 불량스러운 기운이 가득한 목소리였다.

생각지도 못한 방해자의 개입에 금정태태의 눈썹이 성큼 치켜 올라갔다.

“뭣이?”

건들거리는 목소리의 주인은 단월의 뒤에 불량한 자세로 삐딱하게 서있는 남자였다. 자신의 몸통만큼이나 커다란 대부를 어깨에 척하니 걸치고 있는 남자는 바로 양천의였다.

그는 백혈각 내에서만 생활하는 것이 갑갑하던 차에 단월이 외출을 한다고 하니 호위를 겸해 쫄래쫄래 따라 나오는 길이었다.

금정태태를 바라보는 양천의의 눈에는 못마땅한 기운이 가득했다.

불쑥 나타나 다짜고짜 철군패에게 인사를 하러 오지 않는다고 짜증내는 모습이 그의 신경을 건드렸다. 비록 양천의가 철군패와 사사건건 부딪치나 그렇다고 해서 그를 싫어하는 것은 아니었다.

더군다나 철군패는 북풍대의 대주였다. 북풍대의 얼굴이나 마찬가지인 것이다. 철군패를 무시하는 것은 북풍대 전체를 무시하는 것이나 다름없었다.

금정태태의 목소리가 카랑카랑하게 울려 퍼졌다.

"지금 뭐라고 했느냐?"

"못된 할망구라고 했수다."

"내가 누군지 알고 감히 그런 소리를 지껄이는 것이냐?"

"그러는 할망구는 내가 누군지 알고 있소? 아니면 나를 예전에 본 적이 있소? 언제 봤다고 반말을 찍찍 하는 것이오?"

양천의의 말에 금정태태 제자들의 얼굴이 새하얗게 질려갔다. 할망구라는 말은 금정태태가 가장 싫어하는 단어였다. 일종의 금기어나 마찬가지인 것이다.

그런 금기어를 양천의는 아무렇지도 않게 내뱉고 있었다. 아니나 다를까, 금정태태의 얼굴이 노기로 벌겋게 달아올랐다.

"네놈, 감히 본 태태에게 시비를 거는 것이냐?"

"거참! 웃긴 할망굴세. 시비도 자기가 걸고 화도 자기가 내면서, 누구한테 시비를 거냐는 거야?"

곁에서 단월이 자제하라는 손짓을 했지만 양천의는 아랑곳하지 않았다. 그의 말 한마디 한마디가 금정태태의 속을 박박 긁었다. 그 때문에 금정태태는 화가 폭발직전까지 갔다.

이제까지 그녀의 앞에서 이렇게 무례했던 자는 없었다. 금정태태는 진심으로 분노했다.

"갈(喝)!"

그녀의 입에서 공력이 담긴 노성이 터져 나왔다. 일반 사람이라면 고막이 터져나갔을 정도로 지순한 공력이 그녀의 음성에 담겨 있었다. 그러나 바로 지척에서 금정태태의 노성을 들었음에도 양천의는 태연하기 그지없었다.

그가 귀를 후비적거리면서 말을 이었다.

"거참 목청도 큰 할망굴세. 귀청이 떨어지는 줄 알았네."

"감히 본 태태의 심기를 건드리다니. 내 오늘 너를 일벌백계해 멸제와 북풍대에게 세상이 얼마나 넓고 무서운 곳인지 가르치겠다."

"호! 한번 해보자는 거요? 할망구, 관두시구려. 가뜩이나 부실한 뼈가 한 번 부러지면 쉽게 붙지 않을 테니까."

“이놈!”

금정태태의 화가 폭발했다.

그 모습을 보면서 단월이 고개를 푹 숙였다. 다른 건 몰라도 이것 하나는 인정을 해야 했다. 양천의는 정말 빌어먹을 성격을 가졌다는 것을. 저 성질이 더러운 금정태태가 불같이 화를 내는 것도 당연했다.

“사부님.”

제자들이 금정태태의 화를 가라앉히려 했지만, 이미 머리끝까지 화가 치솟은 그녀를 말릴 수는 없었다.

쿵!

금정태태가 거칠게 바닥을 밟으며 양천의를 향해 다가왔다. 그녀의 몸에서는 막강한 기세가 흘러나오고 있었다. 그런 금정태태를 바라보는 양천의의 얼굴에 미소가 어렸다.

두렵다는 생각은 전혀 들지 않았다. 오히려 그는 기껍다는 표정을 지었다. 그간 백혈각에 머물면서 몸이 근질근질했다. 본래부터 평지풍파를 사랑하는 성격인 그가 이제까지 가만히 있었단 사실 자체가 놀라운 일이었다.

그가 어깨에 걸쳤던 대부를 들었다. 그러자 건들거리는 모습은 온데간데없이 사라지고 막강한 기세가 흘러나왔다. 양천의의 기세를 마주하는 순간 금정태태는 정신이 번쩍 드는 기분이었다. 건들거리는 태도와 반대로 풍겨 나오는 기세가 폭풍 같았기 때문이다.

'멸제의 군대, 북풍대라는 것인가?'

금정태태의 눈빛이 침중해졌다. 하지만 그렇다고 물러설 생각 따위는 없었다. 이미 기호지세였다. 여기서 물러선다면 그녀의 체면은 바닥에 나뒹굴고 만다. 반드시 양천의를 제압해 위신을 세워야 했다.

일촉즉발의 살벌한 대치가 잠시간 이뤄졌다. 금정태태와 양천의, 둘 중 그 누구도 물러설 생각 따위는 없었다.

금정태태의 제자들은 어찌할 바를 몰라 했고, 단월은 한숨을 푹 내쉬었다. 철군패가 자제하라고 한 것이 불과 며칠 전이었는데 양천의가 또다시 사고를 치려 하고 있었다. 그것도 수습이 불가능한 대형사고를 말이다.

잠시 서로를 노려보던 두 사람이 움직이려는 찰나, 차분한 음성이 끼어들었다.

"두 분, 모두 그만하시지요. 이곳은 구주천갑니다."

나직하지만 거부할 수 없는 힘이 담긴 음성에 두 사람의 몸이 멈칫했다.

두 사람의 시선이 목소리가 들려온 방향을 향했다. 그곳에 궁장 차림의 여인이 서있었다. 도저히 중년이라고 보이지 않는 아름다운 외모의 여인은 바로 구주천가의 문상 온유하였다.

온유하의 등장에 금정태태의 몸이 눈에 띄게 움찔했다. 제아무리 성격이 폭급하고 열화와 같은 금정태태라지만 온유하의 눈치를 보지 않을 수는 없었다.

　더구나 이곳은 구주천가, 바로 온유하의 영역이었다. 그녀
의 허락 없이 분란을 일으켰다가는 차후 어떤 문제가 생길지
몰랐다.

　결국 사태를 냉정히 파악한 금정태태가 화를 억누르며 한
발 뒤로 물러섰다.

　"끄응! 문상."

　"저와 약속이 있던 단월 소저가 왜 이렇게 안 오나 했더니
여기서 금정태태와 이야기 중이셨군요."

　"그, 그렇소."

　"단월 소저는 저와 선약이 있으니 금정태태께서 이번 한 번
만 양보해주시지요."

　"알……겠소. 어차피 우리의 이야기는 다 끝나서 더 이상
할 이야기도 없소."

　"잘됐군요. 금정태태껜 제가 조만간 대접을 하겠어요. 그때
뵙죠."

　"그렇게 하시오. 그럼 본 태태는 이만 물러가겠소. 가자, 애
들아."

　금정태태가 온유하에게 포권을 취해 보인 후 물러났다. 물러나
면서도 매서운 눈으로 양천의를 노려보는 것을 잊지 않았다.

　"휘유! 아주 그냥 눈빛으로 잡아먹겠구나. 흐흐!"

　양천의가 휘파람을 불렀다. 하지만 여전히 빈정거리는 태도 그
대로였다. 온유하가 나타났지만, 그의 태도엔 변함이 없었다.

온유하의 시선이 양천의에게 향했다.

"처음 뵙는 분이군요."

"양천의라고 하오."

"북풍대에 속한 분인가 보군요."

"흐흐! 부끄럽게도 부대주직을 맡고 있소."

말은 그렇게 했지만 하나도 부끄럽지 않은 표정이었다. 그 뻔뻔함에 단월이 혀를 내두를 정도였다.

양천의의 대답에 단월의 눈이 빛났다.

"그렇군요. 부대주라, 대단하군요."

"흐흐! 뭘 그런 걸 가지고."

"멸제께서는 잘 있나요?"

"뭐, 그런 것 같소만."

"바쁜 건 알지만 언제 한 번 문상부에 들러주면 고맙겠다고 전해주시겠어요?"

"흐흐! 당연히 그러겠소."

"고마워요."

온유하가 양천의에게 살짝 고개를 숙여보였다. 그에 양천의가 더욱 득의양양한 미소를 지어보였다.

온유하가 양천의에게서 시선을 돌려 단월을 바라봤다.

"이제 갈까요?"

"네! 그러죠."

두 여인이 어깨를 나란히 하고 걸어갔다. 그 뒤를 양천의가 건들거리면서 따랐다.

＊　　　＊　　　＊

"멸제 때문에 본가가 들썩이고 있다지?"

"그렇습니다. 우선 본가에 들어와 있는 대소문파의 무인들이 술렁이고 있습니다. 아무래도 기존의 무인들과는 전혀 다른 파격 때문인 것으로 보입니다."

지영정의 차분한 대답에 천우경이 자신의 턱을 쓰다듬었다.

"파격이라……."

"그는 기본적으로 이제까지 출현한 여타 무인들과 확연히 다른 성향을 가지고 있습니다. 또한 그의 수하들의 무위로 볼 때 그의 무력 또한 파격적일 것으로 사료됩니다."

"그의 수하와 겨뤘다는 이야기를 들었네. 어떻던가?"

"뭐가 말입니까?"

"그와 겨뤄본 소감 말일세."

"꽤나 애를 먹었습니다. 아직 완숙하지는 못하지만 수많은 전장을 전전한 데다 훌륭한 무공을 익히고 있어 상대하기가 쉽지 않습니다. 자칫 잘못했으면 톡톡히 망신을 당할 뻔했습니다."

지영정은 검운영과 겨뤘던 이야기를 하고 있었다.

그때의 경험은 즐거운 기억으로 지영정의 뇌리에 남아 있었다.

천우경과 지영정의 사이는 화기애애했다. 지영정은 천우경이 천우진이 아님을 오래전부터 알고 있었다. 어찌 그러지 않을까? 천우진이 활약했을 당시 가장 가까이서 보필한 지영정이었다. 천우진을 따라 지옥 같은 전장 속으로 뛰어든 것만 수차례가 넘었다.

사정이 그렇다 보니 천우진이란 존재가 사라지고 천우경만 남았을 때, 혁련청화와 온유하는 지영정에게 사실을 말하고 도움을 구했다.

한동안 갈등하던 지영정은 결국 천우경을 보필하기로 결심했다. 비록 천우진과 같은 강렬한 존재감은 없지만, 천우경 또한 구주천가의 가주로서 한 점의 부족함이 없는 남자였다.

타인이 있는 자리에서는 엄격한 주종관계로 보이지만, 둘만 있을 때 그들은 마치 형제처럼 친한 모습을 보였다. 허물없는 농담도 나눌 지경이었다.

천우경은 온유하 이외에도 지영정을 통해서 정보를 듣고, 구주천가가 돌아가는 상황을 파악하고 있었다.

"참 위강이가 돌아왔다 들었습니다."

"나 역시 그런 이야기를 들었네. 이번에 꽤나 좌절한 모양이더군."

"위강이가 말입니까?"

"그래!"

"누굽니까? 위강이를 좌절시킨 존재가. 후기지수는 물론이고, 노고수들 중에서도 위강이를 쉽게 어쩔 수 있는 이는 없을 텐데요."

"그런 존재가 단 한 명 있지."

"멸……제를 말씀하시는 겁니까?"

지영정이 조심스럽게 자신의 추측을 말했다.

천우경이 고개를 끄덕였다.

"멸제, 그 자는 이 시대를 살아가는 젊은 무인들에게 넘어설 수 없는 벽이 되고 있네. 위강이도 그 벽을 넘지 못한 모양이야."

"화진천에 이어 위강이라니."

지영정의 표정이 딱딱하게 굳었다.

구주천가가 자랑하는 젊은 인재들이 연거푸 철군패에 의해 고배를 마시고 있다. 결코 반길 만한 상황은 아니었다. 천우경의 뒤를 이어 앞으로 천하를 이끌어가야 할 인재들이 철군패라는 거대한 벽에 의해 좌절을 겪는다면 앞으로 천하의 패권을 지키는 데 심각한 문제가 될 것이 분명했다.

"소문 이상인가 보군요."

"나도 그렇게 보고 있네."

천우경이 고개를 끄덕였다. 그는 실제로 상황을 심각하게 받아들이고 있었다.

천위강이나 화진천과 같은 젊은 세대에 속해있으면서도 신주십대고수를 위협하는 엄청난 무력을 지닌 존재. 그런 존재

가 구주천가가 아닌 다른 곳에서 나왔다는 사실이 시사하는
바는 결코 작은 것이 아니었다.

"인정할 건 인정해야지. 현 시대의 젊은 무인들 중 그와 비
견될 만한 무인은 아직 없네. 위강이와 진천이도 그에 비하면
아직은 많이 모자라지."

"골치 아프군요."

"그래! 일단은 두고 볼 생각이네. 그에 대한 결정은 마해와
의 결전 이후로 미룰 생각일세. 지금은 마해와의 결전이 우선
이니까."

천우경의 눈빛이 묵직하게 가라앉았다. 그의 눈빛을 바라보
는 지영정의 가슴에 찬바람이 불었다. 수십 년 동안 지척에서
천우경을 모셨기에 그의 생각을 읽은 것이다.

'주군은 그를 구주천가의 위협요소라고 생각하신 것인가?'

이십 년 전, 일 년 간의 긴 잠에서 깨어난 후 천우경이 가장
신경 쓴 부분은 구주천가를 위협하는 존재들이 아니라 그들을
대하는 방식이었다. 위협 따위에 흔들릴 구주천가가 아닐진
대, 천우경은 필요 이상으로 단호하고 과감하게 그들을 처단
했다.

예전의 그는 대인의 기질이 있어 결코 쉽게 움직이지 않았
으나, 지금의 그는 과하다 싶을 정도로 단호한 결정력을 가지
고 있었다.

'어쩌면 주군께서는 그토록 존경하는 그의 형을 닮고자 하

는 것인지도 모르지.’

그 때문에 간혹 냉철한 판단을 내리지 못하는 경우도 있었지만, 그래도 이제까지 천우경은 커다란 실수나 무리 없이 구주천가를 이끌어왔다. 하지만 그를 볼 때면 간혹 아슬아슬하다는 느낌이 드는 것이 사실이었다.

‘뭐, 그 정도는 상관없겠지.’

간혹 천우경이 실수를 하더라도 자신과 문상, 무상이 보필하면 그뿐이다. 지영정은 그렇게 생각했다.

제 6 장

격동천하(激動天下)

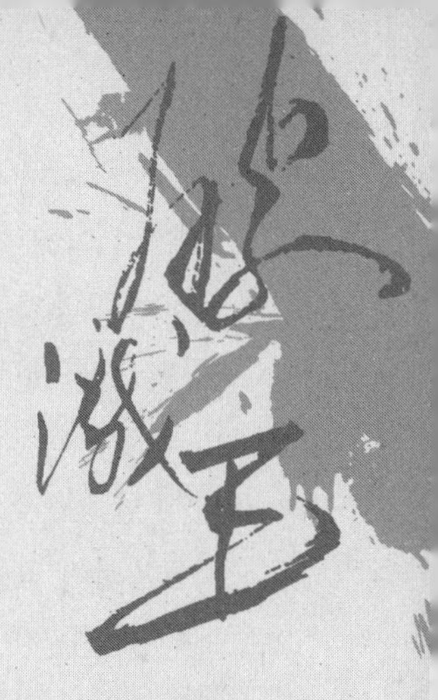

철군패는 커다란 소나무 아래 등을 기대고 비스듬하게 누워 있었다. 커다란 나무 아래에서 휴식을 취하는 그의 모습은 한가롭게 보였다. 철군패는 그렇게 한가한 시간을 보내고 있었지만, 북풍대 전원은 입에서 단내 나는 시간을 보내고 있었다.

양천의를 제외한 북풍대 삼백 명 전원은 연무장에서 백병도를 연마하고 있었다. 실전을 방불케 하는 격렬한 수련에 연무장이 후끈하게 달아올랐다.

누가 시킨 것이 아니었다. 평소에도 수련을 게을리 하지 않는 그들이었지만, 구주천가에 들어오면서 더욱 열심히 수련에 매진했다. 구주천가에서 느껴지는 강인한 분위기에 압도당하지 않기 위해 오히려 백병도에 열중하는 것이다.

엄청난 부담감과 중압감을 극복해야만 훌륭한 무인이 될 수 있다. 그런 면에서 보자면 북풍대는 훌륭한 무인들의 집합체였다.

"형님."

검운영이 땀을 닦아내며 다가왔다.

흑영대주 지영정과의 비무 이후 누구보다 혹독하게 자신을 몰아붙이고 있는 검운영이었다. 그 누구보다 혹독하게 수련을 하던 검운영이 잠시 휴식을 취하기 위해 철군패 곁에 다가온 것이다.

"형님 팔자가 제일 좋아 보입니다."

"부럽냐?"

"솔직히 부럽습니다."

"그럼 네가 대주 할래?"

"하하! 대주는 사양하렵니다. 대막에서라면 몰라도, 이곳에서는 아닙니다. 이곳에는 괴물이 너무 많거든요. 저 혼자 몸 건사하기도 힘든데, 북풍대 삼백 명 전원을 이끌 자신은 없습니다."

"너라면 잘할 수 있을 거야. 너는 생명의 무게를 아는 녀석이니까."

"형님?"

"생명의 소중함과 그 가치를 모르는 자는 앞으로 나아갈 수 없다.”

“오늘따라 유독 감상적이십니다. 형님답지 않게.”

“그런가? 후후!”

철군패가 나직이 웃음을 흘렸다.

“그나저나, 언제까지 이렇게 계실 겁니까? 지금쯤이면 슬슬 구주천가의 수뇌부들을 만나봐야 하는 것 아닙니까?”

“급한 건 그들이지 내가 아냐. 급하면 알아서 찾아오겠지. 그때까지 마음 편히 쉬고 있으면 돼.”

비록 백혈각 안에만 머물고 있지만, 철군패도 구주천가 내부의 분위기가 어떻게 돌아가는지 알고 있었다.

대부분의 사람들은 철군패가 구주천가에 들어온 이후 본격적인 행보를 할 거라고 짐작했다. 무림의 명숙들과 교류를 하고, 온유하와 천우경과 대담을 하며 자신의 입지를 다질 것이라고 생각했다.

하지만 철군패는 그런 사람들의 예상을 철저히 깨부수며 백혈각에서 은둔하고 있었다. 그 때문에 그에 대한 추측과 논란이 점점 몸집을 불려가고 있는 형편이었다.

자신을 둘러싼 수많은 논란을 알면서도 철군패는 전혀 움직일 생각이 없었다. 구주천가의 수뇌부들 중 상당수가 접촉의 사를 밝혀왔지만, 그는 들은 척도 하지 않았다. 그런 철군패의 속내가 못내 궁금한 검운영이었다.

“하지만 언제까지 이렇게 백혈각에만 머물고 있을 수만은 없지 않습니까?"

"이제 머지않았어. 조금만 더 느긋하게 있어. 단월이 대신 온유하를 만나러 갔으니 조만간 어떤 소식이 있을 거야."

"알겠습니다. 그나저나 천의 형님이 사고를 치지 않을까 걱정됩니다. 워낙 성격이 불같으신 분이라."

"괜찮을 거야. 성격이 지랄 같긴 해도 이유 없이 폭발하지는 않으니까."

철군패의 말에 검운영이 고개를 끄덕였다. 하지만 완전히 수긍하는 표정은 아니었다. 그가 아는 양천의는 예측불가, 언제 폭발할지 모르는 벽력탄 같은 존재였기에.

"거기 서있지 말고 옆에 앉아."

"예!"

검운영이 곁에 앉자 철군패가 물었다.

"그래, 흑영대주와 싸워본 소감은 어때?"

"강합니다."

"강해? 네가 감탄할 정도로?"

"예! 단순히 강한 게 아니라 제대로 싸움을 할 줄 안다고 느꼈습니다. 자신의 역량을 정확히 파악하고, 언제 어떻게 손을 써야 최대한 적을 효율적으로 제압할 수 있는지 알고 있는 것 같았습니다."

"그럴 거야. 그래도 십전제 곁에서 난세를 경험한 자니까. 십전제는 자신의 곁에 있는 자를 지독하다시피 혹사시켰어.

그의 밑에서 성장했다면 네가 당한 것도 무리가 아닐 거야.”

“죄송합니다.”

“죄송할 거 없어. 대신 너는 젊으니까, 그리 머지않은 시일 내에 그를 뛰어넘을 수 있을 거야.”

“열심히 노력하겠습니다.”

“음!”

철군패가 미소를 지었다.

그는 이제까지 검운영만큼 노력하는 사람을 본 적이 없었다. 검운영의 차분하면서 치밀한 성격과 끊임없는 노력이라면 머지않아 흑영대주 지영정을 뛰어넘을 수 있을 것이다.

‘그나저나, 정말 천의가 사고를 치지 않아야 할 텐데.’

말은 그렇게 했지만 양천의가 불안한 것은 철군패도 마찬가지였다. 그가 문상부가 있는 방향을 바라봤다.

*　　*　　*

“흐으! 좋군. 차란 것은 이제까지 다 쓴 줄만 알았는데, 이건 달군. 역시 돈이 좋은 거야.”

양천의가 입맛을 다시며 특유의 웃음을 흘렸다. 그 모습에 온유하의 미간이 찌푸려졌다.

누구보다 예의와 격식을 중요시하는 온유하였다. 그러다 보니 누구보다 자유분방하면서 예의 따윈 눈곱만큼도 따지지 않는 양천의의 모든 태도는 눈에 거슬릴 수밖에 없었다. 하지만 그녀는 애써 그런 감정을 억눌러 참았다.

그녀가 상대해야 할 자는 단월이었다. 비록 양천의의 거침없는 태도가 눈에 거슬리기는 했지만, 언제까지 그에게 신경을 쓸 수만은 없는 법이었다. 지금은 단월에게 집중해야 할 때였다.

온유하가 애써 태연한 표정으로 입을 열었다.

"멸제께서는 잘 지내고 계신가요?"

"물론이에요. 문상의 호의에 감사하며 쉬고 계세요."

"그쯤 쉬셨으면 여독이 풀릴 때가 되지 않았나요? 피로가 다 풀리셨으면 근일에 직접 뵀으면 좋겠군요."

"충분히 휴식을 취했다고 판단되면 연락하실 거예요."

단월이 웃으며 대답했다.

그녀의 얼굴에는 여유가 넘쳐흘렀다. 철군패가 구주천가 안에 들어오면서 단월은 느긋해졌고, 온유하는 조급해졌다. 철군패와 북풍대의 힘을 뜻대로 이용해야 하는 입장인 온유하는 시간이 흘러도 철군패가 움직일 생각을 하지 않자 초조한 마음이 들고 있었다.

물론 그녀는 이것이 철군패의 노림수라는 사실을 알고 있었다. 최대한 냉정해지려 했지만, 천하의 정세가 급박하게 돌아갈수록 그녀의 마음이 초조해지는 것이 사실이었다.

'멸제, 이런 식으로 나와 기세싸움을 이어가겠다는 것인가?'

상식적으로 구주천가에 들어왔으면 자신과 가주인 천우경을 찾아와야 했다. 하지만 그는 휴식을 즐기는 사람처럼 백혈각에서 유유자적 지낼 뿐이다. 마치 온유하를 조롱하듯이 말이다.

단월이 물었다.

"그나저나 무슨 일로 부르신 건지요?"

"단월 소저와 의논하고 싶은 일이 있어서 불렀어요."

"의논하고 싶은 일이라면?"

"전에 단월 소저가 건네준 연판장에 적힌 내용 때문에 그래요."

단월의 눈이 빛났다. 그녀는 직감적으로 온유하가 매우 중요한 이야기를 꺼낼 것임을 느꼈다.

"경청하겠어요."

"단월 소저도 아시다시피 현 구주천가에는 수많은 문파들이 들어와 있어요. 그들은 모두 마해와 싸울 소중한 전우들이에요. 문제는 그들 사이에 믿지 못할 사람들이 다수 존재한다는 거예요."

"연판장에 서명한 문파들을 말하는군요."

"그들은 아직 단월 소저가 연판장을 공개한 것을 몰라요. 그러니까 위험을 감수하고 구주천가에 들어왔겠죠."

온유하의 눈빛이 차가워졌다.

그녀는 일부러 반천련 연판장에 서명한 문파들에도 소집령을 내렸다. 그들의 반응을 살펴보기 위해서였다. 그들 중 상당수는 소집령을 거부하였지만, 몇몇 문파들은 무슨 이유에선지 구주천가 안으로 순순히 들어왔다. 어쩌면 소집령을 거부하면 의심을 살지도 모른다고 생각한 것일 수도 있었다.

"아시다시피 우리는 마해와의 전쟁을 눈앞에 두고 있어요. 눈앞의 거대한 적을 향해 전력을 쏟아 부어도 모자랄 판에 내부의 적을 상대로 신경을 쓸 여유가 없어요."

"그러니까 문상의 말씀은 저희보고 반천련에 가입한 문파들을 색출해달라는 건가요?"

"솔직히 말하면 그래요. 현재 본가는 마해와의 전쟁에 전력을 쏟아붓고 있는 입장이에요. 반천련에 가입한 문파들을 색출해낼 만한 여력이 없어요. 그러니까 그 역할을 단월 소저가 해달라는 거예요."

"제가 무슨 힘이 있어 반천련에 가입한 문파들을 색출해내겠어요."

"단월 소저에겐 멸제가 있잖아요. 나는 지금 단월 소저에게 멸제를 움직여달라고 부탁하고 있는 거예요. 그 대가는 충분히 치르겠어요."

온유하는 단월을 똑바로 바라보고 있었다. 그 모습이 비굴하지 않고 당당했다. 부탁을 하면서도 저리 당당할 수 있다는 사실이 놀라울 정도였다.

단월은 쉽게 대답하지 않았다. 그녀로서는 믿질 것이 없는 제안이었다. 하지만 쉽게 대답을 해주고 싶지는 않았다.

단월이 대답이 없자 양천의가 나섰다.

"호! 그러니까 배신자들을 우리보고 대신 처단해달라는 소리네."

"그래요."

"흐흐! 재밌겠군. 그런데 우리 대주가 나서려고 할지 몰라. 이런 귀찮은 일에 휘말리는 것은 딱 질색하니까."

"그럼 양 부대주님이 나서시는 것은 어때요?"

"안 돼."

"왜 안 된다는 거죠?"

"그랬다가는 군패에게 혼날 테니까. 그렇지 않아도 자중하라는 소리를 들었거든."

"그가 무서운 건가요?"

"응! 솔직히 조금은 무서워. 나보다 무식한 인간은 그밖에 없거든. 그래도 언젠가는 다시 도전해볼 생각이야."

양천의의 아무렇지 않은 대답에 온유하는 솔직히 놀랐다.

두려울 것 없어 보이는 양천의 같은 남자가 철군패가 두렵다고 솔직히 말하고 있었다.

'그는 자신의 군대를 완벽하게 장악하고 있구나. 이 정도의 남자 입에서 두렵다는 이야기가 이리 쉽게 나오다니.'

온유하는 평소 양천의 같이 무식하고 힘만 앞세우는 자는 언제든 이용할 수 있을 거라 생각했다. 하지만 양천의의 반응을 보니 북풍대를 움직이는 게 결코 쉬울 것 같지 않았다.

"이 일은 멸제께 직접 전하겠어요. 아무래도 내가 혼자 결정할 수 있는 사항이 아닌 것 같으니까요."

"그렇게 하세요. 단, 이 일이 비밀인 것은 아시죠?"

"물론이에요."

단월이 고개를 끄덕였다.

"멸제께 전해주세요. 이 온유하가 조만간 뵙길 원한다고."

"알겠어요."

대답과 함께 단월이 자리에서 일어났다. 그녀는 온유하에게 포권을 취해보인 후 양천의와 함께 밖으로 나갔다.

단월과 양천의가 나간 직후 한월이 소리도 없이 나타났다.

"어떻던가요?"

"뭐가 말입니까?"

"북풍대의 부대주라는 남자 말이에요."

"쉽게 볼 자가 아닙니다."

"한월이 경계해야 할 정돈가요?"

"그는 분명히 저의 기척을 느꼈습니다. 한순간 제가 은신해 있던 곳을 정확히 바라봤습니다. 결코 우연이 아니었습니다."

한월의 말에 온유하의 표정이 딱딱하게 굳었다.

멸제는 하나부터 열까지 모든 것이 걸리는 존재였다. 하다 못해 그의 수하들까지도 말이다.

한월이 조심스럽게 물었다.

"문상께서는 멸제가 움직이리라 보십니까?"

"그는 반드시 움직일 거예요. 내가 그가 움직일 명분을 만들어줬으니까요. 그가 진정 세상을 노리는 패웅이라면 이렇게 좋은 명분을 놓칠 리 없어요. 그러니까 움직일 수밖에 없을 거예요."

온유하의 음성은 확신에 차있었다.

*　　　*　　　*

숭양문(崧陽門)은 문도수가 사백 명에 이르는 거대문파였다. 비록 구주천가에 비할 수는 없지만, 나름 유구한 역사와 탄탄한 전력을 자랑하는 명문정파였다.

문주 정양곤의 숭양문에 대한 자부심은 이루 말로 표현할 수 없을 정도였다. 또한 그는 숭양문을 훗날 구주천가에 필적하는 문파로 키울 야망을 가지고 있었다.

그 때문에 수많은 문파들이 구주천가의 우산 아래로 피했지만, 그와 숭양문은 그리하지 않았다. 그는 일시적으로도 자신의 터전을 포기할 생각이 없었다. 한 번 어렵다고 터전을 포기하는 자는 결코 크게 될 수 없다는 것이 정양곤의 생각이었다.

그 대신 숭양문의 경계태세를 크게 강화시켰다. 이대제자들이 한 시도 쉬지 않고 경계를 돌고, 일대제자들은 긴장의 끈을 놓지 않았다.

정양곤은 연일 수뇌부들과 함께 대책회의를 진행하고 있었다. 오늘도 그의 거처에는 숭양문의 장로들이 모여 있었다.

"마해의 진로는 아직 확인되지 않았소?"

"지금 하오문을 통해서 알아보고 있으니 곧 좋은 소식이 있을 겁니다."

장로의 대답에 정양곤이 미간을 찌푸렸다.

숭양문의 가장 큰 문제점이라면 아무래도 정보력의 부재였다. 구주천가나 무영문처럼 독자적인 정보력을 가지고 있지 못하다 보니 하오문 같이 정보만 전문으로 취급하는 문파에 의존을 해야 했다. 그렇다 보니 자연 정보가 늦어질 수밖에 없었다.

현재 마해가 구주천가를 향해 진격해오는 것은 분명했다. 하지만 그들이 어떤 경로로, 얼마만큼 들어오는지는 전혀 파악되지 않았다.

현재 숭양문은 자신들을 향해 다가오는 적의 실체를 전혀 파악하지 못하고 있었다. 과연 몇 명이나 숭양문이 있는 방향으로 오는지, 또한 언제 인근을 지나갈지.

다행히 그냥 지나가준다면 고맙지만, 그렇지 않다면 당하기 전에 선제공격을 해야 했다. 정양곤은 선수필승(先手必勝)이란 말을 신봉하는 사내였다.

정양곤이 장로에게 말했다.

"하오문뿐만 아니라 무영문에도 의뢰를 넣으시오."

"무영문에 말입니까?"

"아무래도 정보력에서는 하오문보다 무영문이 월등히 앞서지 않소. 구주천가의 눈치를 볼 것 없이 무영문에 의뢰를 넣으시오."

"알겠습니다."

"한 치의 방심도 있어서는 안 되오. 구주천가를 믿지도 마시오. 우리의 터전은 우리가 지켜야 하는 법. 우리의 힘으로 오늘의 위기를 넘깁시다."

"문주님의 말씀이 옳습니다."

"그렇습니다. 우리는 마땅히 스스로를 지켜야 합니다."

장로들이 정양곤의 말에 적극 동조했다. 그들의 얼굴은 아직 어둡지 않았다. 그나마 숭양문의 위치가 마해의 무리들이 나타났다고 하는 장소와 상당한 거리가 있었기 때문이다. 어쩌면 마해가 이 근처로 오지도 않고 그냥 지나칠지도 모르는 일이었다.

"마해의 최종 목표는 구주천가. 차라리 약간의 위험을 감수하더라도 하더라도 구주천가에서 멀찌감치 떨어져있는 것이 최후까지 생존하는 데 더욱 도움이 될 것이오."

"현명하신 생각입니다."

"숭양문의 전 제자들이 문주님의 결단을 따를 겁니다."

정양곤과 장로들은 그렇게 전의를 불태웠다.

비록 쉽지는 않겠지만, 이번 폭풍 또한 금방 지나갈 거라고 생각했다.

댕!

그때 종소리가 짧게 울려 퍼졌다.

정양곤의 미간이 찌푸려졌다. 지금 들린 종소리는 숭양문의 정문에 매단 종에서 나는 소리였기 때문이다. 정문의 인력만으로는 해결할 수 없는 급한 일이 있을 때 종이 울리게 되어 있었다.

댕! 댕!

다시금 종소리가 들렸다. 좀 전보다 급박한 느낌이 담겨있는 소리였다.

"무슨 일인가?"

"알아보고 오겠습니다."

장로 한 명이 밖으로 나간 지 얼마 안 되어 소란스런 소리가 들려왔다.

"설마?"

정양곤의 표정이 변했다. 그가 급히 밖으로 나갔다. 그의 뒤를 장로들이 따랐다.

밖으로 나오자 정문이 있는 방향에서 소란스런 소리가 들렸다. 근처에 있던 제자들이 허리를 숙이며 그를 맞았다.

"문주님."

"무슨 일이냐?"

"저희도 아직 상황을 파악하지 못했습니다."

"앞장서거라. 정문으로 가겠다."

"예!"

제자들을 앞세운 채 정양곤이 정문으로 향했다.

"우우!"

"크으으!"

정문에 다가갈수록 기괴한 신음성이 들려왔다. 신음성이 크게 들릴수록 정양곤의 표정이 심각하게 변했다.

"역시 마해인가?"

인근에서 숭양문에서 소란을 피울 자들은 마해밖에 없었다. 정문에 다가갈수록 그런 확신은 더욱 강해졌다.

벽을 만든 제자들을 헤치고 정문에 도착하니 생전 처음 보는 기묘한 분위기의 남자가 있었다. 이제 겨우 삼십 대로 보이는 남자였다. 하지만 정양곤은 본능적으로 그가 보이는 모습보다 많은 나이를 먹었단 사실을 느꼈다. 극도로 발달한 무인의 감이 위화감을 느낀 것이다.

남자의 주위로 숭양문의 제자들 스무 명이 쓰러져 있는 모습이 보였다. 가슴에 기복이 있는 것으로 봐서 죽은 것 같지는 않았다.

정양곤이 침중한 표정으로 입을 열었다.

"숭양문의 문주 정 모라고 하오이다. 방문자께서는 누구시오? 결코 좋은 의도로 본문을 찾아온 것 같지는 않은데."

"본좌는 신도제원이라 한다."

"신도제원?"

정양곤의 미간이 꿈틀거렸다. 생전 처음 들어보는 이름이었기 때문이다.

그가 다시 물었다.

"우리가 아는 사이였소?"

"아니, 우리는 전혀 알지 못한다."

"그럼 전에 한 번이라도 만난 적이 있었소? 혹시 그때 이 정 모가 어떤 실수라도 한 적이 있소?"

"우리는 한 번도 만난 적이 없을뿐더러, 너 역시 본좌에게 어떠한 실수도 한 적이 없다."

"그런데 어찌 숭양문에 와서 소란을 피운단 말이오?"

"너하곤 아무 상관없는 일이다. 단지 본좌가 가는 길에 숭양문이 존재하고, 나의 행보에 너와 너의 제자들이 필요할 뿐이다."

정양곤의 미간이 다시 한 번 꿈틀거렸다. 상대가 자신을 노골적으로 비웃는다는 느낌을 받았기 때문이다. 자신과 숭양문을 얼마나 우습게 봤기에 저런 말을 거침없이 한단 말인가?

"신도제원, 당신이 누군지 모르지만 함부로 숭양문에서 살상을 자행한 이상 무사히 돌아가지는 못할 것이오."

"후후! 너는 너무 말이 많구나. 나는 말이 많은 자가 딱 질색이다."

"이 정 모의 손속이 무겁다고 욕하지 마시오."

"후후!"

신도제원이 나직이 웃음을 흘렸다.

그의 눈에 숭양문 사백 명 제자들의 모습이 보였다. 정양곤을 필두로 수많은 제자들이 매서운 살기를 발산하고 있었지만, 신도제원에게는 어떠한 영향도 끼칠 수 없었다. 그는 오히려 이런 경직된 분위기를 기꺼이 즐겼다.

신도제원은 대사조였다. 그가 드디어 중원에서 움직이기 시작했다.

"이제 알게 될 것이다. 나 신도제원이 왜 대사조라고 불렸는지, 내가 어찌 새외를 지배했는지. 후후후!"

신도제원의 음산한 웃음소리가 숭양문에 울려 퍼졌다.

정양곤이 외쳤다.

"쳐랏! 미친 늙은이를 내 눈앞에서 당장 치우거라."

"예!"

숭양문의 제자들이 신도제원을 향해 달려들었다. 그 순간 그들의 눈이 찢어질 듯 크게 떠졌다. 어느 순간 신도제원의 주위를 스무 명의 무인들이 둘러싸고 있었기 때문이다. 그리고 무인들은 그들도 익히 알고 있는 사람들이었다.

"너, 너희들은?"

"왜 너희들이 거기에?그러나 무인들은 대답을 듣지 못했다. 대답보다 먼저 엄청난 살기가 그들을 덮쳐왔기 때문이다.

"으아악!"

처절한 비명성이 숭양문을 울렸다.

　그 속에서 신도제원이 잔혹한 웃음을 흘렸다.

　"너희들 역시 나를 위해 숨을 쉬고, 나를 위해 싸우게 될 것이다."

＊　　＊　　＊

　천위강은 자신의 거처에 처박혀 있었다. 그의 강호행은 처절한 실패로 끝이 났다. 채 본격적으로 시작도 하기 전에 멸제라는 거대한 벽에 막힌 그의 강호행은 대실패였다.

　그 후 천위강은 강호행을 중단하고 상처 입은 마음으로 구주천가로 돌아왔다. 그냥 강호행을 계속할 수도 있었지만, 철군패가 떠올라 견딜 수가 없었다.

　생애 처음 겪는 좌절이었다. 아비 천우경이 아닌 타인에게 이토록 거대한 벽과 절망을 느끼게 될 줄은 꿈에도 생각하지 못했다. 그에게는 좌절을 극복할 시간과 공간이 필요했다.

　그래서 구주천가로 돌아왔다. 지친 심신을 추스르며 자신을 돌아보려 했다. 하지만 그 순간 또다시 들려온 소식 하나.

　바로 자신에게 거대한 좌절을 안겨준 철군패가 구주천가로 들어왔다는 소식이었다. 마치 운명처럼 또다시 자신의 곁으로 따라붙은 이름, 철군패.

　"어쩌면 그는 나의 일생을 따라다닐 심마일지도 모르겠구나."

　천위강의 눈빛이 차갑게 가라앉았다.

하늘은 그의 앞에 철군패라는 거대한 벽을 던져놓았다. 철군패라는 벽을 뛰어넘을 때야 비로소 그는 거대한 구주천가의 주인이라 자처할 수 있을 것이다.

천위강은 흔들리는 마음을 다잡았다. 현재로서는 그가 어찌할 방법이 없었다. 철군패는 당당히 구주천가로 들어왔다. 만일 세력의 힘을 이용해 그를 억압한다면 당장은 분한 마음이 풀릴 수도 있겠지만, 스스로 납득은 할 수 없을 것이다. 그것은 결코 천위강이 원하는 바가 아니었다.

"좋다, 멸제. 당신을 인정하겠다. 인정함으로써 나의 부족함을 처절히 깨닫고 언젠가는 당신을 뛰어넘고 말겠다."

그것은 자신에게 하는 다짐이었다. 그 역시 패도적인 천가의 핏줄이었다. 단 한 번의 좌절로 자신을 포기하기에는 자존심이 너무나 강했다.

천위강은 그렇게 자신의 마음을 정리했다. 그러자 마음이 한결 차분해지는 것이 느껴졌다.

그때 밖에서 인기척이 느껴졌다.

"대공자님, 들어가도 되겠습니까?"

성내 총관의 목소리였다. 천위강은 차분하게 대답했다.

"들어오시오."

"예!"

곧 방문을 열고 낯익은 얼굴의 총관이 들어왔다.

"총관께서 이 시간에 무슨 일이시오?"

"대공자님께 전해드릴 말이 있어서 왔습니다."

"전할 말?"

"예! 현재 마해의 마수를 피해 구주천가 내로 들어온 문파들의 후기지수들이 한자리에 모였습니다."

"각 문파의 후기지수들을 말하는 것이오?"

"그렇습니다. 각 문파의 수장들이 따로 모임을 갖는 것처럼 후기지수들 역시 모임을 갖는 모양입니다. 아마도 비슷한 또래이기에 마음이 더욱 통하는 것이겠지요. 여하튼 그들이 자신들의 모임에 대공자님께서 참여를 해주시길 바라고 있습니다."

"그들의 모임에 참여를 해 달라? 무슨 이유로?"

"그들은 자신들의 모임이 힘을 얻길 바라고 있습니다. 그리고 대공자님께서 차후 구주천가의 가주가 되어 무림을 이끌 것이란 사실도 알고 있습니다. 그러니까 이번 기회에 확실한 연을 맺어두자는 것이겠지요."

"흠!"

천위강이 팔짱을 끼었다. 잠시 생각을 하던 그가 총관에게 의견을 물었다.

"총관의 생각은 어떠하시오? 내가 그들의 모임에 참여하는 것이 훗날을 위해 어떠할 것이라고 보시오?"

"제가 무엇을 알겠습니다만 대공자님께서 차후 구주천가를 이끌어나가기 위해서는 그들과 친분을 쌓아두는 것도 나쁘지는 않다고 봅니다. 그들의 힘이 곧 대공자님의 힘이 된다면 그보다 좋은 일은 없지요.”

“나도 그렇게 생각하오. 이번 기회에 그들과 친분을 확실히 맺어두는 것도 나쁘지는 않을 것 같군.”

“그들과 함께 이번 전쟁에서 공을 세운다면 대공자님의 입지는 더욱 탄탄해질 것이 분명합니다.”

총관의 마지막 말이 결정타였다. 그의 말이 그렇지 않아도 기울어진 천위강의 마음을 확 잡아끌었다.

“좋소! 그들의 모임에 참여하겠소. 총관이 그렇게 전해주시오.”

“알겠습니다.”

총관이 고개를 숙인 후 물러났다.

*　　*　　*

그들은 동심각(同心閣)에 모여 있었다.

하나같이 범상치 않은 기도를 뿜내는 이들은 바로 구주천가에 들어온 각 문파의 후기지수들이었다. 다음 대에 각 문파들을 이끌 후기지수들은 어떤 의미에서 무림의 실세들이라 볼 수 있었다.

마해와의 전쟁이 끝난 후 무림이 대거 세대교체가 되면 그들이 전면에 나서게 될 수밖에 없었다. 때문에 그들의 얼굴에는 강한 자부심이 떠올라 있었다.

　각 문파의 후기지수들이 이렇게 한자리에 모인 것은 근자에 처음 있는 일이었다.

　이들 모임을 주도한 이는 뇌정문(雷霆門)의 양철원과 공작검문(孔雀劍門)의 유한수였다. 두 사람 모두 강호에 이름이 널리 알려진 후기지수들이었다. 비록 오기에는 속하지 않지만 그들 못지않은 명성을 얻고 있는 기재들인 것이다.

　두 사람을 필두로 백여 명의 기재들이 기다란 탁자를 사이에 두고 마주앉아 있었다. 그들은 화기애애한 분위기 속에서 담소를 나누고 있었다.

　각 문파의 후기지수들이 이렇듯 한꺼번에 자리에 모일 일은 드물었다. 그들은 자존심이 무척 강할뿐더러 자신이 최고라 생각하는 성격의 소유자들이었기 때문이다. 그러나 무림에 닥친 위기는 물과 불처럼 결코 한데 어울릴 수 없는 그들을 한자리에 모이게 만들었다.

　마해에 의한 위기를 헤쳐 나가기 위해서는 반드시 서로 간의 협력이 필요했다. 각 문파의 수장들뿐만 아니라 그들을 받쳐줄 후기지수들 간에도 말이다.

　그래서 모인 자리였다. 구주천가에서 내준 동심각에 모여 만든 모임이기에 이름 또한 동심회(同心會)였다. 오늘은 동심회가 출발하는 뜻깊은 자리였다. 그리고 그들은 오늘의 자리를 더욱 빛내줄 누군가를 기다리고 있었다.

　겉으로는 편히 담소를 나누고 있었지만, 기실 그들의 신경은 그 어느 때보다 날카롭게 일어서 있었다. 그가 참여를 하느냐 안 하느냐에 따라 그들의 모임에 실릴 힘이 달라지기 때문이다.

그때, 밖에서 인기척 소리와 함께 누군가의 목소리가 들려왔다.

"대공자님께서 들어오십니다."

그 순간 눈을 빛내는 사람들이 있었다. 바로 동심회를 조직하는 데 주도적인 역할을 한 양철원과 유한수였다. 두 사람이 먼저 일어서자 다른 후기지수들도 분분히 자리에서 일어섰다. 뒤이어 문이 열리며 천위강이 동심각으로 들어섰다.

양철원이 먼저 포권을 취하며 외쳤다.

"대공자님의 방문을 진심으로 환영합니다."

"환영합니다."

뒤이어 후기지수들이 일제히 외쳤다. 그들의 목소라가 동심각의 지붕이 날아갈 정도로 쩌렁쩌렁하게 울려 퍼졌다.

천위강이 그들의 환대에 답했다.

"이 천 모를 환영해줘서 반갑소. 모두 자리에 앉으시오."

"감사합니다."

천위강은 당연하다는 듯이 태사의에 앉았다. 그러자 다른 후기지수들도 각자의 자리에 앉았다.

양철원이 후기지수들을 대표해 입을 열었다.

"대공자님, 방문 요청을 수락해주셔서 감사합니다."

"여러분들이 이 천 모를 찾아줘서 고마울 뿐이오."

"아닙니다. 덕분에 저희 동심회에 힘이 실리게 되었습니다."

"동심회?"

"저희들이 만든 모임의 이름을 임시로 동심회라고 지어보았습니다. 구주천가의 동심각에서 모였기에 그렇게 만들었습니다."

"고마운 일이오. 동심회라…… 좋은 이름이오."

"감사합니다. 저희 동심회에 대공자님께서 찾아주신 것 또한 영광된 일입니다."

양철원의 음성은 비굴하지 않고 당당했다. 그러면서도 예의에서 벗어나지 않았다. 그 모습에 천위강의 눈이 빛났다.

구주천가의 소가주로서 수많은 후기지수들을 만나본 천위강이었다. 천위강을 만난 대부분의 후기지수들은 그의 기에 눌려 당당히 말하지 못했을 뿐 아니라 시선조차 제대로 마주치지 못했다. 그런데 양철원은 비굴하지 않게 자신을 있는 그대로 드러내고 있었다. 그 모습은 천위강에게 신선한 충격을 던져주었다.

"그런데 동심회에 이 천모를 부른 것은 무슨 이유요?"

"저희가 모임을 결성했지만, 사실 여러모로 부족한 것이 많습니다. 더구나 마해와의 일전에 힘을 보태려고 하지만 실질적으로 힘이 부족한 것도 사실입니다. 하지만 저희의 의기만큼은 그 어떤 이에게도 뒤지지 않습니다. 그래서 저희들의 의기를 대공자님께서 이끌어주시기를 바라고 모시었습니다."

"내가 말이오?"

"그렇습니다. 저희들을 이끌어주실 분은 대공자님밖에 없습니다. 저희 동심회를 이끌어주십시오."

"이끌어주십시오."

동심회의 기재들이 일제히 복창했다. 그들의 일치된 의견에 천위강의 눈가가 휘어졌다. 이미 예상했던 대답이었지만, 그래도 기분이 좋은 것은 어쩔 수 없었다.

이 자리에 모인 백여 명의 기재들은 향후 무림을 이끌어나갈 동량들이었다. 이들의 모임은 동심회의 수장이 된다 함은 향후 이들의 힘을 바탕으로 자신의 입지를 단단하게 굳힐 수 있다는 뜻이었다. 그러나 천위강은 짐짓 고민하는 듯한 표정을 지었다.

"흐음! 본인은 구주천가의 소가주요. 함부로 다른 문파에 가입할 수 있는 처지가 아니오."

"꼭 동심회에 이름을 올려달라는 것은 아닙니다. 명예회주로서 자리만이라도 빛내주신다면 저희는 감읍할 따름입니다."

"으음!"

천위강이 고뇌하는 표정을 지었다. 모든 기재들이 숨을 죽이고 그만 바라봤다. 잠시 후 천위강이 입을 열었다.

"좋소! 본래는 그래선 안 되지만, 여러분들의 마음을 생각해서 동심회의 회주자리를 임시로 맡겠소. 혹시 후에 나보다 더 좋은 사람이 나오면 언제든 회주자리를 양도하겠소."

“감사합니다.”

기재들이 일제히 대답했다.

그들의 목소리가 동심각 안을 쩌렁쩌렁하게 울렸다.

천위강은 이제 또 다른 힘을 얻었다. 그는 이들이 자신의 훌륭한 힘이 되어줄 거라고 생각했다.

양철원이 잔을 들며 외쳤다.

“자, 오늘처럼 이렇게 기쁜 날에 술 한 잔 안할 수가 없습니다. 모두 잔을 들고 대공자님의 동심회주 취임을 축하합시다.”

그의 말에 동심회의 기재들이 자리에서 일어나 잔을 들었다. 그들의 모습을 보며 천위강도 서서히 자리에서 일어났다.

“대공자님께서 동심회주가 되셨으니 동심회원들에게 한 말씀 해주시지요.”

“이 부족한 천모를 여러분의 회주로 추대해주셔서 감사하오. 우리 모두 힘을 모아 마해를 물리치고, 무림의 정기를 바로 세우는 데 큰 역할을 합시다. 동심회에 영광을.”

“동심회에 영광을.”

동심회원들이 천위강의 선창을 따라했다. 그들의 목소리가 쩌렁쩌렁하게 동심각을 울렸다.

오늘은 동심회가 정식으로 출범하는 자리였다.

천위강의 어깨에 잔뜩 힘이 들어갔다.

$$* \qquad * \qquad *$$

단월이 철군패에게 온유하와 있었던 대화를 전했다.

"그러니까, 조만간 만나자?"

"분명히 그렇게 이야기했어."

"잘됐군."

철군패가 고개를 끄덕였다.

이제까지 숨을 죽이고 기다린 보람이 있었다. 온유하가 먼저 만나자는 제의를 해왔다는 것은 그만큼 그녀가 더 아쉬워한다는 뜻이다. 당연히 철군패가 우위를 점하고 들어갈 수 있는 상황이었다.

단월이 철군패를 보며 웃음을 터트렸다.

"호호! 누가 이런 곰 같은 덩치에 여우의 머리를 하고 있을 거라고 짐작이나 할까? 천하의 지낭이라는 온유하를 상대로 머리싸움에서 승리하다니, 정말 대단해."

"왜 이래? 내가 무슨 여우같은 머리를 가졌다고. 나는 그냥 가만히 있는데, 온유하가 알아서 지레짐작한 것뿐이라니까."

"그래! 알았어."

말은 그렇게 했지만 단월은 전혀 수긍하는 표정이 아니었다. 그녀의 눈이 곡선을 그리고 있었다. 자신의 속내를 꿰뚫어 보는 듯한 단월의 표정에 철군패가 고개를 돌려 시선을 외면했다. 그 모습이 귀여운지 단월이 또다시 꺄르르 미소를 터트렸다.

"호호호!"

그녀의 계속된 웃음에도 철군패는 머리만 긁적일 뿐, 뭐라 말하지는 않았다. 왠지 그녀와의 대화가 길어질수록 자신만 손해 보는 듯한 기분이 들었기 때문이다.

단월의 웃음은 그 후로도 한참 동안이나 계속되다 잦아들었다. 하지만 여전히 그녀의 얼굴엔 즐거워하는 미소가 여운처럼 남아있었다.

결국 그녀를 바라보는 철군패의 얼굴에도 한 줄기 미소가 떠올랐다.

"그렇게 웃으면 내가 할 말이 없잖아."

"아무 말 하지 않아도 돼. 다 아니까."

"여우는 내가 아니라 너야."

"여자는 원래 여우야. 하지만 너처럼 곰의 탈을 쓰고 여우 짓을 하지는 않지."

"알았어. 항복, 항복이야. 됐지?"

"뭐, 한 번은 받아 줄까나. 좋아! 오늘은 그냥 넘어가주지. 그래도 네 덕분에 온유하와의 협상에서 우위를 점했으니까."

이어 단월은 온유하와 협상한 내용에 대해서 자세히 설명해 주었다.

"그러니까, 온유하는 내가 반천련에 협력한 자들을 대신 처리해주길 바란단 말이지?"

"그래! 그녀의 말로는 구주천가의 내부를 단속할 전력이 부족하다고 하지만, 내가 보기엔 좀 달라."

"뭐가 다르단 거지?"

"무리를 하자면 전력을 빼돌리지 못할 상황이 아니야. 하지만 너와 북풍대에게 반천련에 협조한 자들을 색출하게 하면서 세상의 이목을 너와 북풍대에게 집중시키려는 요량 같아."

"그래서 온유하가 얻는 게 뭔데?"

"반천련에 협조한 자들을 색출하는 일은 결코 쉬운 것이 아니야. 그들이 연판장에 서명한 것을 극구 부인한다면 증명하는 것은 더욱 힘들어질 거야. 최악의 경우엔 다른 문파들의 반발까지도 직면하게 될 거야. 온유하의 입장에선 그런 위험을 무릅쓰는 것은 결코 달가운 일이 아니야."

"바꿔 말하면 한 번 고개를 숙임으로써 그런 위험부담을 나에게 떠넘기겠다는 것이군."

"그래! 그녀는 악역을 맡아줄 사람이 필요한 거야. 그녀가 생각한 악역에 네가 제격인 셈이야."

"좋아! 그 악역, 내가 맡아주지."

"그렇게 쉽게?"

"후후! 이 정도가 좋은 것 같아. 그녀를 너무 구석으로 몰아붙이면 그 이상의 반작용으로 나에게 불이익이 돌아올 거야. 뭐든 적당한 게 좋은 법이지."

철군패가 나직이 웃음을 흘렸다.

그 모습에 단월도 덩달아 웃음을 터트렸다.

"뭐가 적당하다는 거야? 정말."

"나한테는 이 정도면 적당한 거야."

"하여간 못 말려."

단월이 어쩔 수 없다는 표정을 지었다. 하지만 그래도 즐거웠다. 철군패와 함께 있으면 세상의 모든 근심이 사라지는 것 같았다. 혹독한 현실을 잊을 수 있다는 사실만으로도 그녀는 좋았다.

단월이 그윽한 시선으로 철군패를 바라보았다.

그녀가 선택한 남자였다. 단월은 지난 이십 년의 기다림이 헛되지 않았다고 생각했다.

'그래! 이걸로 된 거야. 이 사람이야말로 나의 모든 것을 맡길 수 있는 유일한 사내야.'

그렇게 두 사람 사이에 화기애애한 분위기가 흐르고 있을 때 밖에서 북풍대원의 목소리가 들려왔다.

"대주님."

"무슨 일이냐?"

"손님이 찾아왔습니다."

"손님?"

"예! 혈포사신대주라는 분이 찾아왔습니다."

"그래?"

"대주님을 뵙겠다고 찾아왔는데……."

북풍대원의 말꼬리가 흩어졌다.

"찾아왔는데?"

"그게 저, 천의 형님이랑 시비가 붙어서…… 아니, 천의 형님이 시비를 거셔서."

"천의와?"

철군패의 미간에 골이 패였다.

그가 자리에서 일어났다.

"그는 어디에 있느냐?"

"지금 연무장에 있습니다."

"내가 가겠다."

철군패가 거대한 몸을 일으켰다.

단월이 그의 뒤를 따랐다.

"나도 갈래."

제 7 장

남아재견(男兒再見)

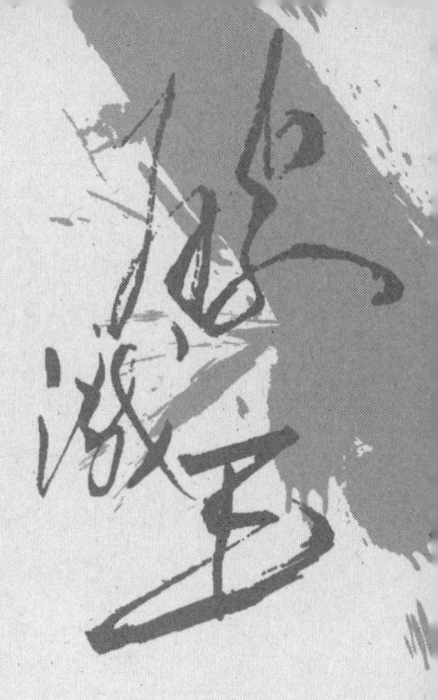

　양천의가 건들거리는 표정으로 전방을 바라보고 있었다. 그의 앞에 있는 이는 분명 혈포사신대주 화진천이었다. 화진천은 무표정한 얼굴로 양천의를 바라보고 있었다.

　그가 착 가라앉은 얼굴로 양천의를 바라봤다.

　"무슨 일이오?"

　"흐흐! 별게 아니라, 내가 구주천가에 들어와서 가장 많이 들은 말이 바로 혈포사신대에 관한 것이었지."

　"그래서?"

　"궁금했거든. 정말 혈포사신대가 소문처럼 강한지, 혈포사신대주가 정말 구주천가의 검이라고 불릴 만한 자격이 있는지."

양천의가 화진천을 가로막은 목적이었다.

구주천가에 들어온 이후 한 번도 몸을 제대로 풀어본 적이 없는 양천의였다. 그동안은 어떻게 참았지만, 이제 그마저 한계에 달해 온몸이 근질거렸다. 그러던 차에 화진천이 제 발로 찾아왔다.

강한 상대.

처음 본 느낌이 그랬다. 그때부터 그의 피가 뜨겁게 달아오르기 시작해 종국에는 주체할 수 없을 정도가 되었다. 그것이 양천의가 화진천을 가로막은 이유였다.

화진천이 주위를 둘러싸고 있는 북풍대를 바라보았다. 하나같이 막강한 기도를 내뿜는 사내들이었다. 그들의 강함이 피부로 느껴졌다.

멸제가 수장으로 있다는 북풍대였다.

자신에게 생애 최초로 패배란 단어를 알려준 멸제, 그런 자가 이끄는 군단. 그리고 눈앞에 그 군단의 부대주가 있었다.

화진천의 눈빛이 차갑게 가라앉았다.

"알고 싶은가? 그럼 덤비도록."

분위기뿐만 아니라 목소리까지 변했다. 일변한 그의 분위기에 양천의가 움찔했다. 하지만 그것도 잠시 이내 그가 특유의 건들거리는 말투로 말했다.

"흐흐! 좋지."

양천의가 결단을 내리자 북풍대원들이 뒤로 물러나 둥글게 자리를 만들어주었다. 그 모습에 화진천의 눈동자가 잠시 흔들렸다. 수적인 우위를 점하고 있음에도 화진천을 압박하지 않는 북풍대의 모습에서 그들의 강함을 느꼈기 때문이다.

'멸제…… 그 자신뿐만 아니라 수하들까지도 강하게 단련시킨 것인가?'

그에 대한 경쟁심으로 피가 들끓어 올랐다. 그러나 그는 애써 그런 감정을 눌러 참았다. 지금은 그 어느 때보다 냉정해져야 할 때였다.

양천의가 거대한 대부를 꺼내들었다. 몸통을 전부 가릴 정도로 어마어마한 크기의 대부를 들고 있는 양천의의 모습은 살이 떨릴 정도로 두려운 것이었다. 그러나 그를 바라보는 화진천의 표정에는 일말의 흔들림도 없었다.

"그럼 간다."

채 말이 끝나기도 전에 양천의가 거대한 대부를 앞세워 화진천을 향해 돌진해왔다.

화진천은 왼발을 축으로 반 바퀴 회전을 하며 가볍게 양천의의 공격을 흘려보냈다.

스가악!

이어서 뽑혀져 나오는 검.

시리도록 차가운 빛이 섬뜩하게 일렁였다.

화진천의 검은 양천의의 목을 노리고 있었다. 그러나 양천의는 재빨리 몸을 돌려 대부로 자신의 목을 막았다.

카앙!

맑은 쇳소리와 함께 화진천의 검이 막혔다. 그러나 양천의의 표정은 그리 좋지 않았다. 가벼운 충돌이라 생각했는데, 어느새 두어 걸음이나 뒤로 밀렸기 때문이다. 그만큼 화진천의 검에 담긴 역도는 엄청났다.

"크으!"

양천의의 두 볼이 푸들푸들 떨렸다. 호구가 찢어질 듯 아파 왔다. 하지만 그는 두려움 대신 노성을 터트렸다.

"이노옴!"

부웅!

외마디 외침과 함께 그가 거대한 대부를 휘둘렀다. 화진천이 고개를 살짝 숙이자 '위잉' 하는 소리와 함께 대부가 그의 머리를 스치고 지나갔다. 잘린 머리카락 십여 가닥이 허공에 흩날렸다.

까딱 잘못했으면 목숨이 날아갈 상황이었는데도 화진천은 표정 하나 변하지 않고, 오히려 양천의의 품을 파고들었다.

퍼억!

검의 손잡이가 그대로 양천의의 미간을 직격했다.

"크윽!"

양천의가 정신이 아득해지는 느낌에 신음성을 흘리며 뒤로 물러났다. 하지만 화진천은 아랑곳하지 않고 그를 따라붙었다.

양천의가 대부를 휘둘러 화진천을 떼어놓으려 했다. 그러나 다음 순간 놀라운 일이 벌어졌다. 화진천이 가볍게 몸을 날려 양천의의 대부에 올라선 것이다.

그 광경을 바라보는 북풍대의 눈이 크게 떠졌다. 설마 화진천이 이렇게 수월하게 양천의를 밀어붙이고 대부 위에 올라설 줄 몰랐기 때문이다.

대부에 올라선 채, 화진천이 발로 양천의의 얼굴을 걷어찼다.

빠각!

"컥!"

양천의의 고개가 모로 돌아가며 서너 걸음이나 쿵쿵 물러났다. 그만큼 당한 충격이 적지 않았던 것이다. 그러나 그보다 더욱 아픈 것은 자신이 너무 수월하게 공략당했다는 것이었다.

"이놈!"

양천의가 벌겋게 달아오른 얼굴로 대부를 휘둘렀다. 하지만 화진천은 가볍게 그의 대부를 피하고 지근거리로 달라붙었다. 마치 양천의의 그림자라고 착각할 만큼 환상적인 움직임이었다.

쉬아앙!

화진천의 검이 허공을 가르며 무서운 속도로 양천의를 향해 날아갔다. 양천의는 또다시 대부를 들어 화진천의 검을 막아갔다. 대부의 면적이 워낙 넓어 약간만 움직여도 화진천이 휘두르는 검의 궤도를 차단하는 게 가능했다. 하지만 그 순간 믿을 수 없는 일이 일어났다. 화진천의 검이 허공에서 인간의 팔로는 불가능한 각도로 궤도를 바꿔 날아온 것이다.

화진천의 검이 마치 환상처럼 양천의의 대부를 통과해 그대로 가슴에 직격했다.

퍼억!

"커억!"

양천의가 외마디 비명과 함께 바닥에 나뒹굴었다. 다행히 화진천이 중간에 검날의 방향을 바꿔 검면으로 가격했기에 자상은 생기지 않았다. 하지만 육신의 상처보다 마음의 상처가 양천의를 아프게 했다.

"어, 어떻게?"

그는 지금의 상황이 도무지 이해가 가지 않았다.

본래부터 강한 무력에 광도진결을 익히면서 더욱 강해진 그였다. 그는 자신이 이렇게 쉽게 패했다는 사실이 도무지 믿기지 않았다. 화진천이 검면이 아닌 검날로 가격했다면 그는 이미 죽은 목숨이었을 것이다. 화진천의 배려로 목숨을 구함 받은 것이다.

혀를 깨물어 자결하고 싶을 만큼 치욕적인 순간이었다. 그런 그를 향해 화진천이 서늘한 목소리로 말했다.

"나도 한때는 그랬지. 강한 무공만 익히고 있다면 적수가 없을 줄 알았지. 하지만 후에 깨달았지. 강한 무공보다 강한 인간이 되어야 한다는 사실을. 강한 무공에 의지할 게 아니라 자신의 능력을 온전히 활용하는 방법을 찾아야 한다는 사실을. 당신의 지금 모습은 과거의 나의 모습이오."

"크윽!"

양천의가 아무런 말도 못했다. 화진천은 그런 양천의를 무심한 표정으로 바라봤다.

그의 말은 사실이었다. 철군패에게 패하기 전 그의 모습이 지금 양천의의 모습이었다. 철군패에게 패한 후 행한 폐관수련에서 그는 자신의 문제점을 깨달았다. 비록 비약적인 무공의 발전을 이루지는 못했지만, 나름 문제점을 깨닫고 개선점을 찾은 것이다. 그 결과, 별다른 절기를 사용하지 않고도 양천의를 상대로 손쉽게 승리를 거둘 수 있었다.

자신들의 부대주가 화진천에게 당했음에도 북풍대는 움직이지 않았다. 양천의가 정당한 대결 끝에 패했다는 사실을 알고 있기 때문이다.

그때 북풍대가 양쪽으로 갈라지며 거구의 사내가 모습을 드러냈다. 화진천에게 생애 처음으로 패배를 안겨준 철군패였다. 하지만 철군패를 바라보는 화진천의 표정은 의외로 차분했다.

철군패가 양천의를 보며 혀를 찼다.

"쯧! 그러게 그토록 경거망동하지 말도록 했는데."

양천의는 넋이 빠진 듯 무릎을 꿇고 멍한 표정을 짓고 있었다. 그는 자신의 패배가 믿어지지 않는 듯했다.

아마 한동안 속이 쓰릴 게다. 광도진결을 익힌 후 한껏 기고만장했으니까. 철군패는 이번의 시련이 양천의가 다시 도약하기 위한 발판이 되길 빌었다.

철군패는 양천의를 뒤로 하고 화진천을 바라보았다.

"오랜만이군."

"오랜만이오."

두 사내가 마주섰다.

철군패는 화진천이 예전보다 발전했다고 생각했다. 몸에서 느껴지는 기도도 그랬지만, 무엇보다 한층 더 깊이 가라앉아 있는 눈동자가 강력한 파괴력을 담고 있었다.

"안으로 들어가겠는가?"

"고맙소."

화진천이 고개를 끄덕이며 철군패를 따라 백혈각 안으로 들어갔다. 그들이 사라진 직후 검운영이 양천의를 보며 나직이 한숨을 내쉬었다.

"휴!"

누구보다 양천의가 느꼈을 충격을 잘 아는 사람이 바로 검운영이었다. 그 역시 불과 얼마 전, 흑영대주 지영정에 의해 패배를 당했기 때문이다.

"망신도 이런 망신이 없군. 북풍대의 부대주 두 명이 모두 구주천가의 무인들에게 패배를 당했으니."

그러나 검운영은 믿고 있었다. 자신에게 한 번의 패배가 발전할 원동력이 되었으니 양천의에게도 그럴 것이라는 사실을.

그가 양천의를 부축해 일으켰다.

"들어갑시다, 형님. 지금은 아프지만 금방 나을 것이오."

*　　*　　*

화진천의 시선이 철군패의 뒤에 있는 단월을 향했다.

못 본 사이, 단월은 훨씬 안정되고 편안한 표정을 짓고 있었다. 자신이 추적했을 때는 결코 볼 수 없었던 표정이었다. 자신이 아닌 다른 사람의 곁에서 안정을 찾은 단월을 보자 화진천은 속이 쓰리는 것을 느꼈다.

그러나 그는 결코 자신의 생각을 밖으로 드러내지 않았다. 그는 여전히 무심한 표정을 짓고 있었다. 그는 한 남자가 아니라 혈포사신대의 대주로서 이 자리에 서있었다.

"그래 무슨 일로 찾아온 것인가?"

"별다른 이유는 없소. 그저 북풍대가 구주천가로 들어왔다기에 한번 보러 왔을 뿐이오."

"그런가?"

"이제까지는 적이었을지 모르지만, 앞으로는 함께 싸워야 할 테니까."

"그도 그렇군."

"그래서 마음을 정리해두고 싶었소. 아직 나의 심장은 당신이 적이라고 믿고 있으니까."

화진천의 대답에 철군패가 고개를 끄덕였다. 왠지 그의 마음을 이해할 수도 있을 듯싶었기 때문이다.

그가 왜 구주천가의 검이라 불리는지 이유를 알 만했다. 이런 강인한 성정을 가졌기에 구주천가의 최전선에 서서 모진 풍랑을 온몸으로 막아낼 수 있었을 것이다.

친구라고 볼 수는 없지만, 친구로 삼아도 좋을 사내였다. 하지만 철군패는 알고 있었다. 그도, 자신도 서로를 친구로 삼을 수 없다는 사실을.

그들은 호랑이였다.

그것도 자신들만의 영역을 확고히 하고 있는.

호랑이는 결코 자신의 영역에 다른 호랑이를 두지 않는다.

화진천이 자리에서 일어났다.

"그냥 가려는가?"

"이미 할 이야기는 다 했소. 이 이상 이곳에 있다가는 당신에게 검을 뽑을지도 모르겠소."

"지금 도전해보든가?"

"아직은 아니오. 하지만 그리 머지않은 시일에 당신에게 도전할 것이오."

"음!"

"그럼 이만 가보겠소."

화진천이 철군패에게 포권을 취해보인 후 밖으로 나갔다. 그가 백혈각을 나간 후 단월이 입을 열었다.

"그는 진정한 장부야."

"확실히 그만한 사내는 보기 힘들지."

"만일 적으로 만나지 않았다면, 어쩌면 마음이 흔들렸을지도 몰라."

단월이 나직이 한숨을 내쉬었다.

그녀는 화진천이 자신에게 호감을 가지고 있다는 사실을 알고 있었다. 비록 화진천은 무표정으로 일관했지만, 여인의 감은 그런 사실을 감지했다.

화진천의 마음을 알면서도 받아줄 수는 없었다. 화진천과 자신은 갈 길이 다르다. 화진천은 구주천가에 속박된 사내였다. 반대로 자신은 구주천가에서 자유로워지길 원하는 사람이었다. 처음부터 결코 어울릴 수 없는 사이인 것이다.

더구나 그녀에겐 철군패가 있었다. 무척이나 크고 투박하지만, 누구보다 믿음직한 사내였다.

＊　　＊　　＊

철군패는 백혈각을 나왔다.

구주천가에 들어온 지 거의 열흘 만에 처음으로 밖에 나온 것이다. 그의 곁에는 단월이 있었다.

그들이 향하는 곳은 바로 구주천가의 문상부였다. 오늘은 온유하와 만나기로 한 날이었다. 문상부로 향하는 철군패의 발걸음은 가벼웠다.

철군패의 거대한 모습에 주위를 지나가던 사람들이 눈을 떼지 못했다. 수많은 무인들이 이곳 구주천가에 있었지만, 그 누구도 철군패처럼 압도적인 덩치를 가지고 있진 못했다. 더구나 그의 곁에는 단월이란 미인이 함께하고 있었다.

거인과 미녀의 어울리지 않는 조합은 사람들의 시선을 끌기 충분했다. 잠시 그들을 바라보던 구주천가 내의 무인들은 곧 그들의 정체를 알아차렸다. 천하에 수많은 무인들이 있었지만, 이렇듯 극명한 대비를 이루는 조합은 단 한 쌍뿐이었다.

'멸제와 북일화.'

'저들은 멸제와 무영문의 소문주가 분명하다. 구주천가에 들어왔다는 이야기는 들었지만……'

사람들의 시선이 바뀌었다.

조금 전까지가 단순히 호기심이었다면, 이제는 동경과 질투가 섞여 있었다. 사람들이 수군거리는 소리가 들렸지만 철군패는 아랑곳하지 않고 걸음을 옮겼다.

가까이 다가올 용기조차 없어 멀찍이서 수군거리는 인간들 따위에게 신경 쓸 이유 따윈 없었다. 철군패와 함께하자 단월의 걸음에도 훨씬 더 여유가 생겼다. 철군패와 함께하는 이상 다른 이들의 눈치를 볼 필요가 없는 것이다.

"응?"

문득 단월의 걸음이 서서히 느려졌다. 철군패의 시선이 단월의 눈과 같은 방향으로 움직였다.

단월의 시선이 향한 곳에 일단의 무리가 보였다. 자신들끼리 이야기를 나누며 걸어오는 사람들. 하나같이 화려한 복장을 하고 있는 각 문파의 수장들이었다. 그들은 조금 전에 회합을 마치고 이제 나오는 길이었다.

각 문파의 수장들 역시 철군패와 단월을 발견했는지 서서히 걸음을 늦췄다. 철군패의 거대한 덩치는 어디서나 눈에 띌 수밖에 없었다.

수장들의 얼굴이 딱딱하게 굳었다. 그들의 시선은 철군패를 향해 있었다.

구주천가에 들어온 지 열흘이나 되었지만 그동안 수장들의 모임에 얼굴 한 번 비추지 않았던 철군패였다. 당연 그를 고깝게 보는 사람이 많았다.

"흠!"

여기저기서 헛기침이 터져 나왔다. 누구 하나 말은 안 했지만 철군패가 먼저 인사를 하러 오길 바라는 것이다.

철군패가 다시 걸음을 옮겼다. 단월이 그의 곁에서 잰걸음을 했다. 각 문파의 수장들의 얼굴이 밝아졌다. 철군패가 자신들에게 인사를 하러 먼저 다가오는 줄 알았기 때문이다. 그러나 철군패는 그들을 본체만체 지나쳐갔다.

바로 눈앞에서 철군패가 태연히 지나가자 각 문파 수장들의 얼굴에 황당하다는 빛이 떠올랐다. 설마 철군패가 자신들을 본체만체할 줄은 꿈에도 생각하지 못했기 때문이다.

푸들푸들!

굴욕으로 그들의 어깨가 떨렸다.

결국 수장들 중 한 명이 큰 목소리로 철군패를 불렀다.

"이보게."

천궁방의 방주인 장우천이었다.

철군패가 걸음을 멈췄다. 그는 잠시 주위를 둘러보다 아무
도 없음을 확인하고 미간을 찌푸렸다.

"지금 나를 부른 것이오?"

"그렇다네. 나는 분명 자네를 불렀다네."

"무슨 일이오?"

"자네는 이곳에 있는 존장들이 보이지도 않는단 말인가? 어
찌 사람들을 눈앞에 두고도 그리 못 본 척 지나갈 수 있는가?
자네가 아무리 강호에 위명을 드날리고 있다고 하나, 이렇게
강호의 존장들을 무시하고 떳떳이 고개를 들고 다닐 수 있다
고 보는가?"

장우천의 고성은 인근에 있던 수많은 사람들의 시선을 한곳
으로 모으기 충분했다. 어떻게 보면 각 문파의 수장들이 철군
패라는 신흥강자를 야단치는 듯한 모습이라 많은 사람들의 흥
미를 끌기 충분했다.

장우천이 철군패에게 훈계를 하는 모습에 각 문파의 수장들
이 고개를 끄덕이며 동조했다. 그렇지 않아도 이제까지 인사
한 번 하러 오지 않은 철군패에 대한 불만이 가득했는데, 그것

이 장우천의 행동에 동조를 하게 만들었다.

　비록 철군패가 엄청난 위명을 얻었다고 하지만 강호의 항렬로 보았을 때는 한참 밑의 후배였다. 그렇다면 후배가 강호의 선배에게 찾아와 인사를 하는 게 도리라는 것이 그들의 생각이었다.

　그러나 돌아온 철군패의 대답은 그들의 예상을 한참이나 벗어난 것이었다.

　"나를 아시오?"

　"멸제란 사실은 알고 있네."

　"그거 말고, 개인적으로 나를 알고 있냔 말이오?"

　"그건 아니네만……."

　"그런데 왜 처음부터 반말이시오? 나와 친분 있는 것도 아니고, 일면식도 없으면서."

　"그거야 내가 강호의 존장이니까."

　"강호의 존장이라서 모든 사람들이 보는 앞에서 후배를 망신시키겠다는 뜻이오?"

　철군패의 불량기 가득한 음성에 장우천의 안색이 변했다. 설마 모두가 보는 앞에서 철군패가 이렇듯 노골적으로 이야기할 줄은 몰랐기 때문이다.

　"자네야말로 모두가 보는 앞에서 존장에게 대드는 것인가?"

　"내가 대든 적이 있던가? 나는 지금 누가 시비를 걸어 반응하는 것뿐인데."

"뭣이? 지금 너는 내가 시비를 건다고 하는 것이냐?"

"그럼 시비 거는 게 아니고 짖는 것인가?"

"이노옴!"

결국 장우천의 화가 폭발했다.

하지만 그를 바라보는 철군패의 시선에는 한 치의 흔들림도 없었다. 오히려 그의 입가를 따라 떠오르는 한 줄기 호선은 비웃음이 분명했다.

철군패는 지금 장우천뿐만 아니라 각 문파의 수장들을 싸잡아 비웃고 있었다.

비록 백혈각에서 한 발짝도 밖으로 나가지 않았지만, 그는 밖의 분위기가 어떻게 돌아가는지 알고 있었다. 각 문파의 수장들이 자신이 인사를 하러 오지 않는단 사실을 가지고 분개하고 있다는 사실도 말이다. 그러나 그는 마음에도 없는 자들에게 인사를 하고 싶지는 않았다.

그 순간, 까마귀처럼 카랑카랑한 목소리가 울려 퍼졌다.

"천하에 못 배운 놈이라서 그런지 존장에 대한 예의도 없구나."

봉황문의 금정태태였다. 그녀가 철군패의 삐딱한 태도에 그만 노성을 터트리고 만 것이다. 그녀의 카랑카랑한 음성은 주위 사람들을 놀라게 하기 충분했다.

철군패의 미간이 찌푸려졌다.

"노파는 누구요?"

"나는 봉황문의 금정태태다. 존장에게 예의를 지키거라, 어린놈."

"존장? 그렇다면 나에게 존장이란 것을 증명해보이시오."

"뭣이?"

"그렇게 입으로만 존경받길 원하지 말고, 존경받을 만한 행동을 해보란 말이오."

"정녕 뚫린 입이라고 내뱉으면 다 말이 되는 줄 아느냐?"

"그러는 노파도 억지를 피우고 있지 않소. 여기에 있는 모든 사람들은 내가 생전 처음 보는 사람이오. 그런데 내가 여러분들을 찾아 인사를 하지 않았다고 이 많은 사람들 앞에서 역정을 내는 것은 무슨 억지 심보요?"

"이익!"

철군패의 말에 금정태태의 얼굴이 일그러졌다. 설마 철군패가 이렇듯 노골적으로 말할 줄 몰랐기 때문이다.

쿠우우!

금정태태가 다시 뭐라 말하려는 순간, 철군패의 몸에서 가공할 기도가 폭사되어 나왔다.

"나는 구주천가의 귀빈으로 이곳에 와있다. 나는 멸제, 북방에서 십이사조를 멸하고 강호로 들어온 자. 이미 나의 이름은 신주십대고수를 능가하고 있다. 강호의 위치와 힘으로 봤을 때 당신들에게 하등 밀릴 이유가 없다. 말해 보거라. 내가 노인네들에게 인사를 가지 않은 것이 무례한 것인지, 아니면 노인네들이 길 한가운데서 나를 핍박하는 것이 옳은 것인지.”

웅웅!

그의 사자후에 일대의 모든 쇠들이 부르르 울리며 깊은 울림을 토해냈다. 심지어는 무사들이 차고 있는 무기들까지도 말이다.

그의 엄청난 기세에 금정태태를 비롯한 각 문파의 수장들의 얼굴이 하얗게 질렸다.

멸제라는 말만 들었지, 설마 목소리 하나만으로 이 정도 위용을 발휘할지 몰랐다. 수장들 중 몇 명이 목소리에 타격을 입고 비틀거렸다. 그런데도 주위 사람들은 영향을 받지 않았다.

금정태태와 장우천, 그리고 수장들은 가슴이 서늘해지는 것을 느꼈다. 자신들의 생각보다 철군패가 더욱 엄청난 존재라는 사실이 그제야 실감났다. 그리고 자신들이 실수했다는 사실도.

쿵!

철군패가 금정태태를 향해 한 발을 내딛었다. 그에 금정태태가 자신도 모르게 한 걸음 뒤로 물러났다. 철군패에게 기세에서 밀린 것이다.

철군패는 그들로서는 감히 가늠할 수 없는 존재였다. 그런 존재를 발밑에 두고 굴복시키려 했으나, 철군패는 그 이상의 반발력으로 그들을 압도하고 있었다.

“크윽!”

“음!”

곳곳에서 수장들의 답답한 신음성이 흘러나왔다. 수십 명이
철군패 한 명의 기세를 감당하지 못하는 것이다.

어떤 이들의 표정은 사색이 되었고, 또 어떤 이들의 얼굴은
시커멓게 변했다. 그들은 설마 철군패가 구주천가에서 자신의
기세를 드러낼 줄은 예상 못했었다. 그저 철군패를 본 순간 즉
흥적으로 분노가 치밀어 벌인 일이 이토록 큰 파장을 몰고 올
줄은 생각도 못한 것이다.

철군패의 기세를 견디지 못한 수장 한 명이 힘겹게 입을 열
었다.

"크으! 이곳은 구주천가다. 감히 구주천가에서 말썽을 피우
려는 것이냐?"

"못 피울 것도 없지. 한번 해볼까?"

"그런……."

말도 안통하고, 힘으로도 안 된다.

협박이나 회유가 통하지 않는 괴물이 눈앞에 있었다. 그들
은 결코 건드려서는 안 될 상대를 건드렸다는 사실일 뼛속 깊
이 느끼고 있었다.

철군패는 진짜였다. 그가 거짓으로 화를 내는 것이었다면
이곳에 있는 명숙들 중 몇 명은 눈치챘을 것이다. 그러나 그들
이 느끼기에도 철군패는 진짜로 화를 내고 있었다.

멸제(滅帝).

십이사조를 멸하겠다는 선언과 함께 실제로 그렇게 진행하

는 남자.

그제야 각 문파의 수장들은 철군패의 무서움을 피부로 실감할 수 있었다. 그들의 눈앞에 있는 남자는 진짜 괴물이었다. 그들은 괴물을 화나게 한 것이다.

덜덜!

철군패의 거대한 기운을 정면으로 맞닥트린 금정태태는 자신도 모르게 떨고 있는 것을 느꼈다. 그런 사실을 인지했지만, 떨림은 쉽게 가라앉지 않았다.

'멸제…… 그 소문이 결코 과장된 것이 아니었구나. 이런 자가 있었다니.'

그제야 후회가 되었다. 왜 잘 알아보지도 않고 함부로 시비를 걸었는지. 존장을 존경하라고 했지만 강호는 기본적으로 강자존의 세계였다. 약자는 죽고 강자는 모든 것을 가지는, 그런 세계인 것이다. 철군패는 그중에서도 최상위에 위치한 포식자였다. 그런 포식자가 자신의 먹잇감에 불과한 존재 수십이 몰려있다고 해서 두려워할 이유가 없었다.

철군패 혼자서 수십의 강호 명숙들을 압박하는 장면은 구주천가의 무사들에게도 신선한 충격을 줬다. 강호의 명숙들이라고 해서 다 거들먹거리는 것은 아니었지만, 저들은 정도가 심했다.

회의를 핑계 삼아 한자리에 모여서 거들먹거리고 위세를 떠는 것이 심해 대부분의 무사들이 그들을 피하고 있었다. 그 때문에 오히려 고소하다는 표정으로 일어나는 사태를 주시할 수 있었다.

금정태태의 시선이 단월을 향했다. 자신이 일부러 시비를 걸었던 단월이었다. 하지만 이 순간 기댈 수 있는 이는 단월밖에 없었다. 만일 이대로 진짜 충돌을 하게 되면 양측 다 큰 손해를 입을 것이다. 그것은 결코 금정태태가 원하는 바가 아니었다.

금정태태의 마음을 알았는지 단월이 나섰다. 그녀가 철군패와 각 문파의 수장들 사이에 끼어들었다. 그 순간 철군패의 막강한 기도가 눈 녹듯이 사라졌다. 자칫 자신의 기도에 단월이 다칠 수 있기에 거둬들인 것이다.

단월이 웃으며 말했다.

"지금 우리가 누구를 만나러 가는 것인지 잊은 것은 아니겠지?"

"그래!"

"그럼 여기서 시간을 낭비하고 있을 필요 없잖아."

시간 낭비라고 했다. 각 문파의 수장들과 있는 시간을 낭비라고 부르는 단월의 말에도 그들은 아무런 반발도 할 수 없었다. 여기서 한마디만 더 꺼낸다면 철군패와 결코 좋게 끝날 것 같지가 않았기 때문이다.

철군패가 금정태태를 보며 한마디를 했다.

"운이 좋군."

굴욕적인 말을 들으면서도 금정태태는 아무런 대꾸도 하지 못했다. 그저 오한 들린 사람처럼 몸만 떨 뿐이었다.

철군패는 더 이상 볼 것도 없다는 듯이 몸을 돌렸다. 그 모습을 보면서도 누구도 뭐라 하지 못했다. 이미 그들의 가슴에 철군패는 건드려서는 안 될 존재로 자리 잡고 있었다.

두려움이 섞인 시선을 뒤로 하고 철군패는 멀어져갔다.

"크윽!"

"이런 굴욕이……."

그제야 금정태태를 비롯한 수장들이 굴욕적인 표정을 지었다. 그러나 그들은 몰랐다. 그들의 굴욕은 이제 시작이라는 사실을.

철군패로부터 일어난 거친 폭풍은 이제 겨우 시작에 지나지 않는다는 사실을 말이다.

*　　　*　　　*

한바탕의 소동을 뒤로하고 철군패는 문상부에 도착했다. 이미 온유하가 기별을 해놨는지 안내해줄 사람이 미리 대기하고 있었다. 그가 철군패가 도착하자 인사를 하며 말했다.

"제가 문상께 안내해드리겠습니다."

"음!"

그가 안내해준 곳은 문상부 뒤편의 후원이었다. 후원의 조그만 정자에는 손님을 맞을 준비가 갖춰져 있었다.

정자에는 온유하가 이미 그들을 기다리고 있었다. 정자 위에 앉아서 철군패를 바라보는 온유하의 모습은 오연하기 그지없었다. 구주천가라는 거대한 세력을 이끌어나가는 문상다운 위엄이 풍겨 나오고 있었다.

주위의 모든 사람을 물리친 모습에서 그녀의 자신감을 읽을 수 있었다.

허공에서 철군패와 온유하의 시선이 마주쳤다.

강렬한 철군패의 안광에 맞서는 온유하는 한 치의 흐트러짐도 없었다. 보통사람은 물론이고 무공을 익힌 고수들조차 철군패의 강렬한 눈빛에는 심혼이 위축되는데, 온유하는 무공을 익히지 않은 몸으로 감당해내고 있었다.

확실히 온유하는 범상치 않은 부분이 있었다. 철군패와 같은 존재에게도 쉽게 위축되지 않는 대범함이 그녀를 특별하게 만들었다.

먼저 온유하가 입을 열었다.

"구주천가의 온유하가 멸제를 뵙습니다. 정자에 오르시지요."

그녀는 정중했다. 그녀의 격식을 갖춘 초대에 철군패가 고개를 끄덕이며 걸음을 옮겼다.

"고맙소."

천하제일세가의 문상 온유하와 중원에 풍운을 몰고 온 멸제 철군패의 첫 만남이었다.

정자 위에는 온유하가 손수 준비한 차가 차려져 있었다. 그러나 철군패는 차보다 먼저 온유하를 봤다.

온유하는 기억하지 못하겠지만, 그는 이십 년 전 구주천가에서 온유하를 본 기억이 있었다. 이십 년의 세월이 흐른 지금, 그때의 힘없던 꼬마는 절대의 무인이 되어 다시 돌아왔다.

철군패가 온유하에게 정식으로 인사를 했다.

"철군패요. 다들 나를 보고 멸제라고 부르더구려."

"어울리는 별호입니다. 구주천가에 들어오신 것을 진심으로 환영합니다. 사정이 있어 인사가 늦었습니다."

"늦게 찾아와서 미안하오. 나 또한 그럴 만한 사정이 있어 인사를 하는 것이 늦어졌소."

"사내대장부가 큰일을 하다 보면 그럴 수도 있죠. 이해합니다."

온유하는 정중했다. 그녀는 결코 예의를 잃지 않았다. 철군패의 나이를 떠나, 현 무림을 울리는 최고의 고수로서 예의를 다해 맞이하는 것이다.

그것이 온유하의 무서운 점이었다. 온유하는 자신이 갖는 사감(私感)을 떠나 언제든 공적인 태도로 상대를 맞이할 수 있었다. 평소 그녀는 철군패를 탐탁지 않게 생각했지만, 절대로 그런 자신의 생각을 밖으로 표내지 않았다.

온유하가 자리를 권했다.

"앉으시지요. 귀빈이 오셔서 용정을 준비했는데 입맛에 맞을지 모르겠군요. 본성에서는 귀빈에게 용정을 대접하는 것이 전통이랍니다."

"훌륭한 전통 같구려."

철군패가 고개를 끄덕이며 자리에 앉았다. 용정차의 깊은 향기가 코를 자극했다. 용정차 향기에 머릿속까지 모두 맑아지는 것 같았다.

온유하가 직접 끓인 용정차였다. 구주천가에서 온유하가 손수 끓인 차를 마셔본 사람은 몇 명 되지 않았다. 그만큼 온유하가 철군패를 신경 쓴다는 증거이기도 했다.

철군패가 앉자 온유하도 맞은편에 앉았다.

"이야기는 들었지만, 정말 장부시군요. 저는 아직까지 철대협처럼 강인한 기도를 가진 사람은 보지 못했어요. 단월 소저는 제대로 된 남자를 얻으셨군요."

"그건……."

"나쁜 말이 아니에요. 진심으로 하는 말이에요."

"고마워요."

단월은 결국 고개를 끄덕일 수밖에 없었다. 그러면서도 긴장의 끈을 놓치지 않았다. 그녀가 아는 온유하는 결코 순수한 호의로만 칭찬을 하는 사람이 아니기 때문이었다.

"그간 우리 사이에 오해가 몇 가지 있었지만, 오늘의 만남을 기회로 남은 앙금을 모두 털어버렸으면 좋겠군요."

"앙금이라……."

"저는 오해는 대화로 풀 수 있다고 생각하는 사람이에요."

"대화? 좋은 말이군."

철군패가 고개를 끄덕이자 온유하의 표정이 한결 밝아졌다.

철군패를 만나기 전에 온유하는 그에 대해 수많은 자료를 모아 분석했다. 그렇게 해서 내린 결론은 철군패가 누구보다 자존심이 강하단 것이다. 또한 미인계나 회유가 통하지 않을 거란 점이었다.

이제까지 분석한 바에 의하면 여색을 밝히는 성격도 아니었을 뿐더러, 그의 곁에는 단월이라는 절세의 미인이 있었다. 그런 철군패가 다른 여인을 탐할 리 만무했다.

북풍대라는 걸출한 군대를 이끌고 있는 철군패는 그만큼 선이 굵은 남자였다. 큰일을 처리하는 데 있어 한 치의 망설임도 없고, 자신이 확신하는 바에는 온몸을 바쳐 전력을 다하는 진짜 남자다. 강하게 누르면 그 이상의 반발력으로 저항한다는 것을 온유하는 철군패를 통해서 깨달았다.

그러나 온유하는 철군패를 자신의 편으로 회유할 수 있을 것이라 생각했다. 그도 아니면 어느 정도는 이용할 수 있을 것이라 생각했다. 지금까지 보여준 철군패의 능력이나 심기가 결코 녹록치 않았지만, 자신이라면 그를 충분히 설득할 수 있을 것이라 생각했다.

그녀가 철군패를 똑바로 바라보았다.

                    *   *   *

  철군패와 온유하의 은밀한 회담이 이뤄지고 있는 그 시각에
도 구주천가에는 들어오려는 무인들이 줄을 잇고 있었다.
  구주천가의 외성 정문을 지키는 무사들은 눈빛을 예리하게
빛내며 들어오려는 무인들을 주시했다. 하루에도 수십, 수백
명이 구주천가로 들어오고 있었다. 그중에 마해의 간자가 숨
어있지 말란 법은 없었다. 아니, 오히려 간자들이 무인들 틈에
위장해 들어올 가능성이 더욱 농후했다. 그 때문에 정문을 지
키는 무인들은 더욱 철저하게 신분확인을 하고 있었다.
  대문파의 제자나 신분이 검증된 사람들은 그나마 통과하기
수월했지만, 낭인처럼 신분이 불분명한 사람들은 수많은 검증
단계를 통과하고 나서야 구주천가에 들어갈 수 있었다. 그래
도 확실치 않은 사람들에겐 감시자가 따라붙었다.
  구주천가가 마해와의 일전에 얼마나 많은 심혈을 기울이는
지 알 수 있는 대목이었다.
  경비무사들을 이끄는 조장 장산해가 큰 목소리로 외쳤다.
  "통과, 다음!"
  요검방(曜劍房) 서른 명이 통과하고 다음 차례를 기다리던
낭인무사가 앞에 섰다.
  "소속과 신분을 밝히시오."
  "본인의 이름은 이관옥, 별호는 북청룡(北靑龍)이오."

"정말 공자께서 북청룡 이관옥 소협이오?"

장산해가 언뜻 놀란 표정을 지었다.

북청룡 이관옥은 몇 년 전부터 명성을 날리고 있는 청년 고수였다. 비록 오기에는 속하지 못했지만, 제 나름대로 협행과 절륜한 무공으로 명성을 드높이고 있었다. 더구나 외모가 매우 준수해 많은 여무인들이 그를 흠모하고 있다고 했다.

장산해가 유심히 이관옥의 얼굴과 목 부위를 살폈다. 소문에 의하면 이청룡의 오른쪽 목에는 기다란 자상이 있다고 했다. 강호에 출도한지 얼마 안 되어 음적과 싸워 얻은 상처라고 했다.

자세히 살펴보니 과연 소문처럼 긴 자상이 목 부위에 있었다.

"실례지만 이 공자의 사문은 어떻게 되시오?"

"삼양수사(三陽修士) 적천호 대협이 사부가 되시오. 그분께 십 년 동안 사사했소."

"그 말이 정말이시오? 내 소싯적에 적천호 대협에게 도움을 받았던 적이 있었소. 이곳에서 설마 그분의 제자를 만날 줄이야."

장산해의 얼굴에 놀람의 빛이 떠올랐다. 그는 기쁨과 반가움이 혼재된 표정을 짓고 있었다.

거의 아는 사람이 없었지만 장산해는 예전 구주천가에서 받은 임무 때문에 강호에 나간 적이 있었다. 그때 잘못된 정보 때문에 큰 위기에 처한 적이 있었는데, 마침 그때 지나가던 협객 한 명이 그에게 도움을 주었다.

협객의 이름이 바로 삼양수사 적천호였다. 그 이후로 장산해는 적천호를 일생의 은인으로 생각했다. 그런데 몇 년 만에 은인의 제자를 만났으니 그가 얼마나 기뻐하겠는가?

"적천호 대협은 여전히 정정하시오? 근래 강호에서 활동한다는 이야기를 들은 적이 없는데."

"사부님께서는 몇 해 전에 지병을 얻으셔서 더 이상 활동하시지 않소."

"저런! 그분의 무공은 정말 천하의 일절이었는데."

"너무 걱정하실 필요 없소. 사부님의 창룡십팔절(蒼龍十八切)은 나에게 전해졌으니까."

"오오! 정말 다행이구려. 언제고 다시 한 번 그분의 창룡십팔절을 견식했으면 했는데. 혹여 시간이 되시면 견식시켜주실 수 있겠소?"

"물론이오."

이관옥이 힘차게 고개를 끄덕였다. 그러자 장산해의 표정이 더욱 환해졌다.

그가 힘차게 외쳤다.

"통과, 다음!"

그렇게 이관옥은 구주천가의 관문을 통과했다.

이관옥이 통과하는 모습을 보고 경비무사 중 한 명이 장산해에게 속삭였다.

“저자를 이대로 보내줘도 됩니까? 신분확인 절차를 더 거쳐야하는 것 아닙니까?”

“괜찮아. 삼양수사 적천호 대협의 제자라면 믿을 만한 사람이야. 더구나 그분의 절학이 창룡십팔절이라는 사실을 알고 있는 사람은 거의 없어. 그분의 제자가 아니라면 창룡십팔절이라는 단어조차도 알지 못할걸. 더구나 이 공자의 신분 또한 확실하지 않더냐. 그래도 북청룡이라고 하면 강호에서 알아주는 이름이다. 이보다 확실할 순 없다. 내가 책임질 테니까 이관옥 공자에겐 더 이상 신경 쓰지 마.”

“알겠습니다.”

무언가 석연치 않았지만 워낙 장산해가 호언장담하다 보니 경비무사는 수긍할 수밖에 없었다. 더 이상 신경 쓰기엔 대기하고 있는 줄이 너무 길었다.

“신분과 소속을 밝히시오.”

　　　　　　＊　　　＊　　　＊

이관옥은 외성 정문을 통과해 가벼이 걸음을 옮겼다.

그에겐 감시자도 따라붙지 않았다. 장산해가 워낙 호언장담한 탓이었다.

이관옥은 외성의 지리에 무척이나 익숙한 듯 거침없이 걸음을 옮겼다. 그렇게 한참을 걷던 그가 도착한 곳은 외성의 한 저택이었다. 무척이나 허름한 저택 앞에 도착한 그가 문을 두드리자 누군가 문을 열고 고개를 내밀었다.

"어디서 온 분입니까? 이곳은 아무나 들어올 수 없는 곳입니다."

"붉은 꽃비가 내리는 곳에서 왔다."

"그럼?"

문을 연 사람의 눈이 반짝였다. 이관옥이 한 말은 오직 소수의 사람들만이 알고 있는 암호이기 때문이었다. 그가 급히 문을 열어줬다.

안으로 들어가자 일단의 사람들이 모여 그를 바라보고 있었다. 그런데 안으로 걸음을 옮기는 이관옥의 얼굴이 서서히 변해갔다.

거칠던 피부가 하얗게 변하고, 큼직한 이목구비가 오밀조밀하게 변했다.

뚜둑 뚜두둑!

그의 전신에서 뼈마디 맞춰지는 소리가 울려 퍼지고 있었다. 그리고 마침내 사람들 앞에 섰을 때, 이관옥은 전혀 다른 사람이 되어 있었다.

뽀얀 피부의 아름다운 미인. 남자에서 여자로 이관옥의 모습이 바뀐 것이다.

저택 안에 있던 사람들이 여인에게 분분히 인사를 했다.

"대공녀님을 뵙습니다."

"이곳에 오신 것을 진심으로 환영합니다, 대공녀님."

저택의 방문자는 임관설이었다.

붉은 꽃비는 임관설을 가리키는 암호였다. 자유자재로 변신을 하기 때문에 누구도 임관설의 진면목을 알지 못한다. 때문에 그녀는 붉은 꽃비라는 암호로 자신을 증명했다.

다른 이들은 구주천가에 들어오기 위해 갖은 방법을 동원했지만, 임관설은 인간 심리의 맹점을 이용해서 너무나 수월하게 안으로 들어올 수 있었다.

장산해가 구함을 받았다는 삼양수사 적천호는 실은 반천련의 무인이었다. 그가 예전에 장산해를 구한 것도 사실은 의도적인 일이었다.

사람의 심리란 매우 묘해서 자신이 조금이라도 알거나 연관이 있다면 친근하게 느끼는 경향이 있었다. 장산해는 적천호에게 구함을 받았기에 그의 제자를 자처하는 임관설에게 일말의 의심도 품지 않았다. 더구나 적천호의 창룡십팔절은 강호에 거의 알려지지 않은 절기였다. 장산해도 그의 절기가 창룡십팔절이란 사실을 구함을 받았을 때 겨우 알았다. 때문에 임관설이 그런 사실을 언급하자 진짜로 믿어버린 것이다.

그러나 정작 따지고 보면 장산해가 적천호에 대해 알고 있는 사실은 그게 전부였다. 그러면서도 임관설이 적천호의 제자라고 확실히 믿었다. 거기엔 임관설이 북청룡 이관옥의 신분을 도용한 것도 크게 작용했다.

진짜 북청룡 이관옥은 이미 몇 달 전 반천련의 무인에 의해 목숨을 잃었다.

그렇게 반천련의 도움으로 구주천가에 들어온 임관설은 새삼 반천련의 용의주도함에 놀라지 않을 수 없었다.

임관설이 입을 열었다.

"그녀는?"

"안에서 기다리고 계십니다."

"그녀에게 안내하도록."

"저를 따라오십시오."

삼십 대 후반의 남자가 임관설을 안내했다. 그를 따라 도착한 곳은 저택의 가장 심처에 위치한 조그만 방이었다.

"안으로 들어가시지요."

"음!"

임관설이 고개를 끄덕이며 방문을 열고 안으로 들어갔다.

조그만 방은 무척이나 잘 꾸며져 있었다. 비록 방 자체는 초라했지만, 장신구나 가구는 무척이나 화려하면서 아름다워 분위기를 화사하게 만들고 있었다.

화사한 분위기의 방 중앙에 아름다운 중년의 여인이 있었다. 비록 차분한 표정과 분위기를 하고 있었지만, 임관설은 그것이 그녀의 진짜 모습이 아님을 알고 있었다.

임관설이 들어오자 여인이 웃음으로 맞았다.

"호호호! 역시 대공녀님도 무사히 들어오셨군요."

임관설을 맞이하는 여인의 이름은 서문화영이었다. 그리고 임관설이 이제껏 가장 거리를 두었던 사람이기도 했다.

어느 날 대사조에게 달라붙어 갖은 교태를 떠는 그녀의 행태가 임관설의 마음에 들 리 만무했다. 다른 사람들은 서문화영의 아름다운 외모에 넋이 빠졌으나, 임관설은 같은 여자의 직감으로 그녀의 사갈 같은 성격을 파악했다.

대사조의 총애를 한 몸에 받는 여인. 그 때문에 마음에 들지 않아도 두고 볼 수밖에 없었다. 이제까지 그녀와 함께 있는 것을 용케 피해왔지만, 구주천가에 들어온 이상 어쩔 수 없이 많은 시간을 함께해야 했다.

"당신도 무사히 들어왔군요."

"호호! 구주천가는 나에게 있어 집처럼 익숙한 곳이니까요."

서문화영이 교소를 터트렸다.

임관설은 몰랐다. 서문화영이 어떤 과거를 가지고 있는지. 또한 구주천가에 어떤 원한을 가지고 있는지 말이다.

그녀의 원한은 너무나 깊고 넓어서 결코 쉽게 잊을 수 있는 종류의 것이 아니었다. 지난 이십 년 동안 원한을 곱씹으며 살아왔다. 대사조에게 웃음을 팔고, 다른 사조들에게 경멸어린 시선을 받으면서도 서문화영은 차분히 자신의 힘을 키워왔다.

이제 그녀는 과거의 힘을 모두 회복했을 뿐 아니라 오히려 능가할 무력을 갖췄다. 거기에 헌신적으로 그녀를 도와주는 대사조와 반천련까지.

　모든 조건이 무르익었다. 이제는 행동에 옮기는 일만 남았을 뿐이다. 구주천가의 안마당에서 그들의 숨통을 끊을 것이다.

　'오라버니, 아버지. 조금만 더 기다리세요. 가증스런 천가의 족속들을 곧 당신들 곁으로 보낼 테니까요.'

　그녀의 눈가에 악독한 빛이 스치고 지나갔다.

　임관설은 그런 서문화영의 모습을 묵묵히 바라봤다. 누구에게나 사연은 있기 마련이고, 서문화영에게도 말 못할 사연이 있다는 것쯤은 짐작할 수 있었다.

　그녀의 사연이 어떤 것인지는 모르지만, 더 이상 그녀와 얽히는 것은 이곳이 마지막이길 빌었다.

　임관설이 서문화영에게 물었다.

　"이제 어떻게 하면 되나요?"

　"호호! 대공녀께서는 그냥 이곳에 편히 머무르시면 돼요. 때가 되면 자연 알게 되실 거예요."

　서문화영이 교소를 터트렸다. 임관설에게는 그녀의 교소가 왠지 기분 나쁘게 느껴졌다.

제 **8** 장

일만군단(一萬軍團)

　무외곡(無外谷)은 은둔지향의 문파였다. 세속의 일에 별다른 관심이 없기에 현재 무림에서 벌어지는 혈풍에도 별반 반응이 없었다. 무외곡 자체가 워낙 심산유곡에 위치한데다가 세상에 거의 알려지지 않았기에 혈풍에서도 한발 비껴 있었다.

　무외곡으로 들어가는 입구에는 사시사철 안개가 끼어 있었다. 조금만 식견이 있는 자라면 입구의 안개가 자연적으로 형성된 것이 아니란 것을 쉽게 알 수 있었다.

　외부와의 교류가 거의 없는 무외곡이다 보니 자연 찾아오는 사람도 드물었다. 특히 한꺼번에 많은 이들이 찾아오는 경우는 거의 없었다. 그 때문에 무외곡은 사시사철 적막했다.

쿵 쿵!

적막에 휩싸여있던 무외곡의 입구에 갑자기 거친 발자국 소리가 울려 퍼졌다.

한두 명의 발소리가 아니었다. 수십, 수백 명 이상이 한꺼번에 움직일 때 나는 발소리가 울려 퍼지고 있었다. 그 여파로 무외곡의 입구를 휘감고 있는 안개가 흔들렸다.

마침내 무외곡의 입구에 수백 명의 사람들이 모습을 드러냈다. 하나같이 중무장을 한 무인들이었다. 무인들은 초점이 잡히지 않는 시선으로 무외곡을 바라보고 있었다.

그때 무인들이 양쪽으로 갈라지며 뒤쪽에서부터 한 남자가 걸어 나왔다. 기이한 분위기를 물씬 풍기는 남자는 바로 신도제원이었다.

이 순간 신도제원은 기이한 미소를 짓고 있었다. 보는 이의 영혼을 빼앗을 듯한 사이한 미소였다. 그의 미소에 수백 명의 무인들 역시 비슷한 미소를 지었다.

수백 명의 사내들은 마치 신도제원과 같은 감정, 같은 감각을 공유하는 듯 그와 비슷하게 행동했다. 그러나 신도제원은 전혀 놀라거나 이상하게 여기지 않았다. 그에겐 이미 익숙한 일이었기 때문이다.

"그럼 시작해볼까?"

신도제원의 입꼬리가 슬쩍 말려 올라갔다.

그의 말이 채 끝나기도 전에 수백의 무인들이 어기적거리며 무외곡을 향해 걸어가기 시작했다.

무외곡의 안개는 바로 진법에 의해서 형성된 것이었다. 때문에 그 파해법이나 생문을 정확히 알지 못하면 피해가 커질 수밖에 없었다. 그런 사실을 분명히 알고 있을 텐데도 무인들은 망설이지 않았다.

츠으으!

무인들이 안개바다에 들어서자 풍경이 변하며 진이 발동했다. 그러나 무인들은 주위의 변화에도 아랑곳하지 않고 무외곡 안으로 걸음을 옮겼다.

진법이 발동해 감각기관을 왜곡하고 있었지만, 무인들의 발걸음에는 거침이 없었다. 어찌 보면 그들은 전혀 진의 영향을 받지 않는듯했다.

이제껏 수십 년 동안 무외곡을 외부의 침략에서 지켜주었던 안개의 바다가 너무 쉽게 뚫렸다. 안개의 바다를 뚫고 침략한 무인들은 무외곡으로 달려가기 시작했다. 그들의 손에는 날이 시퍼렇게 벼려진 무기가 들려 있었다.

"적이다. 적이 습격해왔다."

댕댕댕!

뒤늦게 무외곡의 무인들이 습격을 알아차리고 비상종을 울렸다. 비상종 소리가 무외곡에 널리 울려 퍼지며 방심하고 있던 무인들이 쏟아져 나왔다.

"누구냐?"

“감히 허락도 없이 무외곡을 침범하다니? 횡액을 당하기 전에 스스로 정체를 밝히거라.”

그러나 침입한 무인들은 대답은커녕 오히려 무외곡의 무인들을 향해 무서운 속도로 쇄도해들었다.

콰콰콰!

그들의 무기에서 터져 나오는 거친 기파.

다짜고짜 무기를 휘두르는 무인들의 공세에 맞서 무외곡의 무인들이 맞부딪쳐갔다.

까가강!

곳곳에서 무기 부딪히는 소리와 함께 불꽃이 튀었다.

뒤늦게 나온 무외곡의 곡주 장무양은 눈앞에서 펼쳐지는 처절한 광경에 경악을 금치 못했다.

“도대체 이게 무슨 일이란 말인가? 저들의 정체가 무엇이기에?”

은둔지향의 무외곡이었다. 이제껏 강호활동을 거의 하지 않았으니 원한을 맺은 적도 없었다. 아무리 생각해봐도 무외곡이 타인에 의해서 습격을 받을 이유가 없었다.

한동안 습격한 자들을 살피던 장무양은 한 가지 사실을 알 수 있었다.

“저들은 숭양문도가 아닌가? 대체 숭양문도가 왜?”

외부와 거의 교류가 없는 무외곡이었지만, 숭양문은 이곳에서 그리 멀지 않은 곳에 위치했기에 두어 번 가봐 몇몇 사람들을 기억했다.

"멈추시오. 도대체 숭양문이 왜 본 무외곡을 공격하는 것이
오?"

그러나 그의 외침에도 불구하고 숭양문도들은 공격을 멈추
지 않았다.

장무양은 혼란스러웠다.

그가 아는 숭양문은 함부로 타 문파를 공격할 문파도 아니
었을 뿐더러 무외곡과의 사이도 나쁘지 않았다. 전혀 공격할
이유가 없는 것이다.

주위를 두리번거리던 그의 눈에 숭양문주 정양곤이 들어왔
다. 장무양은 망설이지 않고 정양곤을 향해 몸을 날렸다.

"멈추시오, 정 문주. 수하들을 멈추게 하시오. 이러다간 서
로 피해만 커질 뿐이오. 무외곡과 숭양문이 싸울 이유는 아무
것도 없잖소."

쉬악!

그러나 정양곤은 대답 대신 검을 휘둘러 장무양을 공격했
다. 장무양이 그의 공격을 피하며 다시 한 번 외쳤다.

"정 문주, 정신 차리시오."

"죽인다."

정양곤이 살기를 터트리며 다시 장무양에게 달려들었다.

'지금 정 문주는 정상이 아니다. 정 문주뿐만 아니라 지금
공격하고 있는 숭양문의 제자 전체가 정상이 아니다.'

　장무양은 직감적으로 이들이 정상이 아님을 깨달았다. 초점이 풀린 눈동자가 그랬고, 아무런 이유도 없는 공격이 그 사실을 증명해주고 있었다.

　친하게 지낼 이유도 없지만, 그렇다고 원수가 될 이유도 없는 숭양문과 정양곤이었다. 그러니 이렇게 죽기 살기로 덤빌 이유도 없었다.

　"나를 용서하시오, 정 문주. 챠핫!"

　장무양이 자신의 절기인 산월선법(散月扇法)을 펼쳤다. 마치 아무것도 없는 허공에 달무리가 흩어지는 것처럼 몽환적인 선법이 펼쳐졌다.

　장무양의 섭선이 허공을 가르며 은색 실선을 만들어냈다. 은빛의 궤적은 정확하게 정양곤의 손목을 노리고 있었다. 그러나 정양곤은 손목을 교묘하게 꺾으며 장무양의 공격을 흘리고 반격을 했다.

　쐐액!

　정양곤의 주먹이 무서운 기세로 장무양의 콧등을 향해 날아왔다. 그의 주먹에 맞았다가는 코뿐만 아니라 얼굴 전체가 함몰될 것이 분명했다.

　장무양은 급히 고개를 숙이며 산양타종(山羊打鐘)의 수법으로 반격을 했다.

　파바방!

　두 사람의 절기가 허공에서 부딪히면서 공기 터져나가는 소리가 연신 울려 퍼졌다.

두 사람의 무력은 호각이었다. 때문에 쉽게 결판이 나지 않고 싸움이 길어질 수밖에 없었다.

우웅!

그 순간 장무양의 얼굴이 크게 일그러졌다. 갑자기 진원을 알 수 없는 공명음이 머릿속에서 웅웅 울렸기 때문이다. 고막을 통해 침투한 소음이 그의 뇌를 자극하며 고통을 주고 있었다. 마치 모기가 머릿속에서 날갯짓을 하는 듯한 소름끼치는 느낌에, 장무양이 더 이상 섭선을 휘두르지 못하고 양손으로 귀를 막았다.

"크으윽!"

장무양의 입에서 고통에 가득 찬 신음소리가 흘러나왔다. 아니, 장무양뿐만이 아니었다. 무외곡의 모든 무인들이 이 순간 무릎을 꿇고 장무양과 같은 신음소리를 흘리고 있었다.

정양곤과 숭양문의 제자들은 무기를 휘두르는 것을 멈추고 멍하니 그 광경을 바라보았다. 초점 없는 그들의 눈동자에는 일말의 감정도 담겨있지 않았다.

마치 처음부터 그럴 줄 알았다는 듯한 표정이었다.

"으으으! 제발…… 이 소리를 멈춰……."

마치 귀에서 악마가 속삭이는 듯하다. 무어라 알아들을 수도 없는 말을 끊임없이 속삭이는 목소리에 뇌가 과부하로 터질 듯했다.

　온몸의 신경이 확장되고, 모공이란 모공이 활짝 열렸다. 고막을 자극하는 나직한 속삭임에 동공이 팽창하며 활짝 열렸다. 그 상태로 장무양은 한참 동안 움직이지 못했다. 그것은 무외곡의 다른 무인들 역시 마찬가지였다.

　수백 명의 무인들이 바닥에 무릎을 꿇고 꺽꺽대는 모습은 음산한 공포마저 자아냈다.

　그때 숭양문 무인들 사이에서 신도제원이 조용히 모습을 드러냈다. 유난히도 차갑게 빛나는 그의 눈빛.

　정양곤과 숭양문의 무인들이 일제히 그에게 고개를 숙이며 복종의 태도를 취했다.

　"후후!"

　신도제원이 나직한 웃음을 흘렸다.

　그 누구도 그의 손에서 벗어날 수는 없다. 그가 마음만 먹는다면 그 누구라 할지라도 그의 충복이 되고 만다.

　마치 역병이 주변에 있는 모든 것을 감염시키듯 주위의 사람을 자신의 사고로 물들이는 가공할 능력.

　일종의 정신감응력(情神感應力)이었다.

　본래부터 타고 태어난 강인한 정신력과 무공이 합쳐지면서 대사조는 불가사의한 능력을 갖게 됐다.

　상대의 정신을 빼앗아 자신의 것으로 만드는 능력. 다른 사람의 정신을 많이 빼앗을수록 그의 능력은 점점 더 강해진다. 공포는 다른 사람의 정신을 빼앗고 그의 수족으로 만든다. 공포가 강하면 강할수록 다른 사람의 정신을 빼앗는 것이 수월 해진다.

처음 한 명이 어려울 뿐이다. 하지만 다음 한 명은 처음 한 명보다 쉽고, 그다음 두 명은 더욱 쉬워진다. 마치 눈덩이가 구르며 몸집을 불리듯, 순식간에 그렇게 자신의 수족을 만들 어내는 것이다.

이사조 경율진이 그렇게 탐내하던 권능. 수많은 대법과 실 험을 통해 얻으려고 하던 무소불위의 힘.

지금 이 순간 신도제원은 자신의 권능을 최고조로 발휘하고 있었다. 숭양문의 무인들과 싸우느라 온 신경을 집중하고 있 던 무외곡 무인들은 그런 신도제원의 권능에 급속도로 잠식당 해갔다.

"후후후!"

신도제원이 다시 음산한 웃음을 흘렸을 때는 이미 무외곡 무인들의 눈빛이 바뀐 뒤였다. 그들의 눈빛은 숭양문의 무인 들과 비슷해져 있었다. 문주인 장무양도 마찬가지였다.

그가 약간은 몽혼한 눈으로 신도제원을 바라보다 이내 그의 뒤에 조용히 시립했다.

"후후후! 반천련주, 나를 이용하려고 하나? 그렇다면 얼마든지 이용당해주지. 너의 적들은 모두 나의 수하가 될 테니까."

신도제원이 걸음을 옮겼다. 수백의 무인들이 그의 뒤를 따 르고 있었다. 올 때는 혼자였지만, 갈 때는 수백의 무인들을 거느린 것이다. 그리고 시간이 갈수록 그를 따르는 무인들의 수는 늘어날 것이다.

대사조 신도제원.

그가 몰고 온 바람이 북쪽을 휩쓸고 있었다.

*   *   *

철군패와 단월은 온유하의 거처를 빠져나와 함께 걸었다.

철군패의 얼굴엔 은밀한 미소가 걸렸다. 그런 철군패를 향해 단월이 한마디 했다.

“여우.”

“엉? 내가?”

“그래! 호호! 난 그녀의 표정을 보고 웃겨 죽는 줄 알았어.”

갑자기 꺄르르 웃음을 터트리는 단월이었다. 생각만 해도 통쾌해 죽겠다는 표정이었다. 철군패는 그런 단월을 의문어린 시선으로 바라봤다.

“왜?”

“왜라니? 너 때문에 그녀가 그토록 당황해했는데, 너는 통쾌하지 않단 말이야?”

“뭘 그런 걸 가지고 통쾌할 것까지야.”

“너는 말이야, 이상하게 상대로 하여금 선입견을 가지게 만들어. 드러난 정황이나 상황을 보면 굉장히 똑똑하고 냉철할 것 같다는 판단이 들긴 하는데, 직접 대면하게 되면 그 큰 덩치 때문에 자신도 모르게 선입견을 갖게 되어 판단이 흐려지지. 그것은 온유하에게도 예외가 아니었어. 그녀는 이제까지 열심히 너에 대해서 분석하고 판단했을 거야. 그리고 그 결과를 바탕으로 자신에게 유리하게 협상을 이끌어가려고 했을 거야. 그런데 너는…… 호호호!"

단월이 다시 웃음을 터트렸다. 다시 생각해봐도 통쾌하다는 표정이었다.

철군패가 피식 웃었다. 단월이 웃는 모습을 보니 괜히 기분이 좋아졌기 때문이다.

온유하는 최선을 다해 철군패를 구주천가 쪽으로 회유하려 했다. 분명 그녀가 제시하는 조건은 무척이나 매력적인 것이었다. 만일 단월이 그의 곁에 없었다면, 그리고 철군패라는 인간 자체가 누군가의 밑에 있는 것을 죽도록 싫어하는 성향이 아니었다면 충분히 수긍할 만한 조건이었다.

온유하에게는 불행하게도, 철군패는 그녀의 조건을 거절했다. 그렇다고 해서 무작정 거절만 한 것은 아니었다. 철군패는 대등한 조건에서의 협력을 약속했다. 온유하의 명을 듣는 것이 아니라 철군패가 독자적으로 권한을 갖고 움직이기로 약속한 것이다. 온유하로서는 파격적인 대우를 해준 것이나 다름없었다. 이제까지 그녀를 만나 이런 대우를 받은 사람은 오직 철군패밖에 없었다.

온유하는 그 정도로 철군패를 높게 평가했다. 그리고 그의 성향을 단숨에 파악했다. 상대가 강하게 나오는데 자신까지 강하게 나간다면 남는 것은 결국 파국뿐이다. 온유하는 철군패라는 강자에게 일단 자신을 숙였다. 하지만 손해 본 듯하면서도 그녀가 손해 본 것은 전혀 없었다. 오히려 나중에 철군패를 움직일 명분이 생겼다. 철군패에게 합당한 대우를 해줬으니, 나중에 무리한 부탁을 하더라도 철군패는 쉽게 거절할 수 없는 것이다.

그런 폭넓은 용인술이 온유하의 장점이었다. 이십 년 전에 천우진이라는 존재를 경험한 온유하는 그 정도 경지의 강자들을 상대하는 요령을 터득한 것이다.

'온유하, 확실히 보통 여인은 아니다. 구주천가를 이끌어가는 두 명의 여인 중 한 명이라는 명성이 결코 헛된 것이 아니었다.'

철군패는 웃었다.

비록 무력은 거의 없다시피 하지만, 그 두뇌만으로도 천하를 움직이는 온유하가 새삼 다르게 보였다. 그렇게 온유하를 만나보니 또 다른 여걸인 혁련청화는 어떤지 궁금해졌다.

천우경을 제외하면 구주천가 최강의 무인이라 불리는 여인이었다. 그녀는 여인의 몸으로 신주십대고수를 능가하는 위명을 지녔다. 그녀가 신주십대고수에 들지 못한 것은 결코 실력이 모자라서가 아니라, 그녀의 성향 자체가 밖으로 나도는 것을 싫어했기 때문이다. 실력을 외부로 보이지 않으니 평가할 기회가 없었고, 그러다 보니 사람들은 그녀가 신주십대고수에서도 최상위에 속할 무력을 가지고 있다고 짐작하면서도 막상 신주십대고수에는 포함시키지 않았다.

"뭐, 기회가 있다면 언젠가 만나겠지."

철군패가 생각한 기회는 생각보다 빨리 찾아왔다.

찌릿!

갑자기 관자놀이를 자극하는 차가우면서도 섬뜩한 기운.

철군패가 고개를 들었다.

전방에는 아무도 없었다. 주위에도 누구 한 명 보이지 않았다. 그런데도 누군가가 주시하는 느낌이 들었다. 아니, 분명 누군가가 주시하고 있었다. 자신의 존재감을 숨기지 않고, 오히려 버젓이 드러내면서 말이다.

"초대인가?"

"초대? 그게 무슨 말이야?"

단월이 고개를 갸웃거렸다. 철군패가 느낀 차가운 시선을 단월은 느끼지 못했다. 바로 옆에 있는 단월이 눈치채지 못할 만큼 은밀하면서도 철군패에게는 확실한 존재감을 드러내는 시선의 주인.

철군패는 예전에도 이런 시선을 느껴본 적이 있었다. 비록 단 한 번뿐이지만 그때의 느낌을 확실히 기억하고 있었다.

철군패는 거침없이 시선이 느껴지는 방향으로 향했다. 단월이 의문어린 시선으로 바라보면서도 뒤쳐질세라 그의 곁을 잰 걸음으로 따랐다.

철군패가 도착한 곳은 바로 문상부에서 그리 멀리 떨어지지 않은 곳에 위치한 무상부였다. 마치 그를 기다리고 있는 것처럼 무상부의 정문은 활짝 열려 있었으며 지키고 있는 사람마저 없었다.

철군패는 거침없이 걸음을 옮겼다.

무상부, 문상부와 함께 구주천가를 떠받치는 두 개의 기둥 중 하나였다. 그런 무상부는 텅 비어 있었다. 평소에도 사람이 많은 것은 아니었지만, 그래도 최소한 일하는 사람들과 무상 혁련청화의 수하들만큼은 자리를 지켰는데, 오늘은 그마저도 없었다.

철군패가 향한 곳은 텅 빈 연무장이었다.

뜨거운 태양이 작열하는 연무장 한가운데 한 자루의 창이 꽂혀 있었다. 청석 바닥에 거꾸로 꽂혀있는 창대가 온통 검은색으로 번들거리고 있었다.

검은 창 바로 곁에는 한 명의 여인이 가부좌를 틀고 앉아 있었다. 여인으로서의 느낌보다 무인으로서의 느낌이 더욱 강한 존재의 등장에 단월의 얼굴에 긴장의 기색이 역력하게 떠올랐다. 한눈에 여인의 정체를 알아본 것이다.

'무상 혁련청화. 그녀가 왜?'

가부좌를 틀고 앉은 여인은 분명 혁련청화였다. 세상에 수많은 여무인들이 있지만, 창 한 자루로 하늘을 관통할 듯한 날카로운 예기를 뿌리는 여인은 오직 혁련청화 한 명뿐이다.

단월이 철군패를 올려다봤다. 그 순간 철군패는 혁련청화를 바라보고 있었다. 그는 본능적으로 자신을 살펴보던 여인이 혁련청화였음을 깨달았다.

심안을 넘어선 관안(貫眼)의 경지.

육체의 눈이 아닌 영혼의 눈으로 상대를 살피는 지고한 경지. 절대를 넘어서고 광륜이라는 틀마저 벗어던진 자들만이 얻을 수 있는 능력 중 하나가 바로 관안이었다.

관안으로 철군패를 살핀 혁련청화나, 그런 혁련청화가 보낸 영혼의 눈길을 느끼고 반응한 철군패나, 둘 모두 이미 인간의 경지를 벗어나 있었다.

혁련청화가 눈을 떴다.

그녀의 입가에 한 줄기 미소가 맺혀 있었다. 자신의 시선에 반응해 이곳까지 찾아온 철군패에게 놀라는 한편, 자신의 기대감이 어긋나지 않았다는 사실에 기분이 좋았다.

혁련청화의 눈은 마치 얼음처럼 시리도록 차가운 빛을 담고 있었다. 마치 두 눈에 빙정을 박아 넣은 느낌이었다. 단월은 직접 그녀의 시선과 마주하는 것이 아닌데도 자신의 두 눈이 그대로 얼어붙는 것 같은 통증을 느꼈다.

그러나 정작 혁련청화의 시선을 정면으로 받고 있는 철군패의 표정은 태연하기만 했다. 혁련청화의 시리도록 차가운 시선에도 그의 철안에는 한 치의 흔들림도 없었다.

혁련청화의 입가를 타고 한 줄기 호선이 번져갔다.

"대단하구나. 나의 시선을 느끼고 이곳까지 찾아오다니."

"누군가 나를 엿보는 것은 딱 질색이니까."

철군패가 대수롭지 않다는 듯이 대답했다. 하지만 그의 대답처럼 별것 아닌 일은 결코 아니었다.

혁련청화의 시선을 느꼈다는 것 자체가 그의 경지가 혁련청화보다 못하지 않다는 사실을 알려주는 증거였다. 사십 년 이상의 세월을 오직 무공일도에만 전념한 혁련청화였다. 더구나 얻은 기연이 적지 않아 칠백 년 전의 초인인 빙마후 예운향의 천빙요결을 익혔으며, 전대의 천하제일인 관철악의 도움을 받아 새로운 경지를 개척할 수 있었다.

노력과 기연, 그리고 구주천가의 전폭적인 지원이 없었다면 지금의 경지는 불가능했다. 그렇게 큰 혜택을 등에 업고도 지금의 경지에 오르기까지 걸린 세월이 사십 년이 넘었다. 그런데 지금 그녀의 눈앞에 있는 철군패는 어떠한가?

아직 서른이 되지 않은 나이였다. 자신처럼 거대문파의 집중적인 후원을 받은 것도 아닐진대, 어떻게 저런 경지에 이른 것인지 궁금하기까지 했다.

갑자기 호승심이 생겼다. 처음에는 그저 지켜만 볼 생각이었다. 멸제라는 이름이 하도 구주천가를 흔들고 있어 호기심이 생겼기 때문이었다. 그러나 그녀의 생각은 철군패가 생각보다 강하다는 사실을 깨달으면서 변했다.

눈앞에 강한 상대가 있었다. 이십 년 전 그날 이후, 혁련청화는 단 한 번도 전력을 발휘한 적이 없었다. 차갑게 식었다고 생각했던 피가 다시 뜨겁게 끓어오르고 있었다. 철군패의 박력이 이제까지 억눌려 있던 혁련청화의 승부욕을 일깨운 것이다.

"훗!"

혁련청화의 입꼬리가 말려 올라갔다. 그녀의 표정 변화가 무엇을 뜻하는지 모를 철군패가 아니었다. 그의 눈빛이 깊이 침전됐다.

"군패야?"

곁에서 단월이 불렀지만 그녀의 목소리는 귀에 들어오지도 않았다.

뚜둑!

대답대신 철군패가 목을 좌우로 꺾었다. 그러자 섬뜩한 파골음이 울려나왔다. 이것이 그의 대답이었다.

그 모습을 보며 혁련청화가 차갑게 중얼거렸다.

"듣던 대로 광오하구나. 하긴 사내로 태어났으면 그만한 배포는 있어야지."

아직도 그녀의 기억을 온통 장악하고 있는 한 남자의 모습이 떠올랐다. 그녀에게 있어 남자의 기준은 그였다. 그에 미치지 못하는 사내는 남자로서 자격이 없다고 생각했다. 과연 눈앞에 있는 거구의 사내가 그녀가 생각하는 남자로서의 기준을

채울 수 있을지 궁금했다.

왜 싸우는지 이유는 없었다. 그저 무인과 무인이 만났기에 싸울 뿐이었다. 철군패나 혁련청화 두 사람 중 누구도 그 점에 의문을 갖지 않았다. 그런 면에서는 두 사람 모두 상당히 비슷한 부분이 있었다.

혁련청화가 철군패를 향해 걸음을 옮겼다. 마치 꽃구름을 산책하는 듯 가벼우면서도 몽환적인 그 보법의 이름은 화운신보(華雲神步)였다. 지난 이십여 년 동안 그녀가 터득한 보법이었다.

창은 여전히 청석 바닥에 꽂혀있는 상태였다. 창을 들지도 않고 다가오는 그녀의 모습은 언뜻 보면 무방비상태 같았다.

쩌적!

혁련청화가 내딛는 대지가 얼어붙었다. 이어 한기의 폭풍이 철군패를 향해 들이닥쳤다.

혁련청화는 움직이는 얼음폭풍이었다. 그녀의 호흡이 닿는 모든 것이, 그녀의 눈빛에 보이는 모든 것이 얼어붙어갔다. 만일 철군패의 거대한 동체가 한기를 막아주지 않았다면 단월 역시 위험한 상황에 처할 뻔했다. 단월은 급히 내공을 끌어올려 전신의 심맥을 보호하며 뒤로 물러났다. 한기를 흡입했다가는 그대로 폐가 얼어붙을 것만 같은 느낌이 들었다.

후읍!

그렇게 지독한 한기 속에서도 철군패는 아무렇지도 않은 듯 나직하게 호흡을 하며 혁련청화를 향해 걸음을 옮겼다.

쿵!

혁련청화의 발걸음과는 차원이 다른 무거움이 담겨 있는 걸음이었다. 바로 천하에서 가장 무거운 걸음걸이인 만중보가 펼쳐진 것이다.

얼음의 폭풍이 몰아치고 있었지만, 그는 아랑곳하지 않았다. 혹독한 주위에 반응해 파멸력이 요동치기 시작했다.

치익!

철군패의 몸 주위로 물이 끓는 소리와 함께 자욱한 김이 피어오르기 시작했다. 파멸력이 공기를 달궈 수증기가 생겨나는 것이다. 그 모습에 혁련청화의 눈에 이채가 떠올랐다. 그 모습을 보는 것만으로도 철군패가 얼마나 강력한 내공을 소유하고 있는지 알 수 있었다.

혁련청화가 뒤로 손을 뻗었다. 그러자 청석에 박혀있던 창이 마치 보이지 않는 실로 끌어당기는 것처럼 그녀의 손에 착 감겨들었다. 아니, 자세히 보면 그녀의 손과 창 사이에는 세 치의 공간이 존재했다. 그녀의 손에서 약간 떨어진 채 창이 스스로 회전을 하고 있었다.

그 모습을 보며 철군패가 중얼거렸다.

"이기어창(以氣馭槍)인가?"

그리 놀라운 일도 아니다. 혁련청화와 같은 경지의 고수라면 오히려 이기어창을 사용하지 못하는 것이 이상하게 보일 정도였다.

슈류류!

혁련청화의 손이 철군패를 가리키자 창이 의지를 갖고 살아 있는 생명체처럼 철군패를 향해 날아왔다. 그런데 단순히 날아만 오는 게 아니었다. 바로 빙기(氷氣)의 폭풍을 흩뿌리며 날아왔다.

혁련청화는 본신이 아닌 손을 떠난 매개체를 통해서도 빙기를 마음대로 조종할 수 있는 경지에 올랐다. 그야말로 전인미답의 경지를 밟고 있는 셈이었다.

철군패도 언제까지나 감탄만 하고 있지는 않았다. 그는 지금 이 순간만은 혁련청화가 자신의 적이라는 사실을 명확하게 인지하고 있었다. 그의 허리가 뒤로 한껏 젖혀진다 싶더니 지독할 정도로 단순한 일권을 내뻗었다. 바로 극강의 일격포였다.

쾅!

그의 거대한 주먹과 혁련청화의 창이 부딪치면서 폭음이 터져 나왔다. 그로 인해 창의 궤적이 바뀌었다. 충격을 이기지 못하고 튕겨나간 것이다. 하지만 혁련청화의 표정에는 아무런 변화도 없었다. 마치 그럴 줄 알았다는 듯이 그녀가 허공에서 손을 휘저었다. 그러자 튕겨나가던 창이 다시 휘돌며 철군패를 향해 날아왔다.

카카캉!

창과 철군패의 격돌이 이어졌다.

애초부터 철군패에게 불리한 싸움이었다. 혁련청화는 멀찍이 떨어져서 자신의 기로써 창을 조종해서 아무런 타격도 입지 않았다. 철군패는 그런 공격을 자신의 온몸으로 감당해야만 했다. 철군패의 가공할 공력이 담긴 주먹에도 혁련청화의 창은 튕겨나가기만 할 뿐, 별다른 타격을 입지 않았다. 오히려 시간이 지날수록 창의 공격은 더욱 정묘해지고 날카로워졌다. 더구나 지독한 빙기를 내뿜고 있었기에 약간만 방심해도 피부에 살얼음이 끼었다.

그 모습에 단월의 눈이 크게 떠졌다. 철군패를 만난 이후 그가 이렇듯 몰리는 모습은 처음 봤기 때문이다.

지난 이십 년 동안, 혁련청화는 자신을 가로막은 벽을 수없이 깨부수면서 엄청난 경지에 올랐다. 단월은 바로 눈앞에서 지금까지 감춰져 있던 그녀의 무력을 보고 있었다.

철군패가 밀리고 있었다. 혁련청화의 창은 점점 날카로워져 철군패를 구석으로 밀어붙이고 있었다. 하지만 숨을 죽이고 두 사람이 싸우던 광경을 바라보던 단월은 무언가 이상한 점을 느꼈다.

바로 두 사람의 표정 차이였다. 밀리는 철군패의 얼굴은 평온한데, 밀어붙이는 혁련청화의 얼굴에는 굵은 땀방울이 송골송골 맺혀 있었다.

단월이 모르고 있는 사실이 하나 있었다.

기로써 무기를 제어하는 이기어창 같은 경우, 본신과 무기는 떨어져 있지만 기와 심령으로 연결되어 있었다. 때문에 직접적인 타격을 받지는 않지만 심령과 심맥에 타격을 받기 마련이다. 하지만 그런 사실을 아는 무인은 그리 많지 않았다. 대부분의 사람들은 그런 사실을 모르고 그저 이기어검술이나 이기어창술을 쓸 줄 알면 무적(無敵)이라고 생각하는 것이 현실이었다. 그리고 그것은 무공의 수위가 그리 높지 않은 단월도 마찬가지였다.

이기어창술은 엄청난 양의 내공을 소모한다. 그나마 혁련청화 정도의 고수가 되니까 끊임없이 이기어창술을 유지하는 것이지, 일반 무인이었다면 한 번 움직이는 것으로 모든 내공을 소진하고 말았을 것이다.

혁련청화의 미간에 골이 패였다. 이기어창을 이용하고도 이렇게 진전이 없던 적은 처음이었다.

'결국 직접 움직여야 하나?'

이기어창을 이용해 철군패와 격돌하고 나서 깨달은 게 있다면 그와 같은 경지에 이른 고수들 사이에서 이기어창과 같은 격체무공(隔體武功)은 아무런 소용이 없다는 것이다. 역시 직접 몸으로 부딪치는 것이 최고였다.

"하지만 그전에⋯⋯."

혁련청화가 입술을 지그시 깨물며 엄청난 공력을 창으로 전달했다.

쐐애액!

그 순간 창이 맹렬하게 회전을 하며 철군패의 정수리를 향해 날아왔다. 혁련청화의 전 공력이 투입되어 있어 어마어마한 파괴력을 내포하고 있었다.

창이 회전을 하면서 공기에 와류를 일으키며 엄청난 인력(引力)이 형성됐다. 땅거죽이 일어나고, 바닥에 굴러다니던 자갈이 허공으로 떠오르는가 싶더니 이내 먼지가 되어 비산했다. 이제까지와는 차원이 다른 위력이었다.

철군패는 피하지 않았다. 그의 대지는 뿌리를 내린 듯 굳건하게 박혀 있었다.

철군패의 철안이 강렬한 빛을 토해낸 것은 바로 그 순간이었다.

"챠핫!"

철군패의 외침과 함께 혈륜마화포(血輪魔火砲)가 펼쳐졌다.

주먹과 창이 허공의 일점(一點)에서 격돌했다.

쩌어엉!

공간을 송두리째 뒤흔드는 날카로운 충격파가 사방으로 뻗어나갔다. 끝이 보이지 않는 무저갱으로 추락하는 듯한 느낌에 단월이 두 귀를 막고 몸을 잔뜩 움츠렸다. 이 순간, 단월은 자신의 심장이 터져나가는 줄 알았다.

충격파가 사라지고 난 이후에도 단월은 쉽게 몸을 일으키지 못하고 위 속의 내용물을 모조리 토해내야 했다. 그렇게 겨우 정신을 차린 단월이 전면을 바라보았다.

혁련청화와 철군패는 여전히 대치하고 있었다. 철군패의 발치에는 산산이 부서진 창이 나뒹굴고 있었다.

부르르!

부서진 창을 바라보는 혁련청화의 어깨에 잔떨림이 일어났다. 이름 있는 신병은 아니었지만, 꽤나 오랫동안 사용해서 손에 익은 창이었기 때문이다.

혁련청화의 눈빛이 더욱 깊이 가라앉았다.

이제 그녀는 상대의 역량을 어느 정도 깨달을 수 있었다.

상대는 최강이었다.

이제까지 그녀가 상대해본 그 어떤 무인들보다 강력한 존재.

이자를 상대하기 위해서는 그녀 역시 전력을 다해야 했다. 하지만 그녀가 전력을 다한다면 무상부는 흔적도 없이 사라지고 말리라.

"그래도……."

혁련청화가 천빙요결을 다시 한 번 극성으로 끌어올렸다. 그녀의 호흡에 대기의 수증기가 급속도록 얼어붙어갔다.

그때 들려오는 낯익은 음성이 있었다.

"괜찮으십니까?"

"무상."

바로 무상부의 무인들이었다.

혁련청화가 물렸던 무상부의 무인들이 엄청난 굉음에 놀라 달려온 것이다. 그들은 혁련청화의 안위를 걱정해서 달려온 것이지만, 정작 당사자인 그녀의 얼굴은 찌푸려졌다. 어떤 소란이 벌어지더라도 개입하지 말라고 했던 그녀의 명령이 지켜지지 않았기 때문이다. 하지만 꼭 그들에게 뭐라고 할 수도 없는 것이, 다른 무인들이었다 할지라도 이 정도 소란이 일어났으면 분명 개입했을 것이기 때문이다.

무상부의 무인들이 철군패를 노려보며 살기를 발산했다. 보통 사람이었다면 살기만으로도 심신이 위축되고 말았을 테지만, 철군패는 그저 허리를 펴는 것만으로 그들의 분노어린 시선을 가볍게 무시했다.

혁련청화가 손을 들어 그들을 제지했다.

"됐다."

"하지만……."

"그와 나의 사적인 비무였다. 너희들이 개입할 일이 아니다."

"죄송합니다."

그제야 무상부의 무인들이 자신들이 섣불리 행동했음을 깨닫고 사과했으나 이미 때가 늦었다. 흥이 깨진 것이다.

"다음에 보지."

철군패가 몸을 돌려 무상부를 걸어 나갔다. 그러나 혁련청화는 그를 붙잡지 못했다. 더 이상 그와 겨룰 명분이 없는 것이다. 아무런 명분도 없이 즐기던 비무는 자신의 부하들이 망쳐놓지 않았는가.

"휴!"

혁련청화가 나직이 한숨을 내쉬며 돌아섰다.

순간 그녀의 안색이 미미하게 찌푸려졌다. 갑자기 가슴에 격통이 몰려오면서 울혈이 느껴졌기 때문이다.

'이 정도였던가? 멸제.'

그녀는 억지로 울혈을 누르며 걸음을 옮겼다. 그런 그녀의 얼굴은 더할 수 없이 침중해져 있었다.

*　　　*　　　*

그 순간, 온유하는 한 통의 급보를 받고 있었다.

북쪽에 괴인이 나타났다는 소식이었다.

처음에 그가 나타났을 때는 분명 혼자였다. 하지만 숭양문과 무외곡을 방문하면서 그를 따르는 무인의 숫자는 크게 늘어났고, 지금은 다시 천 명에 육박한다는 이야기가 들리고 있었다.

"도대체……."

온유하의 눈빛이 침중해졌다.

철군패와의 협상을 성공적으로 끝낸 지 얼마나 되었다고 또다시 새로운 세력의 출현이란 말인가?

지금 당장은 크게 위협이 될 만한 숫자는 아니었지만, 문제는 계속해서 그가 이끄는 무인들의 숫자가 늘어난다는 점이다. 마치 주위의 세력을 전부 흡수라도 하듯이 말이다.

“정말 자신이 방문한 세력을 흡수라도 한단 말인가?”

아직은 그다지 중요하지 않은 이야길 수도 있었다. 하지만 묘하게 신경이 걸리는 이 느낌은 그녀에게 왠지 모를 불안감을 안겨 주었다.

“지금은 전력을 하나로 모아야 할 때. 하필이면 북쪽에 새로운 위협세력이 나타나다니.”

당장 대응하지는 않더라도 어떻게 된 건지 진상을 파악할 필요는 있었다.

“누가 좋을까?”

온유하가 고심했다.

현재 구주천가의 전력에서 따로 떼어 보낼 만한 조직은 없었다. 마해를 견제하는 것만으로도 벅찬 실정이었다.

“멸제를 보낸다? 아니다. 그는 쓰기에 따라 훌륭한 비장의 패가 될 수도 있다. 그런 중요한 패를 이런 일에 헛되이 소모할 수는 없다.”

온유하가 자리에서 일어나 창가로 다가갔다. 창문을 활짝 열자 찬바람이 들어오면서 머리가 맑아졌다.

“그가 세를 더 이상 불리기 전에 미리 싹을 잘라야 한다. 그냥 방치하면 후에 감당할 수 없을지도 모른다.”

지금 이 순간, 온유하는 삭초제근(朔艸除根)을 생각하고 있었다.

그때, 인기척과 함께 그녀의 거처로 들어오는 젊은 남자가 있었다.

온유하의 얼굴이 활짝 펴졌다.

"왔구나."

"어머니."

온유하에게 고개를 숙여 보이는 남자는 천위강이었다.

구주천가에 들어온 이후 두문불출하던 천위강이 실로 오랜만에 온유하를 보러왔기에 더욱 기꺼웠다. 그녀는 잠시 근심을 접어두고 천위강을 맞았다.

"자리에 앉거라."

"네! 어머니."

"강호행은 어쩌했느냐? 많은 경험을 했느냐?"

"절대 잊지 못할 경험을 했습니다."

온유하는 천위강의 대답에서 무언가 심상치 않은 기운을 느꼈다. 그러고 보니 천위강의 얼굴이 그 어느 때보다 굳어 있었다.

"무슨 일이냐? 무슨 일이 있었던 것이냐?"

"아무것도 아닙니다."

"말해 보거라."

온유하가 천위강을 똑바로 바라보았다. 천위강은 온유하의 강렬한 시선을 이기지 못하고 고개를 숙였다. 그 모습에 온유하는 자신의 직감이 맞았음을 느꼈다.

결국 온유하의 채근에 못이겨 천위강이 입을 열었다.

"사실 저에겐 기회가 필요합니다."

"무슨 기회를 말하는 것이냐?"

"제가 다시 일어설 기회를 말하는 겁니다."

"그러니까 네가 왜 다시 일어선단 말이냐? 어디서 좌절이라도 겪었단 말이냐?"

"사실은 이번 강호행에서 씻지 못할 굴욕을 당했습니다."

"말해 보거라."

온유하의 말에 천위강은 자신이 강호에서 겪었던 일을 말했다.

말하기 힘들었지만 철군패에게 패한 일도 사실대로 말했다. 그의 말에 온유하가 탄식을 내뱉었다.

"진천이에 이어 너마저 그에게 그런 굴욕을 당했단 말이냐?"

천위강이 철군패에게 패한 사실은 철저하게 극비에 부쳐졌다. 그가 패하는 모습을 지켜봤던 이들이 굳게 입을 다물었기 때문이다. 혹시라도 함부로 입을 잘못 놀려 그 사실이 외부에 알려졌다가는 구주천가의 분노를 살 수도 있다는 생각에서였다. 그 때문에 온유하는 천위강이 패한 사실을 이제까지 알지 못했다.

"죄……송합니다."

천위강이 고개를 들지 못했다. 어찌나 세게 깨물었는지 그의 입술에서는 피가 흘러나오고 있었다.

굴욕감에 고개를 들지 못하는 천위강을 보는 온유하의 눈빛이 흔들렸다.

불과 얼마 전 철군패와 대면했던 온유하였다.

그에게선 야성의 느낌이 물씬 풍겼다. 비록 정돈되거나 세

련되지는 않았어도, 거칠면서도 폭발적인 박력이 느껴졌다.

그녀는 예전에도 그런 느낌을 받은 적이 있었다.

'천우진…… 그래, 그자도 그랬어. 그자 역시 누구에게도 얽매이지 않은 자유로움이 있었어. 철군패와 천우진은 모두 혼자 힘으로 거친 세파를 이겨내고 강자의 반열에 오른 자들. 만들어진 강자는 스스로 강자가 된 그들을 절대 이길 수 없단 말인가?'

온유하가 입술을 지그시 깨물었다.

화진천과 천위강은 모두 구주천가에서 심혈을 기울여 키운 자들이었다. 어려서부터 각종 영약을 복용시키고, 구주천가의 절예를 전수하고, 훌륭한 무사부들에게서 혹독한 수련을 받은 자들이었다. 이론적으로 따지자면 화진천과 천위강이 훨씬 강해야 한다. 하지만 현실은 그렇지 않았다.

그것까지는 인정할 수 있었다. 원래 세상에는 천재라고 불리는 자들이 있고, 그들은 그중에서도 특출한 존재라고 생각하면 된다.

문제는 그들이 통제가 안 된다는 것이다. 뜻대로 통제할 수도, 조율할 수도 없는 존재. 그래서 온유하는 그들을 인정할 수 없었다. 그들을 인정하면 자신이 이제껏 믿고 신봉해온 세계가 깨져나가기 때문이다.

그들은 온유하의 세계를 부정하는 존재들이었다. 그렇기에 서로 이용은 할 수 있어도 진심으로 대할 수는 없었다.

온유하는 분노했지만, 스스로를 자제했다.

이 상황에서도 그녀는 철군패가 전력에 끼치는 영향을 생각하고 있었다. 현재 철군패는 구주천가의 전력에 없어서는 안 되는 존재였다. 더구나 구주천가 내부에 들어온 연판장에 서명한 반천련 무인들을 제압하기 위해선 그가 반드시 필요했다. 때문에 자신의 자식이 그에게 패한 것이나 마찬가지인 굴욕을 겪었다는 소리를 듣고서도 냉정하게 이성을 유지할 수도 있었다.

'이로써 한 가지는 확실해졌구나. 그는 절대로 온전한 구주천가의 사람이 될 수 없다는 사실이.'

온유하는 눈을 감았다.

그녀의 머릿속으로 수많은 생각이 교차했다. 현 천하의 정세와 구주천가의 전력, 그리고 마해와 수많은 사람들을 끌어들이며 남하하고 있다는 정체불명의 괴인, 그 속에서 자신과 다른 사람들의 역할과 위치가 수없이 머릿속에서 명멸해갔다.

마침내 결과가 나왔다.

"현재 그가 구주천가의 귀빈으로 성에 들어와 있다는 소식은 들었겠지? 당분간은 그를 만나지 않는 게 좋겠다."

"저도 알고 있습니다, 어머니. 오늘 제가 이 자리에 온 것은 그와의 못 다한 은원을 풀려는 것이 아닙니다."

"그러면?"

"저에게 기회를 주십시오."

"무슨 기회를 말하는 것이냐?"

"동심회라는 단체를 만들었습니다. 백여 명의 기재들이 모인 단체입니다."

"그 이야기는 나도 들었다. 네가 회주가 되었다는 이야기도 들었다."

"강호를 이끌어나갈 사람들입니다. 그들을 이끌기 위해선 저에게도 공적이 필요합니다."

"위강아!"

온유하의 음성이 높아졌다. 천위강이 어떤 이야기를 하고 있는지 눈치챈 것이다.

"이번 전투의 선봉에 서게 해주십시오."

"너는 지금 무슨 말을 하고 있는지 알고 있는 것이냐?"

"물론입니다. 어머니, 저의 결심에는 변함이 없습니다."

동심회를 조직하고 회주가 되었지만, 천위강은 그것만으로는 부족하다는 생각을 했다. 동심회의 회원들은 모두 강호 명문정파의 제자들, 앞으로 그들을 이끌기 위해서는 그 누구도 감히 넘보지 못할 커다란 업적이 필요했다.

온유하는 천위강이 그렇게 조바심을 내는 이유가 바로 철군패 때문이라는 사실을 깨달았다.

자신과 같은 시대에 살고 있는 철군패는 이미 태산 같은 명성을 얻고 있었다. 북풍대의 대주로서, 또한 한 사람의 무인으로서 그의 명성은 이미 천하를 울리고 있었다. 어떤 면에서,

그는 자신의 아버지와 동급의 명성을 얻고 있었다.

자신과 같은 이십 대면서도 독보적으로 우뚝 솟은 철군패라는 존재가 천위강의 마음을 다급하게 만든 것이 분명했다.

온유하는 천위강에게 느긋해지라는 조언을 하려고 했다. 하지만 불같이 타오르는 천위강의 눈빛을 보니 자신이 어떤 말을 하더라도 전혀 먹히지 않을 것임을 깨달았다.

"휴!"

온유하가 나직이 한숨을 내쉬었다.

자신의 속으로 낳은 자식이지만, 자신의 마음대로 되지 않는 것이 자식의 속이라더니.

"지금은 전력을 하나로 모아야 할 때다."

"알고 있습니다. 그래서 어머니가 구주천가의 전력을 밖으로 돌리지 못한다는 사실을. 그래서 제가 이런 말씀을 드리는 겁니다. 저와 동심회는 구주천가의 전력에 포함되어 있지 않습니다. 각 문파에서는 후계자들을 전장에 투입하지 않으려 하니 엄연한 전력인데도 애초부터 논외였지요. 그러나 후계자들은 자신들의 입지를 위해 공적이 필요하니 어떻게 해서든 전쟁에 참여하려 합니다. 저희가 없더라도 구주천가의 전력에는 아무런 영향이 없을 겁니다. 대신 별도의 전력을 얻게 되는 셈이지요."

"무엇을 말하고자 함이냐?"

"저희를 별동대로 부려주십시오. 그에 합당한 권한만 주시면 반드시 큰 공을 세워 보이겠습니다."

"위강아."

"제가 어머니께 처음이자 마지막으로 드리는 부탁입니다. 이번 한 번만 제 부탁을 들어주십시오."

"으음!"

온유하가 나직한 신음성을 흘렸다.

천위강이 이렇게까지 고집을 부리는 것은 이번이 처음이었다. 더구나 그는 매우 논리가 정연하게 자신이 움직여야 할 이유를 설명하고 있었다. 천하의 온유하조차도 그의 말에서 허점을 찾기가 힘들 정도였다.

온유하가 천위강을 똑바로 바라보았다.

'어느새 이 아이가 이 정도로 컸던가?'

천위강은 더 이상 소년이 아니었다. 자신의 결정에 책임을 질만한 능력을 가진 어른이었다. 그런 천위강의 부탁을 더 이상 거절하는 것은 쉽지 않은 일이었다.

"네가 원하는 것이 동심회와 함께 강호로 나가는 것이더냐?"

"그렇습니다."

"좋다. 네 뜻대로 하거라. 하지만 이것 하나만큼은 약속해 줘야 한다."

"말씀하십시오."

"절대 혼자서 움직이지 말고, 절대 경거망동하지 말거라.

약속해줄 수 있겠느냐?”
 “물론입니다.”
 “알겠다.”
 결국 온유하는 천위강의 뜻대로 들어주었다.
 천위강의 주먹에 힘이 들어갔다.
 ‘반드시 내 스스로의 존재가치를 세상에 증명하리라.’

제 9 장

파멸전주(破滅前奏)

　백화장을 은밀히 살피는 시선이 있었다. 평범함을 가장한 은밀한 시선이었다. 시선의 주인은 바로 암혼살화에 속한 여살수였다. 온유하가 세상에 뿌린 수많은 암혼살화 중 한 명인 무화(無華)가 바로 여살수의 이름이었다.

　무화는 며칠 전부터 백화장을 주목하고 있었다. 그녀가 백화장을 주목하게 된 것은 실로 우연이었다. 그녀는 백화장으로 들어가는 물자의 양이 크게 늘어났다는 데 주목했다. 그녀가 아는 백화장은 그리 큰 규모도 아니었고, 물자를 많이 소모하는 곳도 아니었다. 그런 곳에서 갑자기 대규모의 물자를 은밀히 사들인다는 사실은 결코 가볍게 넘길 일이 아니었다.

　그때부터 무화는 백화장의 동향을 주목하기 시작했다. 지난 며칠 동안 무화는 백화장을 드나드는 사람들을 꼼꼼히 관찰했다. 그 결과 놀라운 사실 한 가지를 발견할 수 있었다.

　바로 백화장에 들어가는 사람들은 있어도 나오는 사람은 거의 없다는 사실이었다. 무화가 관찰하는 동안 백화장에 들어간 사람들의 수는 거의 천 명이 넘었다. 반면 나온 사람의 수는 겨우 이삼십 명에 불과했다.

　대부분 삼삼오오 조그만 무리를 지어 들어갔기에 다른 사람들의 시선을 끌지 않은 것이지, 실로 가벼이 넘길 수 있는 일이 아니었다.

　백화장의 규모를 생각할 때, 절대 있을 수 없는 일이었다. 단 며칠 만에 천 명이란 거대인원이 들어갔음에도 불구하고 전혀 표가 나지도 않으면서도 문제가 생기지 않는단 사실은 백화장에 그들을 수용할 만한 공간이 있으며 수용할 준비 또한 미리 되어있다는 사실을 의미했다.

　"평범한 장원에 수많은 사람들이 모여들고 있다. 백화장에 분명 무언가가 있다."

　암혼살화로 몇 년을 보낸 무화였다. 수많은 험한 일을 겪으면서 싸운 그녀의 감이 무언가 위화감을 전달하고 있었다. 그래서 백화장을 주목했다.

　해가 지고 있었다. 이제 백화장으로 들어가는 사람들은 더 이상 없었다.

"필요한 인원이 다 도착했다든가, 아니면 준비가 모두 끝난다든가."

그렇다면 오늘밖에 기회가 없다. 무화는 그렇게 결론을 내렸다. 무화는 자리에서 일어났다. 더 이상 이곳에 있을 이유가 없었다.

무화는 이미 만반의 준비를 끝낸 상태였다. 그녀는 인근 숲 속으로 들어가 옷을 벗었다. 그러자 안쪽에 껴입고 있던 검은 야행복이 드러났다.

야행복을 입고 복면으로 얼굴마저 완벽하게 가린 무화는 은밀하게 백화장을 향해 이동하기 시작했다.

무화는 훈련받은 대로 사물의 그림자를 이용해 백화장을 향해 다가갔다. 다행히 오늘은 그믐달이 뜨는 밤이었다. 어둠과 그림자를 교묘히 이용해 무화는 어렵지 않게 백화장의 담장 밑에 도착할 수 있었다.

진짜 문제는 지금부터였다. 담장 너머 어떤 위험이 기다리고 있을지는 아무도 몰랐다. 무화는 잠시 호흡을 고른 후 경신술을 펼쳐 담장을 뛰어넘었다.

착!

미약한 발소리와 함께 무화가 무사히 착지했다. 착지와 동시에 그녀는 순식간에 주변을 살폈다. 그녀는 급히 인근의 커다란 나무 밑으로 몸을 숨겼다. 수풀이 무성한 나무는 은신하기에 안성맞춤이었다.

무화는 긴장을 풀지 않았다. 진짜 위험은 지금부터였다. 그녀는 조심스럽게 걸음을 옮겼다. 곳곳에서 삼엄한 경계의 시선이 느껴졌다. 그녀는 시선과 시선이 겹치지 않는 사각을 통해 백화장 안쪽으로 침투했다.

백화장 안의 경계는 상상을 초월할 정도로 삼엄했다. 담장 위와 전각 지붕에 은신해있는 자들이 매서운 눈으로 사방을 감시하고, 곳곳에 횃불이 걸려 있어 약간만 실수해도 금방 적들에게 들킬 것 같았다.

'분명 무언가 있다. 이곳이 일반적인 문파라면 이 정도까지 엄중하게 경계를 서진 않을 것이다.'

무화는 암혼살화로서의 감으로 이곳이 심상치 않다는 사실을 눈치챘다. 그러나 아직 결정적인 증거가 부족했다. 미처 구주천가에 보고할 시간도 없었지만, 보고하기 위해서는 이보다 더 확실한 증거를 찾아내야 했다.

때문에 무화는 위험을 무릅쓰고 백화장 내원으로 접근해갔다. 중심으로 다가갈수록 경계는 더욱 강화되어 한 발짝 움직이는 것조차 쉽지 않았다. 그러나 무화는 결코 포기하지 않았다.

그녀는 암혼살화 중에서도 발군의 실력을 자랑했다. 때문에 가장 위험한 임무에 투입되었지만, 항상 살아나왔다. 그녀는 이번에도 그럴 수 있을 거라고 자신했다.

암혼살화는 유난히 경계가 삼엄한 담장 앞에 잠시 멈춰섰다. 그녀가 있는 곳은 담장아래 조그만 바위 뒤였다. 몸을 잔

뜩 움츠려 바위 뒤에 몸을 숨긴 그녀는 촉각을 곤두세워 주위
의 기척을 감지했다.

  '담장 위에 넷, 전각의 지붕 위에 셋.'

  무화는 그들의 호흡과 움직임을 계산했다. 잠시 틈을 엿보
던 그녀는 과감하게 담장너머로 몸을 날렸다.

  착!

  이번에도 그녀는 무사히 바닥에 안착하는 듯했다. 그 누구
도 그녀의 침입을 눈치채지 못하는 듯했다. 하지만 허리를 펴
던 무화의 얼굴이 이내 딱딱하게 굳었다.

  내원을 경비하던 자들은 그녀의 침입을 눈치채지 못했지만,
대신 내원의 뜰에 여유롭게 앉아있던 젊은 남자와 눈이 딱 마
주쳤다. 마치 영혼이 빨려나갈 듯 무서운 마력을 발휘하는 절
세의 미남이 의자에 앉은 채 그녀를 바라보고 있었다. 그의 손
에는 찻잔이 들려 있었다.

  그 순간 무화는 등골이 오싹한 공포를 느꼈다.

  무표정한 남자의 눈빛에는 그녀가 감히 항거할 수 없는 어
마어마한 역도가 담겨 있었다. 남자를 보는 순간 무화는 마치
천적을 마주하는 것처럼 꼼짝도 할 수 없었다.

  부르르!

  그녀의 몸이 떨렸다. 마치 가위에 눌린 것처럼 손끝 하나 까
닥할 수 없었다.

  '도, 도대체……'

무화는 자신의 몸에 일어난 현상을 도저히 이해할 수 없었
다. 공포가 지나치면 이성과 육체가 마비된다는 사실을 알고
있었지만, 그것이 자신에게 일어나고 있다는 사실을 자각하지
못한 것이다.

문득 그녀의 시선이 남자의 곁에 앉은 아름다운 여인에게
향했다. 눈이 부시도록 아름다운 여인, 은은한 은빛을 담고 있
는 머리칼과 봉황문양의 검이 유난히 눈에 들어왔다.

공포로 뇌리가 마비되었지만 무화는 여인의 정체를 한눈에
알아차릴 수 있었다. 암혼살화는 강호에 새로운 기재들이 출
현할 때마다 예의주시하며 정보를 수집했고, 그렇게 얻은 정
보를 공유했다. 그 때문에 무화는 해여령에 대해 매우 해박하
게 알고 있었다.

'해여령. 그녀가 왜 이곳에?'

무화가 보는 여인은 바로 해여령이었다. 그녀의 곁에 있는
남자는 바로 소운천이었다.

눈앞에 낯선 침입자가 있었지만 소운천은 대수롭지 않다는
표정을 짓고 있었다. 실제로 그는 지금 상황을 대수롭게 여기
지 않았다. 언제든 엄지손가락 하나로 눌러죽일 수 있는 벌레
를 두려워하는 인간은 없기에. 소운천에게는 무화가 바로 벌
레와 같은 존재였다.

소운천보다 먼저 나선 이는 바로 천마십위였다.

"감히!"

그들이 무화의 침입을 감지하고 나타났다.

아무것도 없던 허공에서 홀연히 나타나는 천마십위의 모습에 무화가 소스라치게 놀랐다. 하지만 그 덕에 소운천의 존재감으로 굳어졌던 몸이 풀리며 자유를 되찾았다.

자유를 되찾자 그녀가 제일 먼저 한 행동은 바로 도주하는 것이었다. 그녀는 급히 담장 밖을 향해 몸을 날렸다. 이미 들통이 난 이상 주위의 시선을 의식할 필요가 없었다. 무화는 전력으로 질주했다.

삐익!

곧 무화장 곳곳에서 호각소리가 울려 퍼지며 무인들이 우르르 쏟아져 나왔다.

"잡아랏!"

"침입자다."

곧 토끼몰이가 시작됐다.

쐐액!

그 순간 무화의 등 뒤에서 소름끼치는 파공음이 들렸다. 엄습하는 위기감에 무화는 본능적으로 몸을 비틀었다.

푸확!

피분수가 치솟아 오르며 어깨부위에 격통이 찾아왔다. 뇌리가 하얗게 비는 듯한 통증에 무화의 입이 떡 벌어졌다. 방금 전까지 멀쩡했던 그녀의 팔이 어깨에서 잘려져 나가 바닥에서 퍼덕이고 있었다.

　현실 같지 않은 상황. 그러나 무화는 입술을 질근 깨물며 몸을 날렸다. 무화가 떠난 자리에는 방금 전까지 그녀의 일부였던 팔이 남아 있었다.

　철퍽!

　무화가 흘린 피 웅덩이에 발을 내딛는 남자가 있었다. 그는 바로 암기를 던져 무화의 팔 하나를 잘라낸 천마십위였다.

　"감히 지존의 거처에 침입하다니. 끝까지 추적해 말살하라."

　"옛!쉬쉭!

　백화장 무인들에 섞여 있던 마해의 무인들이 무화의 추적에 나섰다. 이제부터는 그들의 몫이었다. 천마십위는 소운천의 거처로 다시 돌아왔다.

　낯선 침입자가 있었음에도 불구하고 소운천은 표정의 변화 하나 없이 차를 마시고 있었다. 그는 무화가 침입했던 것에 대해 아무런 감흥도 없는 모양이었다.

　천마십위가 그 앞에 한쪽 무릎을 꿇으며 말했다.

　"죄송합니다, 주군. 불미스런 일이 있었습니다. 경계를 섰던 자들을 문책하고, 저 역시 자숙하겠습니다."

　"신경 쓸 거 없다."

　"하지만……."

　"그렇지 않아도 이제 슬슬 움직여야 할 때라고 생각하고 있었다."

"그럼?"

"백화장에 도착한 모든 수뇌부들에게 전하거라. 지금부터 반 시진 후 내 거처로 모이라고."

"존명!"

천마십위가 깊숙이 고개를 숙이며 복명했다.

곧 그의 모습이 사라지고 장내에는 소운천과 해여령 두 사람만이 남았다.

해여령이 복잡한 시선으로 소운천을 바라보았다.

이제까지 소운천의 지척에서 지켜봤던 해여령이었다. 그가 본 소운천은 단순한 마인이 아니었다. 그가 진정 피를 갈구하는 무인이었다면 진작 천하를 피로 씻었을 것이다. 하지만 소운천은 그러지 않았다. 그는 백화장에 칩거하면서 천하를 지켜보고 있었다.

'이 남자는 과연 어떤 시선으로 바라보고 있을까? 이 남자의 눈을 보면 나는 왜 가슴이 시려오는가?'

어쩌면 소운천의 깊고도 슬픈 눈동자 때문인지도 몰랐다. 소운천의 눈을 들여다 볼 때면 해여령은 그를 안아주고픈 충동을 느끼곤 했다.

칠백 년을 살아온 마인.

하지만 소운천에게는 칠백 년의 세월로도 다 덮지 못할 깊고 커다란 슬픔을 간직하고 있었다. 그 때문에 해여령은 소운천의 곁에서 떠나지 못하고 쳇바퀴처럼 맴돌고 있는지도 몰랐다.

　소운천은 그런 해여령을 내치지 않았다. 그 때문에 지금 마해에서 해여령의 위치는 꽤나 미묘했다. 누구도 말을 하지 않았지만, 마해의 무인들은 모두 해여령을 소운천의 여자라고 생각하고 있었다.

　심지어는 금청사조차 해여령을 소운천의 여인이라고 생각할 정도였다. 소운천이 깨어난 직후부터 곁을 지켜온 금청사는 이제껏 그가 여인을 곁에 둔 모습을 단 한 번도 본 적이 없었다.

　비록 잠자리를 같이 하지 않았다고 하나, 해여령을 곁에 둔 것 자체가 파격이라 할 수 있었다. 그 때문에 금청사도 해여령을 특별하게 생각하고 있었다.

　해여령이 물었다.

　"정말 구주천가를 멸망시킬 생각인가요?"

　"물론이다."

　"이제라도 생각을 바꿀 수는 없나요?"

　"그럴 수는 없다. 이미 운명의 수레바퀴는 굴러가기 시작했다."

　"당신이라면 멈출 수 있잖아요. 그럴 만한 힘을 가지고 있잖아요. 왜 이 땅을 전란의 불구덩이 속으로 밀어 넣는 거죠?"

　"새롭게 창조하기 위해서는 기존의 모든 것을 파괴해야 하니까."

　"단지 그뿐인가요?"

　"단지 그뿐이다."

소운천의 간단한 대답에 해여령의 얼굴이 어두워졌다. 해여령은 소운천의 대답이 진정한 이유라고 생각하지 않았다. 그는 절대로 자신의 모든 것을 해여령에게 말해주지 않았다.

그의 마음은 마치 굳건한 성벽과 같아서 절대로 그 안을 타인에게 보여주지 않는다. 해여령은 닫힌 성문을 열고 싶었다.

그때 금청사가 소운천에게 다가와 말했다.

"모든 수뇌부가 한자리에 모였습니다."

"음!"

소운천이 고개를 끄덕이며 자리에서 일어났다.

그는 해여령을 뒤로 하고 수뇌부들이 모여 있는 곳으로 향했다. 금청사가 그를 따르면서 남겨진 해여령을 흘깃 바라보았다. 그러자 소운천이 입을 열었다.

"궁금한가?"

"예?"

"내가 왜 그녀를 곁에 두고 있는지 궁금한가?"

"아닙니다. 소인이 어찌……."

"그녀는 과거에 내가 사랑했던 여자를 닮았다. 칠백 년 전 중원의 무인들에 의해 무참히 짓밟혔던 나의 대지 나란에서 나를 기다리던 나의 여인과."

"그런 일이……."

"망각이란 괴물에 그녀를 빼앗겼다고 생각했다. 이제는 모두 잊었다고 생각했건만 해여령을 보는 순간 그녀에 대한 기억이 떠올랐다. 가슴속 깊은 곳에 묻어두었던 기억이……."

말을 하는 소운천의 표정은 여전히 무심했다. 하지만 금청사는 깊은 슬픔을 느꼈다. 감히 자신의 머리로는 짐작도 할 수 없는 엄청난 슬픔과 분노를.

소운천에게도 여인이 있었다. 오직 그를 위해 웃고, 오직 그만을 기다리고, 오직 그만을 사랑한 단 한 명의 여인이.

칠백 년 전 중원의 무인들에 의해 나란이 짓밟혔을 때, 그녀 역시 처참하게 짓밟혔다. 싸늘하게 식은 그녀의 시신을 안고 맹세했다. 반드시 이 복수를 하겠다고. 그녀와 나란을 짓밟은 모든 대상에게 복수를 하겠다고 말이다.

그녀가 죽은 이상, 소운천을 제어할 수 있는 이는 더 이상 존재하지 않았다. 심지어는 당시 가장 절친했던 친구였던 환사영마저도 그를 제어하지 못해 반대편에 섰다.

지금도 소운천은 자신의 결정을 후회하지 않는다. 당시 나란을 멸망시켰던 자들은 모두 죽고 없지만, 대신 그들의 후손이 멀쩡히 이 땅에 살아 있었다. 그 후손들은 선조들이 한 실수를 다시 반복하고 있었다.

"잘못된 역사의 반복과 윤회를 반드시 내 손으로 끊을 것이다."

소운천이 입술을 지그시 깨물며 전각 안으로 들어갔다.

전각 안에는 마해의 수뇌부들이 대부분 모여 있었다. 십대 장로는 물론이고, 광해, 혈해, 무해의 전 수장들, 그리고 기타 조직의 모든 수장들이 한자리에 모여 있다가 소운천이 들어서

자 일제히 자리에서 일어났다.

"지존을 뵙습니다."

처척!

그들이 일제히 한쪽 무릎을 꿇으며 소리쳤다. 그들의 음성에 전각의 지붕이 금방이라도 무너질 듯 우르르 울렸다.

소운천은 그들의 시선을 한 몸에 받으며 태사의에 올랐다. 금청사가 조용히 그의 곁에 섰다.

사검영의 뒤를 이어 새로이 광해주가 된 초군악.

금청사의 뒤를 이어 새로이 무해주가 된 금기영.

현위양의 뒤를 이어 새로이 혈해주가 된 전무양.

낙일사의 사도광천.

그 외에도 이루 셀 수 없을 정도의 많은 무인들이 오직 소운천 한 명만을 바라보고 있었다.

소운천은 잠시 그들을 내려다보았다. 질식할 듯한 침묵이 이어졌다.

마침내 소운천이 침묵을 깨고 입을 열었다.

"이 세상은 무언가 잘못됐다. 마치 일그러진 공처럼, 이 세상의 흐름은 결코 정상적인 것이 아니다. 인간의 욕망과 이기심이 만들어낸 잘못된 역사. 인간이라는 괴물은 결코 자유롭게 풀어줘서는 안 된다. 그럴 수 없다면 차라리 멸망시켜서라도 잘못된 역사의 반복을 막을 것이다. 이제부터 이 세상의 모든 질서는 나 소운천 하나로 통합될 것이다. 그 흐름에 거역하는 것은 무엇일지라도 멸망의 길을 걸을 것이다. 나는……."

소운천이 잠시 말을 멈추고 수뇌부들을 바라보았다. 그의 시선을 받은 수뇌부들이 말없이 전의를 불태웠다. 그들은 소운천의 다음 말이 이어지기만을 기다렸다.

"나는 우선 구주천가를 멸망시킬 것이다. 그리고 이 어긋난 세상을 바로잡을 것이다. 그게 안 된다면 이 세상 전체를 멸망시키고, 마해의 무인들로 하여금 새 역사를 쓰게 만들 것이다. 그에 방해가 되는 것은 그 어떠한 것일지라도 용서하지 않을 것이다. 이런 나의 의지는 아무도 꺾을 수 없다. 가라, 이런 나의 의지를 세상에 널리 알리거라."

"존명!"

수십 명 수뇌들의 양쪽 무릎이 일제히 바닥에 닿았다. 그들은 소운천에게 부복을 하며 목이 터져라 외쳤다.

그들은 소운천의 자식들이나 마찬가지였다. 칠백 년 전 그의 원한은 그들에게 고스란히 전해졌다. 소운천의 분노에 그들은 같이 분노했다. 소운천의 울분에 그들은 눈물을 흘렸다.

소운천의 의지가 곧 그들의 의지였다.

"나는 천마(天魔), 나는 잘못된 세상을 멸망시킬 자다."

"모두 지존의 뜻대로 되실 겁니다."

쿵쿵!

수뇌부들이 바닥에 자신의 머리를 쿵쿵 박았다. 이마가 깨져 피가 흘러나왔지만, 누구 하나 움직이거나 신음성을 흘리지 않았다.

"날이 밝는 대로 구주천가로 향한다. 내가 너희와 함께하리
라."

"존명!"

수뇌부들이 목이 터져라 외쳤다. 그들의 외침은 밖에서 대
기하고 있던 수하들에게까지 전해졌다.

일만에 달하는 마해의 무인들이 일제히 외쳤다.

"존명!"

일만 명의 목소리, 일만 명의 의지가 밤하늘을 쩌렁쩌렁 울
렸다.

다음날 새벽, 마해의 일만 무인은 백화장을 나와 구주천가
로 향하기 시작한다.

일만의 대군, 그 선두에 소운천이 있었다.

핏빛 바람이 불어오고 있었다.

소운천이 몰고 온 멸망의 바람에 파멸의 전주곡이 울려 퍼
지고 있었다.

*　　*　　*

무화는 간신히 백화장을 빠져나왔다. 그녀의 몸은 만신창이
가 되어 있었다. 한쪽 팔이 어깨에서부터 끊어지고, 복부에는

내장이 흘러나오는 중상을 입었다.

그런 상태로 백화장을 빠져나왔다는 것 자체가 기적이었다. 하지만 무화는 알고 있었다. 자신이 추적대의 추적을 완벽하게 뿌리친 것이 아니란 사실을. 또한 자신에게 남은 시간이 얼마 되지 않는단 사실을 말이다.

무화는 혼신의 힘을 다해서 안가로 돌아왔다. 안가는 암혼살화들이 공동으로 사용하는 곳으로, 마침 그녀가 돌아왔을 때 몇 명의 암혼살화가 더 있었다.

안가에 있던 암혼살화들이 피투성이가 되어 돌아온 무화를 보고 기겁을 했다.

"무화야."

그녀들이 부축하려 했지만 무화가 손을 뿌리치며 말했다.

"그들을 막아. 나는……."

무화의 말에 암혼살화들은 본능적으로 변고가 일어났음을 깨달았다. 그녀들이 무기를 빼들고 입구를 막아서자 무화는 비틀거리면서 급히 자신의 방으로 돌아왔다. 그녀의 방에는 언제라도 쓸 수 있게 지필묵과 잘 훈련된 전서구가 준비되어 있었다.

너무 많은 피를 흘려 정신이 아찔해졌지만, 무화는 급히 종이에 자신이 오늘 본 모든 사실을 쓰기 시작했다. 급하게 휘갈겨 쓰느라 글씨가 엉망이었지만, 지금은 그런 사소한 문제에 신경 쓸 여유가 없었다.

와장창!

그 순간 정문 쪽에서 커다란 소음이 울려 퍼졌다.

무화의 얼굴이 어두워졌다. 그녀는 급히 봉투에 자신이 쓴 서신을 넣어 전서구의 다리에 묶여 있는 전통에 꾸겨 넣었다.

"아악!"

"마, 막아!"

밖에서 다른 암혼살화들의 처절한 비명소리가 들려왔다. 무화는 슬퍼할 겨를도 없이 창문을 열고 급히 전서구를 날렸다.

전서구가 날아오르는 그 순간 추적자들이 들이 닥쳤다. 그들은 전서구가 날아오르는 모습을 보자마자 검기를 날렸다. 이대로는 전서구가 날아오르기는커녕 산산조각이 날판이었다. 그에 무화는 앞뒤 가리지 않고 자신의 몸을 던졌다.

후두둑!

비명조차 지르지 못하고 무화가 육편이 되어 바닥에 떨어졌다. 하지만 그녀의 희생 덕분에 전서구는 무사히 하늘로 날아올라 순식간에 안가에서 멀어져갔다.

"이런!"

추적자들이 혀를 찼다.

비록 무화를 비롯해 암약하던 암혼살화들을 모조리 처리하긴 했지만, 전서구를 놓친 이상 이제 구주천가에서도 마해의 진로를 알게 될 것이다.

진정한 전쟁은 이제부터 시작이었다.

*　　*　　*

천우진의 차가운 눈이 처음으로 흔들렸다. 완벽하게 정지되어 있던 그의 얼굴에 처음으로 인간다운 감정의 빛이 떠올라 있었다.

그의 시선이 향하는 침상에 서 노인이 누워 있었다. 병이 난 것이나 다친 것이 아니다. 그에게 주어진 수명이 다한 것이다. 선천지기가 모조리 소모되고, 육신은 한계에 달했다. 병이 난 것이 아니기에 치료할 방도도 없었다.

종제영이 중원으로 돌아간 직후, 그는 급속히 약해져 결국 몸져눕고 말았다. 그의 얼굴에는 검버섯이 가득 피어 있었다. 죽음의 전조(前兆)였다.

천우진의 시선에 서 노인이 희미한 웃음을 지으려 했다.

"그런 눈으로 보지 마십시오, 대공자님."

"가려는 건가?"

"생각해 보면 저만큼 행복했던 사람도 없는 것 같습니다. 대공자님의 어머님이신 모일려 님의 어린 시절부터 성장하시는 모습을 쭉 봐왔고, 또 그분의 아드님인 천우경 공자님을 모시고, 다시 대공자님까지 모셨으니 저에겐 여한이 없습니다. 한 가지 아쉬운 점이 있다면 대공자님을 어린 시절부터 모시지 못한 것인데, 그것은 인력으로 어찌할 수 없는 일이니까 어쩔 수 없지요."

“살아. 명령이다.”

“죄송합니다, 대공자님. 저도 그러고 싶지만 하늘이 허락하지 않는군요.”

“그렇다면 내가 하늘을 부수겠다.”

“그 마음만으로도 이 늙은이는 족합니다. 단지 한 가지 마음에 걸리는 게 있다면 대공자님을 홀로 두고 가야한다는 것뿐입니다. 제가 가면 누가 대공자님에게 차를 올릴 것인지. 대공자님은 입맛이 까다로워 결코 아무 차나 마시지 않는데.”

“그러니까 살란 말이다.”

“그 명을 들을 수 있으면 얼마나 좋을까요? 허나, 이 고장난 육신은 더 이상 이 늙은이의 뜻대로 움직여주지 않네요. 죄송합니다, 대공자님.”

서 노인의 뺨을 타고 두 줄기 눈물이 흘러내렸다. 그의 눈물을 보는 천우진의 눈동자가 흔들렸다.

아무런 조건도 없이 무조건적인 애정을 주었던 단 한 사람. 노구를 이끌고 이 먼 곳 기련산까지 찾아와 극진한 정을 준 단한 사람. 부모의 정을 모르고 살았던 천우진에게 서 노인은 부모 이상의 존재였다.

이제 그런 존재가 대지의 품으로 돌아가려 하고 있었다. 서노인이 떠나고 나면 이제 그는 다시 혼자가 될 것이다. 누구보다 어둠에 익숙한 천우진이었지만, 서 노인은 그런 그의 마음을 비추던 한 줄기 빛이었다. 그 빛이 이제 사라지려 하고 있었다.

"대공자님, 이 늙은이가 죽으면 이제 세상으로 나가세요."

"이곳은 나의 터전, 내가 이곳에서 나가는 일은 없을 것이다."

"모두가 대공자님이 마인이라고, 피도 눈물도 없는 냉혈한이라고 하지만 이 늙은이는 알고 있습니다. 사실 대공자님만큼 마음이 여린 분도 없다는 사실을. 여린 마음에 상처를 받기 싫어서 세상을 향한 마음의 문을 꼭꼭 닫은 것이란 사실을."

이십 년 전의 기억이 떠올랐다.

처음 천우진이 나타났을 때 얼마나 놀랐던가?

다른 이들은 모두 천우진을 알아보지 못했지만, 서 노인은 한눈에 그를 알아봤다. 그가 본 천우진은 거대한 어둠의 바다에 홀로 버려진 어린아이였다. 손을 내밀 곳도, 받아줄 이도 없어 마음의 문을 닫은 어린아이.

그래서였을 것이다. 그래서 더욱 지극정성으로 천우진을 따른 것일 게다. 천우진을 모신 지난 이십 년에 한 점의 후회도 존재하지 않는다.

진정 후회되고 아쉬운 게 있다면 이제 천우진을 세상에 홀로 남겨둬야 한다는 것뿐.

"대공자님께서는 언제든 세상에 나갈 수 있었습니다. 그런데도 세상에 나가지 않은 것은 하루가 다르게 쇠약해지는 이 늙은이 때문이었습니다. 본의 아니게 이 늙은이가 대공자님의 족쇄가 된 겁니다. 이제 그 족쇄를 풀어드리겠습니다. 세상에 나가세요. 동생 분을 만나시고, 어머님을 찾으십시오."

"나에게 어미는 존재하지 않아."

"아닙니다. 누구에게나 근본은 존재합니다. 대공자님의 어머님이신 모일려 님은 그 누구보다 대공자님을 그리워하고 계실 겁니다."

"서 노인."

"그분을 찾아 전해주십시오. 이 늙은이는 정말 행복했다고. 지난 이십 년, 정말 행복한 꿈을 꾼 것 같습니다."

서 노인이 조용히 눈을 감았다.

무슨 꿈을 꾸고 있는 것일까? 그의 입가에 한 줄기 미소가 떠올랐다. 천우진은 알았다. 이제 서 노인은 두 번 다시 눈을 뜨지 않을 거란 사실을.

천우진은 입을 다물었다. 혹시라도 서 노인이 잠에서 깰세라 입을 열지 않았다. 지난 이십 년 동안, 서 노인은 한 번도 제대로 잠을 편히 자지 못했다. 언제든 천우진이 원할 때 차를 끓이기 위해서였다.

이젠 천우진이 서 노인을 위해 입을 다물 때였다. 천우진은 조용히 서 노인의 침상 앞에 앉았다. 그는 싸늘히 식어가는 서 노인의 손을 잡았다.

그 후로도 오랫동안 천우진은 서 노인의 손을 놓지 않았다.

　칠일 후, 기련산 깊은 계곡에 자욱이 끼었던 운무의 바다가
사라졌다. 대신 거대한 운무의 바다가 남하를 시작했다.

　　　　　　　　　　　　　　　　『파멸왕』 9권에서 계속

생사금고

한이담 신무협 장편소설

ORIENTAL FANTASYSTORY & ADVENTURE

生死禁庫

2010년, 무협계를 강타할 신인의 등장!
한이담 신무협 장편소설

전대기인이 소림에 제자로 들어간다?
30년 만에 출도한 절대고수, 음모에 빠지다!

소림에서 벌어진 충격적 살인사건.
그러나 그것은 거대한 음모의 시작에 불과했다!

dream
books
드림북스

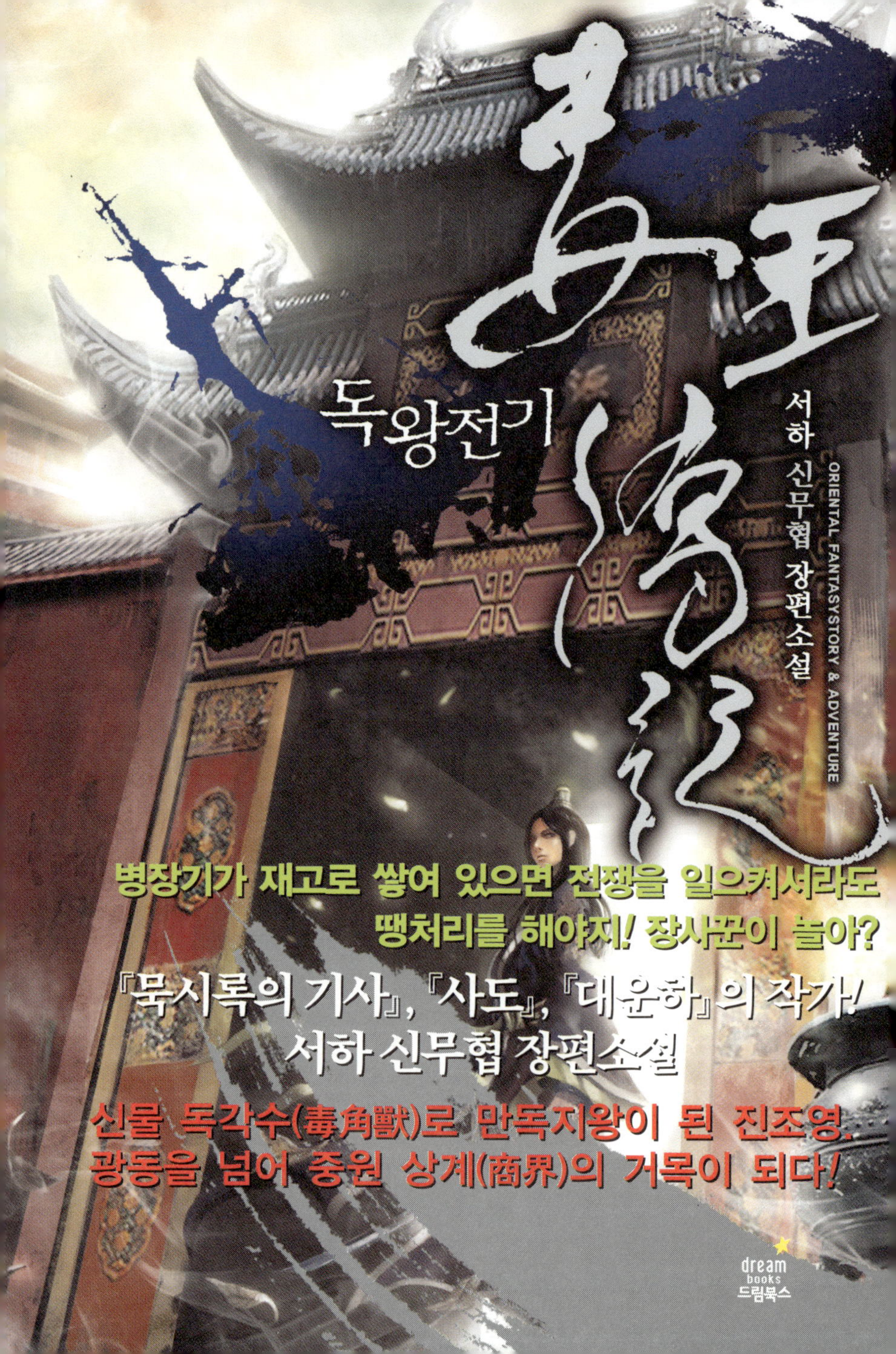
독왕전기
서하 신무협 장편소설
ORIENTAL FANTASYSTORY & ADVENTURE
병장기가 재고로 쌓여 있으면 전쟁을 일으켜서라도
땡처리를 해야지! 장사꾼이 놀아?
『묵시록의 기사』, 『사도』, 『대운하』의 작가!
서하 신무협 장편소설
신물 독각수(毒角獸)로 만독지왕이 된 진조영.
광동을 넘어 중원 상계(商界)의 거목이 되다!
dream
books
드림북스

이환 판타지 장편소설
FANTASYSTORY & ADVENTURE

숲의종족
클로네

『은빛마계왕』, 『정령왕 엘퀴네스』의 작가!
이환이 그려간 신비로운 숲의 종족 클로네!

태곳적부터 이어온 클로네와 미물족 간의 대결.
그리고 그에 얽힌 세계의 종말에 관한 비밀!

세계를 구하려면 클로네의 비밀을 찾아야 한다.
운명의 아이, 세이가 그 끝 모를 모험에 뛰어든다!

dream
books
드림북스

2010년 무협계가 주목한 작가
권인호 신무협 장편소설
천극의 서
天極之書
권인호 신무협 장편소설
ORIENTAL FANTASY STORY & ADVENTURE
일류가 삼류에게 패하는 강호 초유의 사태.
모든 것은 한 소년이 쓴 무공서에서 시작됐다!
재미 삼아 쓴 23권의 얼치기 무공서.
세상에 나타나자마자 천하 무림에 파란을 일으키다!
dream books
드림북스